SASCHA BERST

Fehlurteil

CONTRA OMNES Die junge Staatsanwältin Margarethe Heymann wird von einem alten Mann angesprochen, der vor zehn Jahren eine Strafanzeige wegen Rechtsbeugung gegen einen ganzen Senat des Oberlandesgerichts gestellt hat. Bis zum gegenwärtigen Zeitpunkt aber nie Nachricht von der Staatsanwaltschaft erhielt. Margarethe Heymann sieht in dem Mann zunächst nur einen weiteren Querulanten, der einen Fall aufrollen lassen will, weil ihm angeblich Unrecht widerfahren war. Doch Margarethe kann sich ihm nicht entziehen. Sie übernimmt seinen Fall, der zurück ins Jahr 1938 reicht, als der Vater des alten Mannes sein Kaufhaus dem ehemaligen Prokuristen übertrug, damit es nicht in die Hände der Nazis fällt. Beide Parteien versicherten sich damals die Rückübertragung, zu der es nie kam. Margarethe recherchiert und stößt auf Ungereimtheiten. Kurz darauf hat sie ihren Lebensgefährten und hohe Richter gegen sich. Ein schwerer Kampf beginnt.

Sascha Berst genoss seine Schulbildung in Deutschland sowie Italien und studierte Germanistik und Rechtswissenschaften in Freiburg und Paris. Der promovierte Jurist ist in Freiburg als Rechtsanwalt niedergelassen. Im Jahr 2013 gewann er den Freiburger Krimipreis. Mit »Fehlurteil« gibt er sein Krimidebüt bei Gmeiner.

SASCHA BERST

Fehlurteil

Justiz-Thriller

Original

GMEINER

Besuchen Sie uns im Internet:
www.gmeiner-verlag.de

Im Ehnried 5, 88605 Meßkirch
Telefon 07575/2095-0
info@gmeiner-verlag.de

1. Auflage 2014

Lektorat: Sven Lang
Herstellung: Mirjam Hecht
Umschlaggestaltung: U.O.R.G. Lutz Eberle, Stuttgart
unter Verwendung eines Fotos von: © Joergens.mi/Wikipedia
Druck: GGP Media GmbH, Pößneck
Printed in Germany
ISBN 978-3-8392-1512-8

Was auch immer Sie auf den folgenden Seiten lesen, das Buch ist ein Roman. Ähnlichkeiten mit lebenden oder verstorbenen Personen und Ereignissen sind also rein zufällig.

VORWORT DES HERAUSGEBERS

Der hier erstmals veröffentlichte Bericht des früheren Freiburger Staatsanwalts Antonio Tedeschi erreichte mich etwa zwei Jahre, nachdem Tedeschi seinen Dienst bei der baden-württembergischen Justiz quittiert und Deutschland verlassen hatte. Dass er ihn mir anvertraute, hat mich überrascht, waren wir uns doch bis dahin nur vier oder fünf Mal begegnet und kannten uns nur oberflächlich, obwohl – oder vielleicht *weil* – uns unsere Herkunft und unsere Berufswahl verband. Das erste Mal traf ich Tedeschi aus Anlass der Feier des italienischen Nationalfeiertages im alten Freiburger Kaufhaus. Ich erinnere mich an einen gedrungenen Mann mit dunkelbraunen Augen, blauschwarzem Haar und der olivfarbenen Haut eines Orientalen, dessen schwäbelndes Deutsch in einem eigentümlichen Kontrast zu seinem Äußeren stand. Eine gemeinsame Freundin machte uns bekannt, aber wir wurden nicht warm miteinander. Ich lachte und scherzte an jenem Abend viel, Tedeschi blieb so ernst und still, dass ich fast erschrocken darüber war, wie sehr er bemüht war, sich in Sprache und Verhalten ganz dem anzupassen, was im Allgemeinen als Deutsch verstanden wird, während er Temperament und Lebenslust des Südens ganz verleugnete. In der Folge grüßten wir uns aus der Ferne und manchmal glaubte ich, dass er mich mied. Trotzdem übergab er mir nun sein Manuskript und bat mich in einem kurzen Brief darum, frei zu entscheiden, ob seine Beobachtungen einem breiteren Publikum zugänglich gemacht oder für immer vergessen werden sollten. Den Justizskandal des Jahres *1992*, den der ehemalige Staatsanwalt schildert, hatte ich aus einigen Artikeln der Badischen Zeitung in gerade noch vager Erinnerung, aber keine Vorstellung von der Dramatik der Ereignisse. Es stand für mich daher schnell außer Frage, den Bericht über die Vorgänge innerhalb der südbadischen Justiz zur Veröffentlichung zu bringen, wenn ich die Namen der beteiligten Personen auf Bitten des Verlages auch ändern und die Beschreibung ihrer körperlichen Merkmale verfremden musste.

Obwohl ich an der Wahrhaftigkeit der Schilderung keine Zweifel hege, habe ich dem baden-württembergischen Justizministerium ein Exemplar des Buches vorab zur Überprüfung vorgelegt. Dort war man zu keiner Stellungnahme bereit.

S. B.

1

Was war das für eine *Frau*, die es wagte, einen hohen Richter, ehemaligen Staatssekretär und Abgeordneten anzuklagen, allen Einflüssen und Einflüsterungen, Drohungen und Verlockungen zum Trotz, die ihr bei dieser Aufgabe täglich begegneten, die Hohn und Spott ihrer Gegner ebenso zu ertragen vermochte, wie den Applaus und das Lob falscher Freunde? Was war anders, was war besonders an dieser jungen Staatsanwältin, von der man vor den Ermittlungen, die sie für die einen berühmt und für viele andere berüchtigt machten, nie etwas gehört hatte? Und wie könnten diese Fragen beantwortet werden, ohne einen Blick in ihre Seele zu werfen und vielleicht auch in meine?

Wie war sie also? Engagiert? Ja. Zielstrebig? Ja. Leidenschaftlich? Ja – all das ohne Zweifel und vielleicht alles ein bisschen zu sehr … Vor allem war sie auf der Suche, und dies schon zu einem Zeitpunkt, als sie selbst es noch gar nicht wusste, lange bevor dieser kleine alte Mann sie ansprach und in ihr Leben trat …

Margarethe würde sagen, es sei ihr Schicksal gewesen, dass sich ihr gerade diese Aufgabe stellte und sie hätte damit recht, wenn man mit dem Begriff Schicksal weniger die Vorsehung, als vielmehr die Eigenart unseres Lebens verbindet, die Rätsel, die es uns stellt, eines Tages zu unserem Glück oder Unglück auch zu lösen und die Fragen zu beantworten, die unsere Lebensläufe nun einmal begleiten. Gibt es nur ein Leben, das nicht auf ein Geheimnis weist? Wir alle werden von unseren Schatten verfolgt.

Meine Rolle bei den Ereignissen war schlichter, bin ich doch durch bloßen Zufall zu ihnen gekommen, durch

Zufall und auch ein wenig durch Zuneigung, das will und werde ich nicht leugnen. Nennen wir es Schicksal, so war ich dabei, als Margarethe ihm begegnete. Zufällig, wie gesagt, zufällig und ohne jeden Anlass, aber eben doch dabei, und dieser Moment hat uns verbunden und verknüpft, wie zwei Pflanzen, die umeinander ranken, auch wenn mir die Bedeutung dieses Treffens nicht von Anfang an klar war und nicht klar sein konnte, obwohl ich die Bestürzung in ihrem Blick sah. Ja, Bestürzung.

Margarethe begegnete ihrem Schicksal in Gestalt eines geradezu zarten alten Mannes mit weißem Haar, feinen Gliedern und klugem Gesicht. Es war ein regnerischer Tag im März. Ich kam ein wenig zu spät zur Arbeit und war zu allem Überfluss in einen heftigen Regenschauer geraten, dem weder mein Schirm noch mein dünner Mantel hatten standhalten können. Als ich endlich bei der Staatsanwaltschaft ankam, konnte ich kaum durch meine Brille sehen; das Wasser tropfte an mir herunter, als regnete es aus meinen Kleidern. Während ich meinen Mantel am Eingang auszog und sich zu meinen Füßen kleine Lachen bildeten, entdeckte ich Margarethe. Sie stand ein paar Meter von der Pforte entfernt und sprach mit eben jenem Mann, der ihr, gerade als ich zur Begrüßung verstohlen winkte, einen Stapel Papiere in die Hand drückte, die er zuvor aus einer unansehnlichen Plastiktüte gezogen hatte. Den Alten hatte ich in den letzten Tagen schon ein paar Mal vor der Staatsanwaltschaft warten und unentschlossen zur Eingangstüre schielen sehen. Er war mir aufgefallen, weil er so zart war, fast zerbrechlich, ganz und gar ungewöhnlich für einen Mann, selbst für einen Mann seines Alters. Als ich ihn neben ihr stehen und auf sie einreden sah mit seinem schwarzen Hut, von dem der Regen tropfte, der dicken Jacke, deren schwarz-weißes Fischgräten-Muster zuletzt vor 20 Jahren modern gewesen sein mochte, den eindringlichen Gesten und einem Blick, der wie besessen schien, hielt ich ihn für einen Querulanten, wie man sie auf den Gängen der Gerichte, Behörden und Kanzleien immer wieder trifft. Männer meist, oft ungepflegt und ungewaschen, die davon überzeugt sind, dass ihnen bitterstes Unrecht geschehen ist, und nun, bewaffnet mit Stapeln von zerschlissenen Papieren, Unterlagen, Urteilen, ausgerissenen Zeitungsartikeln, Briefen, Bittschriften und Petitionen einen Richter oder einen Anwalt suchen, der ihnen helfen soll, ja, helfen muss, das vermeintliche Unrecht ungeschehen zu machen. Sie fordern *Gerechtigkeit!*, lautstark und unbedingt, und ahnen dabei nicht, dass das Wort allein schon den Juristen unangenehm berührt, vielleicht ebenso wie den Theologen die Frage nach *Gott!*, weil es uns in Verlegenheit bringt, dieses Wort Gerechtigkeit. Es ist uns unangenehm, ein wenig peinlich, so wie uns Eltern etwas niedrigerer sozialer Stellung, als wir sie selbst erwerben konnten, peinlich sind. Die Wahrheit ist, wir wissen nicht, was das ist, *Gerechtigkeit*! Wir suchen daher gar nicht nach ihr. Gesetze sind das, was wir statt der Gerechtigkeit anzubieten haben, Regeln, Definitionen, Verfahren. Sie zu beherrschen, ist schwer genug. Sie sind die kleine Münze, in der wir zu zahlen in der Lage sind. Daher scheint uns die Frage nach *Gerechtigkeit* naiv, wir haben uns abgewöhnt, sie zu stellen. Solche Gestalten kennt jedes Mitglied unserer Zunft, und nur ein ausgesprochener Anfänger kann sich ihnen nicht innerhalb von nur ein paar Minuten entziehen.

Margarethe würde ihn gleich abwimmeln, dessen war ich mir sicher. Vielleicht sollte ich einfach auf sie warten. Das Gespräch mit ihm war ihr unangenehm, sichtlich wollte sie ihn loswerden und die Unterlagen, die er ihr in die Hand drückte, nicht haben. Sie wusste, wenn sie die Papiere erst einmal in Händen hielt, blieb ihr nichts anderes übrig, als sie anzusehen, zumindest einen Blick darauf zu werfen, und sich dabei blitzschnell eine Ausrede einfallen zu lassen, um sie und den Bittsteller wieder loszuwerden und mit ihm die Frage nach *Gerechtigkeit*, um sich wieder ihrer eigentlichen Arbeit zu widmen, der Kärrnerarbeit der Justiz. Gleich würde sie ihm erklären, dass sie seine Lage verstehe und ihm wirklich gerne helfen würde, aber leider, ja leider nicht zuständig sei, dass es gewiss das Beste sei, einen Rechtsanwalt zu suchen, der sich seiner annimmt. Empfehlen? Nein, empfehlen dürfe sie niemanden, das sei ihr nicht erlaubt, aber die Anwaltskammer werde ihm weiterhelfen. Dort, ja, dort wisse man Rat, gewiss gebe es einen Anwalt, spezialisiert auf dem Gebiet, um das es gehe. Und ja, vielleicht bekomme er auch Prozesskostenhilfe; sei schließlich sein gutes Recht.

Doch das tat sie nicht. Der Alte redete auf sie ein – ich konnte leider nicht verstehen, was er sagte, dazu war ich zu weit entfernt, meinte allerdings in seiner Aussprache einen eigentümlichen Akzent zu hören, rau, guttural – redete und redete bis Margarethe sich mit einem Mal die Hand auf den Mund legte. Ich sah ihre Augen; sie waren weit aufgerissen. Der kleine Mann musste etwas gesagt haben, das sie überrascht, sogar bewegt hatte, anders war diese Geste, war ihr Ausdruck nicht zu erklären. Es war Bestürzung, die ihre Gesichtszüge formte; das sah ich, habe es jedoch erst später verstanden.

Ich war wieder einigermaßen hergestellt und hatte keinen Grund mehr, unten stehen zu bleiben. Ich wandte mich also zur Treppe, um nach oben in mein Büro zu gehen, wo meine Kunden warteten: Diebe, Räuber, Vergewaltiger … wie es gerade kam … Dabei versuchte ich Margarethes Blick auf mich zu ziehen, damit sie mir ein Zeichen geben konnte, falls sie mich brauchte, um den Alten loszuwerden. Doch sie war ihm und seinen Papieren schon ganz und gar zugewandt.

Drei Tage später stand sie in meinem Büro. Ich wusste noch, dass sie ein steifes grünes Kostüm und eine weiße Bluse anhatte, in denen sie blass und kränklich wirkte wie ein Gesicht im Neonlicht und die so gar nicht zu ihrer lebensfrohen Art passten. Wenn sie diese Art förmlicher Kleidung trug, dann immer nur ihrem Freund zuliebe – einem Freiburger Anwalt aus verarmtem Adel, den man stets im grauen Anzug antraf und der seinen ganzen Ehrgeiz daran setzte, zu dem aufzusteigen, was er als die besseren Kreise dieser Stadt bezeichnete.

»Ich möchte, dass du dir das einmal ansiehst«, sagte sie und reichte mir eine gerade angelegte Akte über den Schreibtisch. Das war nicht ungewöhnlich. Margarethe und ich tauschten uns oft aus, wenn uns ein Fall besonders beschäftigte, und da wir es in unserem Beruf nun einmal mit der dunklen Seite des Lebens zu tun hatten, und wir beide noch lange nicht so abgestumpft waren wie einige unserer älteren Kollegen, die sich auch von den Bildern eines misshandelten Kindes nicht ihren Appetit verderben ließen, geschah das an fast jedem zweiten Tag.

Was sie mir reichte, waren die Unterlagen des Alten, und sie sahen genau so aus, wie ich es erwartet hatte: zerfledderte Papiere, mit tausend Farben unterstrichene, immer wieder gelesene Dokumente, abgegriffene Blätter mit zerfaserten Rändern. Natürlich waren auch Kopien von zwei Urteilen dabei, hektografiert, in blauen Buchstaben auf jenem glasglatten beigefarbenen Papier, das ich schon seit meiner Schulzeit nicht mehr gesehen hatte, aber sofort die Erinnerung an jenen intensiven alkoholischen Geruch der Druckfarbe in mir erstehen ließ, der mir jedes Mal in die Nase gestiegen war, wenn unser Lehrer die Blätter ausgeteilt hatte.

Die erste Seite enthielt eine Strafanzeige, aufgegeben beim Polizeiposten Freiburg-Herdern im Jahr 1981 gegen – als ich die Namen las, musste ich unwillkürlich durch die Zähne pfeifen – gegen die Richter am Oberlandesgericht Dr. Joseph-Georg Müller, Thomas Meinrad und Martin von Kempf. Rechtsbeugung warf ihnen der Anzeigenerstatter vor. Was auch sonst?, dachte ich bei mir. Darunter machten es Querulanten selten. Der aufnehmende Beamte hatte sich große Mühe gegeben, den Sachverhalt so neutral zu schildern, wie er nur konnte, wenn auch bei jeder Zeile und bei jedem Wort zu spüren war, wie wenig er von dieser Anzeige hielt. Man konnte sich leicht vorstellen, wie er sie, angetan mit dem immer etwas zu engen gelbgrünen Uniformhemd unserer Polizei, vielleicht übergewichtig und ein wenig schwitzend, mit zwei Fingern in eine alte graue Schreibmaschine hämmerte. So erfuhr ich, dass am Morgen des 15. Mai 1981 der *angeblich* Geschädigte Hermann Mordechai Stein, geboren am 26.06.1926 in Freiburg, israelischer Staatsangehöriger, beim ›UZ‹ Polizeihauptmeister Jeckle vorgesprochen und eine Strafanzeige gegen die Mitglieder des in Freiburg ansässigen fünften Senats des Oberlandesgerichts Karlsruhe erstattet hatte. Der angeblich Geschädigte sei der Meinung, das Gericht habe in einem Verfahren auf

Rückübertragung des Grundstückes Münsterweg 7 vorsätzlich das Recht gebeugt, indem es die Klage abgewiesen und die Zulassung eines weiteren Rechtsmittels gegen diese Entscheidung ausgeschlossen habe, Vergehen strafbar nach den Paragrafen usw. usw. usf. Urschriftlich mit einer Ablichtung der angeblich rechtswidrigen Entscheidung des Oberlandesgerichts an die Staatsanwaltschaft Freiburg mit der Bitte um weitere Veranlassung. Einstellungsnachricht erwünscht …

Die weiteren Unterlagen sah ich mir gar nicht erst an.

»Hast du das von dem kleinen alten Mann?«, fragte ich Margarethe.

»Ach ja, du hast ihn gesehen«, antwortete sie. »Was hältst du davon?«

»Das fragst du mich nicht im Ernst?«, gab ich zurück. »Das ist Unsinn, reiner Unsinn. Du weißt, dass das Unsinn ist!«

»Ah …«, sagte Margarethe und blieb ganz ruhig. Sie war mein manchmal etwas schroffes Temperament gewohnt und verzieh es mir in der Regel, so wie ich ihr ihre Ausbrüche verzieh. Sie räumte die Akten von meinem Besucherstuhl, setzte sich und sah mich mit einem Ausdruck an, der zwischen Nachsicht und Tadel schwankte.

»An der Sache ist etwas faul«, sagte sie.

»Was heißt das, ›an der Sache ist etwas faul‹?«, fragte ich ungläubig. Ich konnte es nicht fassen. Sie wollte sich ernsthaft mit einer Strafanzeige wegen Rechtsbeugung befassen, auch noch mit einer Strafanzeige gegen einen ganzen Senat des Oberlandesgerichts.

»Ich habe mir die Unterlagen angesehen. Wenn du etwas weiterblätterst, findest du die Eingangsanzeige der Staatsanwaltschaft aus dem Jahr 1981. Das Verfahren war hier anhängig, über zehn Jahre lang. Man hat die Beschuldigten sogar über das Verfahren informiert, aber es gibt keine Akte und es gibt keine Kartei im Haus.«

»Keine Kartei?«, wiederholte ich und wurde etwas vorsichtiger. Das war allerdings ungewöhnlich, denn mit jedem Strafverfahren – und sei es noch so banal oder aussichtslos – wurde eine Karteikarte mit den Grunddaten des Beschuldigten angelegt, die nach der Einstellung des Verfahrens noch Jahrzehnte in unserer Registratur blieb. Jedes Strafverfahren hinterließ also zumindest diese eine papierene Spur, mochten die Vorwürfe noch so haltlos und die Unschuld des Betroffenen noch so eindeutig sein. Hunderte von unbescholtenen Bürgern hatten eine Karteikarte bei uns, viele wussten es nicht einmal.

Ich sah mir die Akte etwas genauer an, bis ich auf die Eingangsanzeige und damit auf den Namen des Kollegen stieß, in dessen Hand das Verfahren 1981 gelegen hatte.

»Ich glaube, ich weiß, woran das liegen kann«, sagte ich und gab Margarethe die Akte zurück. »Maier-Rolfs hat die Sache bearbeitet.«

»Maier-Rolfs? Nie gehört. Was war mit ihm?«, fragte Margarethe.

»Du hast nie von ihm gehört? Der Mann war berüchtigt. Er war Alkoholiker und jahrelang praktisch arbeitsunfähig. Es hat nur keiner bemerkt. Damit niemandem auffiel, wie viele Fälle er verschleppte, hat er alle Akten, mit denen er nicht zurechtkam, zu sich nach Hause genommen und in seinem Keller gestapelt, bis unser Chef von einem Strafverteidiger einen Tipp bekam. Der Keller soll bis unter die Decke voll gewesen sein mit seinen unbearbeiteten Akten. Die Wachtmeister haben einen Transporter gebraucht, um sie wieder herzubringen … Vielleicht hat er Akten nicht nur gehortet, wie wir damals dachten, sondern weggeworfen.«

»Das kann natürlich sein«, gab Margarethe zu. »Ich wusste gar nichts von diesem Maier-Rolfs … Aber ich muss die Sache trotzdem zu einem Ende bringen. Ich sollte das Verfahren zumindest ordentlich einstellen. Der alte Mann war völlig außer sich, weil er nach seiner Strafanzeige weder von der Polizei noch von uns je wieder etwas gehört hat. ›Und das in Deutschland!‹, hat er immer wieder gesagt. Ich habe ihm versprochen, mich darum zu kümmern.« Sie stand auf und sah nachdenklich auf die Akte. »Ich kann ihm kaum sagen, dass seine Anzeige nicht bearbeitet worden ist, weil der zuständige Staatsanwalt getrunken hat, nicht wahr?«

»Nein, das kannst du wohl nicht«, antwortete ich, »und ich fürchte, die Sache mit der fehlenden Karteikarte musst du melden.«

Margarethe nickte und wandte sich zur Tür. Sie fühlte sich unwohl, und das nicht nur wegen des grünen Kostümchens, das ihr nicht stand und das sie ersichtlich nicht an sich mochte. Da gab es etwas anderes, was sie beschäftigte, beunruhigte.

»Keine Angst, du kommst schon an Thekla vorbei«, scherzte ich breit grinsend in dem sicher schwachen Versuch, Margarethe aufzuheitern. Die Rede war von der Sekretärin unseres Chefs, einer knochigen Sechzigjährigen mit gefärbten blonden Haaren und dem Gemüt einer Spinne, die auf ihre Beute wartet. Aufgrund irgendeiner unerklärlichen Vorahnung mussten schon ihre Eltern gefühlt haben, welches Kind ihnen geboren war, dass sie es ausgerechnet auf den Namen Thekla getauft hatten. Thekla saß nun im Vorzimmer unseres Chefs und beäugte jeden argwöhnisch, der bei ihm vorsprechen wollte – vor allem Margarethe.

»Warum beschäftigt dich der alte Mann so sehr?«, fragte ich unvermittelt, denn natürlich war es nicht der Gedanke an Thekla, der Margarethe die Tür so langsam öffnen ließ, wie sie dies nun tat.

»Der alte Mann?«, wiederholte sie. Sie zögerte einen Moment, bevor sie weitersprach, und wurde verlegen. »Nichts, es ist nicht wichtig.«

»Komm schon, raus mit der Sprache ... Ich hab euch doch gesehen. Er hat dir irgendetwas gesagt.«

Margarethe sah zu Boden und holte tief Luft. »Er kannte meinen Vater«, antwortete sie endlich, wandte sich ab und ging schnell hinaus.

Ihren Vater.

2

Margarete und ich arbeiteten damals seit etwa drei Jahren zusammen. Sie kam mit etwas mehr als 30 Jahren zur Staatsanwaltschaft und hatte gerade die Ochsentour als Richterin an verschiedenen kleinen Amtsgerichten hinter sich, die die meisten Rechtsassessoren durchlaufen müssen, bevor sie endlich eine feste Stelle bekommen. Ich erinnere mich genau, wie sie bei uns anfing und das Arbeitszimmer neben meinem Büro bezog, das schon seit Jahren leer stand, weil es unter dem Dach lag und den anderen Kollegen viel zu heiß war in den berüchtigten Freiburger Sommern. Aber Margarethe fürchtete die Hitze ebenso wenig wie ich, und wie ich liebte sie den Blick über das Meer der Dächer, den wir von unseren ansonsten dunklen und schmucklosen Mansarden aus genossen.

An ihrem ersten Tag hatte ich Sitzungsdienst in mehreren Strafverhandlungen und konnte daher nicht bei dem kleinen Begrüßungstreffen sein, das unser Chef für sie organisiert hatte. In der Mittagspause klopfte ich an ihre Tür, um mich als Büronachbar und neuer Kollege vorzustellen, und fand sie fröhlich und schwitzend inmitten dreier Umzugskisten stehen. An jenem Tag trug sie ein weißes T-Shirt, eine verwaschene Jeans und Leinenschuhe. Ihr wildes aschblondes Haar hatte sie mit einem hellen Kopftuch zu bändigen versucht und nach hinten gebunden. Als sie mich sah, machte sie einen Satz, um über die Kisten zu springen und kam in burschikosen Schritten auf mich zu. Sie war ein wenig größer als ich und entsprach mit ihren kräftigen Schultern und breiten Hüften ganz dem Bild der selbstbewussten blonden Deutschen, das durch die Köpfe italienischer Männer geistert. Ich mochte sie sofort – aber nicht nur deswegen.

»Sie müssen Tedeschi sein«, sagte sie und drückte mir so fest die Hand, dass ich unwillkürlich zusammenzuckte. »Margarethe Heymann. Ich habe schon viel von Ihnen gehört. Ich finde übrigens, wir können uns duzen.«

»Oh, ich hoffe, nichts allzu Schlechtes«, antwortete ich ungeschickt und fragte mich, wie ich wohl zur Ehre dieses frühen Du kam, das mir seit dem Studium niemand mehr so leicht angetragen hatte. »Antonio, ich heiße Antonio.«

»Ich weiß«, sagte Margarethe, »ich heiße Margarethe. Weißt du, die Amtsrichter kennen und fürchten dich.«

»Die Amtsrichter fürchten mich, aber wieso denn?«

»Wieso? Na, weil du ihnen widersprichst«, antwortete sie mit einem schelmischen Blick.

»Oh«, sagte ich ehrlich erstaunt, »und so etwas fürchten sie?«

»So etwas fürchten sie.« Sie lachte und zwinkerte mir zu.

Ich wurde ein wenig verlegen und wusste nicht recht, was ich antworten sollte. Dabei muss ich gestehen, dass es vielleicht den ein oder anderen Amtsgerichtsdirektor gab, mit dem ich hin und wieder, nicht wirklich oft, aber eben ab und zu ein kleines Scharmützel in Sachen Prozessrecht hatte ausfechten müssen. Das musste man verstehen. Die Herren hatten den Zenit ihrer Karrieren überschritten und weder mit Versetzung noch gar mit einer Beförderung zu rechnen. Da ihnen in den Kleinstädten, wo sie arbeiteten, der Austausch mit Juristen fehlte, die ihnen auf Augenhöhe begegneten, war es kaum verwunderlich, wenn ihr Wissen nicht immer auf dem neuesten Stand blieb und sich ein paar schlechte Gewohnheiten in ihre Verhandlungsführung einschlichen. Ich dachte, es sei meine Pflicht als deutscher Staatsanwalt, hier ein Gegengewicht zu bilden, und wunderte mich, Kollegen zu haben, die dies für ungewöhnlich genug hielten, um sich hierüber zu unterhalten. War es nicht die unverbrüchliche Treue zum Recht, die dieses Land trug? In Italien wäre es unhöflich, einen Richter daran zu erinnern, dass es die Prozessordnung einzuhalten galt – so vermutete ich wenigstens – aber in Deutschland?

Zwischen Margarethe und mir blieb ein Augenblick verlegenen Schweigens. Wie sie mir später einmal gestand, dachte sie, sie hätte mich mit dieser Bemerkung verletzt und einmal mehr ihre Offenheit bereut, mit der sie Menschen begegnete, wenn sie sie sympathisch fand.

Gerade in diesem Moment fiel mein Blick auf ein kleines Figürchen, das auf ihrem Schreibtisch stand und mit dem ich an dieser Stelle am wenigsten gerechnet hätte: Es war ein Schlumpf, genauer, ein boxender Schlumpf.

»Der ist ja nett«, rief ich aus und hielt den kleinen blauen Kämpfer mit seinen roten Boxhandschuhen und dem hübschen Grinsen hoch.

»Der ist toll, nicht?«, sagte Margarethe genauso enthusiastisch wie ich, ballte die Fäuste und nahm die Grundstellung ein. »Das ist Manni Boxschlumpf, das Maskottchen unseres Frauenboxrings.«

»Ich sehe, meine neue Büronachbarin ist voller Überraschungen«, antwortete ich und konnte es mir nicht verkneifen, gleichfalls die Fäuste zu heben, sodass wir uns mit einem Mal gegenüberstanden, als warteten wir auf den Gong zur ersten Runde. Dabei gaben wir sicher ein ziemlich dummes Bild ab. Und natürlich tauchte genau in dem Moment ein großer schlanker Mann im dunkelgrauen Dreiteiler im Türrahmen auf, der uns verständnislos ansah und unangenehm berührt schien.

»Oh Schatz, schön, dass du da bist«, sagte Margarethe und ging lachend auf den Besucher zu. »Darf ich vorstellen, Eckhard von Hansen, mein Freund, Antonio Tedeschi, ein neuer Kollege.«

»Sehr erfreut«, sagte ich und reichte von Hansen die Hand. »Ich nehme an, das sah jetzt komisch aus. Es ist nur, weil wir den Boxschlumpf …«

»Angenehm«, erwiderte von Hansen kühl und blickte dabei – er war einen Kopf größer als ich – so blasiert auf mich herab, dass jede weitere Erklärung überflüssig wurde. Er konnte mich nicht ausstehen, und man sah ihm förmlich an, wie er sich gerade fragte, was denn wohl dieser kleine übergewichtige Itaker bei der Staatsanwaltschaft zu suchen hatte. Er hielt mich keiner weiteren Aufmerksamkeit mehr für würdig und wandte sich wieder an Margarethe.

»Ich wollte dich zum Essen abholen«, sagte er in einem Ton, der bei aller Höflichkeit klang wie Galle. »Wir waren verabredet, hast du das vergessen?«

In dem Moment entdeckte ich die Narbe auf seiner Wange, drei Zentimeter lang, knapp unter dem Jochbein, nicht sehr groß, aber doch auffällig genug, um von jedem, der sie erkennen sollte, auch erkannt zu werden. Es war ein Schmiss, eindeutig. Der Herr war Burschenschaftler und seine Verbindung schlagend. Mit Grauen erinnerte ich mich an diese Herrschaften, die mir während des Studiums zum ersten Mal begegnet waren: Söhne aus wohlhabenden Häusern und solche, die zumindest dafür gehalten werden wollten, die in Streifenhemden und flaschengrünen Pullovern – zu meiner Zeit war es niemals eine andere Farbe – in den Vorlesungen saßen und in den Pausen mit ihren guten Beziehungen und ihrer exzellenten Herkunft prahlten, eine Herkunft, die sie allerdings selten davon abhielt, an den Paukabenden in ihren Burschenschaftshäusern eimerweise Bier in sich hineinzuschütten, gegen Mitternacht alle vier Strophen des Deutschlandlieds zu grölen, um sich danach glücklich zu übergeben und halb ohnmächtig in ihrem Erbrochenen einzuschlafen …

»Vergessen? Natürlich nicht«, antwortete Margarethe kopfschüttelnd. Ihr konnte nicht entgangen sein, wie groß die Antipathie war, die zwischen mir und von Hansen herrschte. »Ich bin doch hier.«

Ich hielt es für klüger, zu gehen, und verabschiedete mich unter dem Vorwand, den nächsten Gerichtstermin vorbereiten zu müssen, was von Hansen mit so etwas wie einer überheblich zur Schau getragenen Erleichterung und Margarethe mit einem entschuldigenden Lächeln quittierte.

»Wohin führst du mich denn?«, hörte ich Margarethe noch fragen, während ich hinausging, und ihn »in den Salatgarten!« antworten. Überflüssig zu erwähnen, dass er Margarethe für zu dick hielt und ihr immer wieder damit in den Ohren lag, ein wenig mehr auf ihre Figur zu achten.

Margarethe und ich wurden Freunde, obwohl von Hansen mich nicht leiden konnte. Wir erwähnten ihn einfach nicht. Es war für uns, als ob es ihn nicht gäbe. Darin waren wir uns einig, ohne ein Wort zu verlieren. Der Preis, den wir für diese Übereinkunft bezahlten, war allerdings hoch. Sie konnte mich kaum zu sich einladen, selbst der Feier zu ihrem 33. Geburtstag blieb ich fern, und musste sich immer wieder von ihm anhören, wie wenig der Umgang mit mir angemessen sei. Ich dagegen fragte nicht nach, warum sie an viel zu vielen Tagen mit von Tränen geschwollenen Augen zur Arbeit kam, denn ich wusste oder ahnte, dass sie sich mit van Helsing – wie ich ihn bald nannte – gestritten hatte. Vielleicht, weil sie sich nicht in die Rolle fügen mochte, die er und seinesgleichen ihr zugedacht hatten, vielleicht aus irgendeinem anderen, nichtigen Anlass. Hätte ich sie darauf angesprochen, sie hätte sich mir offenbaren und ihn dadurch verraten müssen, und das brachte sie nicht übers Herz.

»Hey, Antonio, boxt du auch?«, rief sie mir ein paar Tage später nach, als wir uns zufällig auf dem Gang begegneten.

»Früher war ich mal aktiv, aber das ist lange her, wie

man mir ansieht«, sagte ich und zeigte mit entschuldigender Geste auf meinen Bauchansatz, den ich zwischenzeitlich auch mit meinem weitesten Leinenanzug nicht mehr kaschieren konnte. »Als ich 13 war, konnte mein Vater es einfach nicht mehr mit ansehen, wie ich jeden Tag mit einer blutigen Nase von der Schule nach Hause kam, und hat mich in einen Verein geschickt, in dem ein Cousin von ihm trainierte.«

»Und, wurde es besser? Ich meine mit der blutigen Nase?«, fragte Margarethe.

»Irgendwann schon«, antwortete ich, »nachdem ich dem Sohn des Dorfmetzgers ein Veilchen verpasst hatte, ließ man mich in Ruhe. Dafür nannten sie mich dann einen Schläger.«

Margarethe prustete laut los vor Lachen; offenbar machte ich keinen allzu harten Eindruck auf sie. »Du, ein Schläger? Wie kamen die denn da drauf?«

»Na ja, das ist einfach: Wenn deine deutschen Klassenkameraden dich verprügeln wollten und du als Italiener einfach abgehauen bist, warst du natürlich ein Feigling. Wenn du dich gewehrt und dafür eins auf die Nase bekommen hast, warst du ein Schwächling, und wenn du dem Metzgerjungen ein Veilchen verpasst hast, warst du ein Schläger. Aber das ging nur so lange, bis die Türken kamen. Von da an waren die die Schläger. Das war eine große Entlastung für die italienische Gemeinde in Sindelfingen. Die Türken hatten allerdings Pech. Die mussten warten, bis die Albaner kamen, und das hat gedauert.«

»Klingt ein wenig verbittert«, sagte Margarethe.

»Ist es vielleicht auch«, sagte ich. »Aber, hey, sieh mich an: Ich bin ein eingebürgerter Italo-Schwabe, voll integriert und *isch 'abe sogar ein Auto, Signorina.*«

»Du heißt ja auch nicht Angelo«, entgegnete Margarethe schnippisch.

»Und ich mag keinen Cappuccino!«

»Ah …«, sagte Margarethe.

3

Und jetzt also ihr Vater. Schon als sie zum ersten Mal davon sprach, dass der kleine alte Mann ihren Vater gekannt hatte, hätte ich wissen müssen, dass sie den Fall nicht einfach abschließen und vergessen konnte. Etwas Dunkles, Unergründetes lag um diesen Vater, den sie in ihrem Leben kaum hatte kennenlernen dürfen, und an den sie sich, wie sie mir einmal anvertraut hatte, nur in verblassten Bildern zu erinnern vermochte. Er war verstorben, noch bevor sie die Grundschule beendet hatte, war ihr aber auch zu seinen Lebzeiten fremd geblieben, fremd und schwer zu greifen.

Es gab eine Fotografie von diesem Vater, ausgestellt in einer kleinen Vitrine, mit der sie ihr Arbeitszimmer geschmückt hatte, und in der sie einige Schätze ihres Lebens verwahrte: Ein schmaler, nachdenklicher Mann mit feinen Gesichtszügen und großen Augen. Obwohl es sich um ein Schwarz-Weiß-Bild handelte, schien es mir sicher, dass er von bleichem Teint war, die Haare, die Augen und Augenbrauen jedoch waren dunkel, vielleicht sogar schwarz. Zusammen mit den hohen Wangenknochen gaben sie dem Gesicht eine zarte, fast weibliche Schönheit, in der man Margarethes Züge wiederfand. Seine Augen standen fern, als ruhte sein Blick auf etwas, das weit, weit draußen lag.

Margarethe machte sich auf die Suche. Tagelang durchkämmte sie Registratur und Keller, zog unseren Archivar ins Vertrauen und durchmaß gemeinsam mit ihm Regalmeter um Regalmeter abgelegter Akten. Was sie unternahm, war nicht die Suche nach der Nadel im Heuhaufen, es war schlimmer. Es war die Suche nach dem Halm. So unwahrscheinlich es auch sein mochte, dass sie die Akte zwischen all den anderen Akten finden würde, so sicher und unbeirrt blieb sie bei der Suche. Denn an einer Kleinigkeit sollte diese zu identifizieren sein, wie ihr unser Archivar, ein schrulliger Fünfzigjähriger mit dicken Brillengläsern und feuchten Augen, begeistert von ihrer detektivischen Mission erklärte: Zu erkennen war die Akte an der fehlenden Ablagenummer.

»Ablagenummer?«, wiederholte ich erstaunt, als sie mir vom Herrn unserer Archive berichtete, einer Art menschlichen Maulwurfs, der von uns Staatsanwälten beinahe ebenso gemieden wurde wie Thekla – nicht etwa weil er unfreundlich war, sondern weil man sich schon zu langweilen begann, wenn man ihn nur sah, in etwa so wie bei dem Ausdruck ›Ablagenummer‹.

»Ablagenummer!«, bestätigte Margarethe.

Dem Archivar oblag es, alle erledigten Verfahren zu ordnen und in unseren Kellern für die nächsten Jahre aufzubewahren, bis sie weitergeleitet wurden an das Zentralarchiv. Hierzu gab er jedem Aktenstück eine Nummer, die er in großen Ziffern auf den Aktendeckel auftrug, sodass sie bei der Durchsicht leicht zu sehen war. Da er hierzu eine eigene Kartei führte, für deren Vollständigkeit er mit dem verbliebenen Rest seines spärlichen Augenlichts zu bürgen bereit war, musste eine im Archiv versteckte Akte entweder an der fehlenden oder einer doppelt vergebenen Nummer zu erkennen sein.

Sie fanden nichts. Nach drei Tagen zuckte sogar der Maulwurf mit den Schultern, nahm die Brille von der Nase, putzte die dicken Gläser und bedeutete Margarethe resigniert, er gebe auf, obwohl ihm bewusst sein musste, dass er damit die gesamte weibliche Aufmerksamkeit wieder verlor, die ihm in den letzten Tagen so ersichtlich gutgetan hatte – gewiss mehr weibliche Zuwendung, als ihm sonst während eines ganzen Jahres seines dunklen und staubigen Lebens zuteil geworden war.

Margarethe dagegen gab nicht auf, fasste sich ein Herz und rief bei ihrem Vorgänger an, dem Mann, der sein Amt auf nicht allzu rühmliche Weise hatte aufgeben müssen, weil er die Akten, anstatt zu bearbeiten, in seinem Keller gehortet hatte.

Staatsanwalt a. D. Dieter Maier-Rolfs bewohnte die Parterre-Wohnung seines Elternhauses in der oberen Wintererstraße, Freiburgs erster Adresse, das er wegen seiner vorzeitigen Pensionierung und anschließenden Scheidung nicht mehr hatte halten, dafür aber doch geschickt in drei Eigentumswohnungen aufteilen können, von welchen er eine verkaufen und die zweite seiner Frau überschreiben musste, um sie abzufinden. Er begrüßte Margarethe erstaunlich liebenswürdig und führte sie in ein mit alten Möbeln bescheiden, aber ordentlich eingerichtetes Wohnzimmer, dessen breite Fensterfront in den Osten zeigte, sodass es den Blick von den Höhen des Schlossbergs auf die halbe Stadt freigab. Der alte Herr war nicht allzu gut rasiert, trug jedoch ein frisches Hemd. Er hatte eine Krawatte angelegt, Tee zubereitet und den Tisch gedeckt.

»Es kommt nicht alle Tage vor, dass man Besuch von Kollegen bekommt«, sagte er freundlich und bat Margarethe, Platz zu nehmen. »Wie geht's der alten Truppe?«

»Gut! Jammert über zu viel Arbeit und verlässt das Büro trotzdem freitags um drei«, antwortete Margarethe, die sich hatte sagen lassen, dass Maier-Rolfs Spaß verstand.

»Na, dann hat sich ja nichts geändert!«, bemerkte er vergnügt und schenkte ihr mit leicht zitternder Hand ein. »Und Meißner?«, fragte Maier-Rolfs weiter, während er Zucker in seine Tasse gab.

»Ist zwischenzeitlich befördert: Leitender Oberstaatsanwalt«, sagte Margarethe, obwohl ihr nicht wohl war bei diesem Namen. Maier-Rolfs' vorzeitige Pensionierung ging, wie sie jetzt wusste, auf Meißner zurück, und sie fürchtete, er mochte mit seinem früheren Chef nicht die angenehmsten Erinnerungen verbinden.

»LOSTA also, alle Achtung! Dann hat er ja erreicht, was er erreichen wollte«, setzte Maier-Rolfs die Unterhaltung ungerührt fort. »Was halten Sie von ihm?«

»Ich komme gut aus mit unserem Chef,« antwortete Margarethe, obwohl sie das Thema lieber schnell gewechselt hätte.

»Ist ein guter Mann«, sagte Maier-Rolfs zu ihrem Erstaunen. »Er hat mir damals das Leben gerettet. Mit einem Tritt in den Hintern zwar, aber den habe ich offenbar gebraucht.«

»Ah …«, bemerkte Margarethe nur.

»Sie wissen bestimmt, wieso ich in den vorzeitigen Ruhestand versetzt wurde«, begann Maier-Rolfs und sah dabei aus dem Fenster auf die Stadt, die vor ihnen lag wie ein unbewegter roter See.

»Ich habe etwas gehört«, antwortete Margarethe beiläufig.

»Ich habe getrunken, ziemlich viel, schon morgens nach dem Aufstehen«, sagte Maier-Rolfs, als ob Margarethe nicht geantwortet hätte. »Stellen Sie sich vor, nachdem ich zwangspensioniert war, habe ich keinen Tropfen mehr angerührt, noch nicht einmal als meine Frau mir offenbarte, dass sie ein Leben neben einem Versager wie mir nicht mehr ertragen konnte. Keinen Tropfen – ohne die geringste Mühe! Und wissen Sie warum?«

»Nein.«

»Weil ich keine Fälle mehr hatte! Weil ich diese Akten nicht mehr sehen musste. Weil ich … frei war.« Maier-Rolfs lächelte Margarethe offen an und reichte ihr den Teller mit den Keksen. »Sie hatten doch bestimmt schon Verfahren, die sie nicht losgelassen haben. Fälle, die sie den ganzen Tag beschäftigen und ihnen nachts den Schlaf rauben, nicht wahr? Sie wachen auf, morgens um vier, und denken an ihren Fall; sie versuchen wieder einzuschlafen, wälzen sich im Bett und denken an den Fall. Sie stehen gerädert auf – und denken an den Fall. Jeder in unserem Beruf hat das erlebt. Manchmal hat man zu großes Mitleid mit dem Opfer, manchmal ist einem der Angeklagte besonders zuwider oder wir haben Angst vor seinem Verteidiger, weil der uns schon einmal reingelegt hat … Wir wollen das Verfahren gewinnen, unbedingt, und stehen deswegen dauernd unter Spannung. Den meisten Kollegen, die ich kenne, und mit denen ich darüber gesprochen habe, passiert das ein, höchstens zwei Mal im Jahr und das ist schon schlimm genug.« Er schwieg einen Augenblick und sah dabei zu Boden. »Wissen Sie, wie oft ich das erlebt habe?«

Margarethe schüttelte den Kopf.

»Jeden Tag, jede Nacht ... Jeden Tag und jede Nacht meines vermaledeiten Berufslebens«, sagte Maier-Rolfs. »Können Sie sich das vorstellen? Es war die Hölle – zumindest kommt es meiner Vorstellung von Hölle ziemlich nah. Ich wurde meine Fälle nicht los. Sie verfolgten mich 24 Stunden am Tag, sieben Tage in der Woche, das ganze Jahr. Ich trank, um einen Moment Ruhe zu finden vor den Verfahren, um die Akten zu vergessen, die ich nicht mehr bearbeiten konnte, um einzuschlafen ... und obwohl ich jeden Abend betrunken ins Bett fiel, voll wie eine Haubitze, bin ich Morgen für Morgen um vier Uhr aufgewacht und grübelte weiter über meine Fälle.«

Maier-Rolfs verstummte, sein Gesicht schien grau. Es war, als habe ihn mit einem Mal so etwas wie bleierne Müdigkeit ergriffen, als genügte bereits die Erinnerung an jene schwere Zeit, um ihm jede Kraft zu nehmen. Er lächelte müde. Schließlich atmete er tief durch, seine Miene hellte sich auf und er nickte. »Aber das ist jetzt vorbei, ich bin erlöst. Ich schlafe wieder. Es geht mir gut.« Er nahm seine Tasse und trank einen Schluck Tee. Dann sah er Margarethe versonnen an. »Und jetzt zu Ihnen«, sagte er. »Ich glaube kaum, dass Sie hierhergekommen sind, um sich die Lebensgeschichte eines überforderten alten Staatsanwalts anzuhören. Was kann ich für Sie tun, Frau Kollegin?«

Margarethe stellte ihre Tasse ab und sah Maier-Rolfs in die Augen. Sie mochte diesen Mann und das würde ihr helfen, ihm einige Fragen zuzumuten, die in die Zeit der Schlaflosigkeit zurückreichten. »Ich suche nach einer Akte, die Sie einmal bearbeitet haben. Vielleicht erinnern Sie sich. Eine Strafanzeige gegen drei Richter des Oberlandesgerichts …« Mehr brauchte sie nicht zu sagen. Die Tasse in der Hand des alten Herrn zitterte und klingelte wie ein Glöckchen. Er stellte sie auf den Tisch vor sich und atmete tief durch. Margarethe ließ ihn nicht aus den Augen und wartete.

»Ja«, sagte er mit trockener Stimme, »ich kann mich an das Verfahren erinnern, sogar gut erinnern. Es ging um einen jüdischen Kaufmann und ein Grundstück in Freiburg. Ich meine, sein Sohn hätte die Anzeige erstattet. Rechtsbeugung, darum ging es. Gut möglich, dass ich die Akte damals mit nach Hause genommen habe … wie viele andere auch.«

»Dann wäre sie bei denen gewesen, die in Ihrem Keller gefunden wurden«, meinte Margarethe.

»Müsste sie«, sagte Maier-Rolfs abweisend und zuckte scheinbar gleichgültig mit den Schultern. Er war leicht zu durchschauen. Margarethe konnte gar nicht entgehen, wie er sich abzuschotten versuchte. Sie wusste, sie hatte einen bestimmten Punkt berührt, ein wenig so, wie bei einer empfindlichen Pflanze, die ihre Blüte verschließt, wenn man über ihre Blätter streicht.

»Wir haben die Akte gesucht, mehrere Tage lang. Sie ist nicht bei uns im Archiv«, sagte Margarethe mit klarer Stimme. »Sie wüssten nicht, wo sie sein könnte?«

»Nein, nein«, antwortete Maier-Rolfs schnell – viel zu schnell.

»Könnte es nicht sein, dass …«, begann Margarethe vorsichtig, »dass Sie damals die Akten nicht nur in Ihrem Keller aufbewahrt, sondern vielleicht auch einige weggeworfen haben?«

Maier-Rolfs schüttelte den Kopf. »Nein!«, sagte er, diesmal ganz im Brustton der Überzeugung. »Weggeworfen habe ich eine Akte nie, keine einzige. Dazu war ich viel zu sehr Beamter.«

»Ja, das glaube ich Ihnen aufs Wort. Da sind wir alle gleich!«, sagte Margarethe und lachte. »Aber vielleicht haben Sie sie nicht nur im Keller aufbewahrt, sondern auch noch an einem anderen Ort. Es ist lang her und Sie waren krank damals, vielleicht haben Sie es vergessen.« Sie hielt einen Augenblick inne, um ihre Worte auf ihr Gegenüber wirken zu lassen.

Maier-Rolfs schwieg, und Margarethe wunderte sich, wie still es in diesem Zimmer auf einmal war. Kein Laut drang durch die breite Fensterfront, nicht der Pfiff eines Vogels, kein Geräusch eines Motors, kein von Menschen gesprochenes Wort. Sie sah Maier-Rolfs weiter freundlich an. Sie wusste, er würde, ja, er konnte ihr nur dann helfen, wenn er dabei nicht sein Gesicht verlor. Sie musste ihm Zeit geben.

»Es wäre nicht weiter schlimm«, fuhr sie fort. »Es wäre Teil Ihrer Krankheit, die Sie aus eigener Kraft überwunden haben. Niemand würde es Ihnen vorwerfen. Die Verfahren, die gegen Sie geführt wurden, sind abgeschlossen. Es kann Ihnen nichts mehr geschehen.«

Maier-Rolfs antwortete nicht. Das war besser, als weiter zu lügen, dachte Margarethe. Aber wie könnte sie ihm jetzt eine Brücke bauen? Wenn er ihr nicht sagen würde, wo die Akte geblieben war, musste sie eine Durchsuchung anordnen. Und wenn sie die Akte dabei nicht fand, weil er sie zu gut versteckt hatte?

»Helfen Sie mir, bitte!«, sagte sie plötzlich. Sie wusste selbst nicht, wie sie dazu kam, so mit ihm zu sprechen. Sie sah ihn an und fühlte, wie sie ein wenig rot wurde. Maier-Rolfs dagegen senkte den Kopf und blickte betreten zu Boden. Sie sollte nicht sehen, dass er sich schämte. Margarethe fühlte, wie er mit sich rang.

»Es war anders«, sagte er nach einer Weile. »In diesem Fall war es anders.«

»Ja?«, sagte Margarethe.

»Ich wollte das Verfahren führen, so wie es sich gehört«, begann er stockend. »Irgendwann habe ich bemerkt, dass Aktenteile verschwunden sind. Irgendjemand hat sie gestohlen – bei der Staatsanwaltschaft. Da habe ich sie hierher gebracht, um sie … um sie zu schützen. Ich wollte die Akte schützen.«

»Verstehe«, sagte Margarethe, »Sie haben die Akte geschützt. Das war gut.«

»Ja!«, sagte Meier-Rolfs, der sie wieder ansah, wenn auch mit eigentümlich starrem Blick. »Das war das Einzige, was ich tun konnte.«

»Ja«, sagte Margarethe. »Das war richtig. Aber jetzt können Sie sie mir geben. Ich werde mich darum kümmern.«

Maier-Rolfs nickte erneut, und seine Mundwinkel zuckten. »Kümmern, das ist gut«, sagte er, stand auf und ging zu einem großen Eichenschrank, der der breiten Fensterfront gegenüber an der Stirnseite des Zimmers stand. Er angelte einen kleinen Schlüsselbund aus seiner Strickjacke, schloss auf und öffnete beide Türen. Der Schrank war leer, leer bis auf ein altes Kaffeeservice und eine einzige Akte. Der ehemalige Staatsanwalt hielt sich die Brust, als bekäme er schwer Luft, dann nahm er die Akte und drehte sich

Margarethe zu. Der starre Ausdruck seiner Augen verließ ihn keine Sekunde.

»Ich nehme an, das ist die Akte, die Sie vermissen, Frau Kollegin«, sagte er kaum hörbar. Er kam Margarethe vor wie eine Puppe.

Margarethe stand auf, ging zu Maier-Rolfs und strich ihm über die Schulter. Er war ein kranker Mann, aber er war nicht böse. Dann nahm sie ihm die Akte aus der Hand. ›Ermittlungsverfahren gegen Dr. Joseph-Georg Müller, Thomas Meinrad und Martin von Kempf wg Rechtsbeugung‹ stand auf dem grauen Vorblatt. Endlich schien sich Maier-Rolfs verkrampfter Blick zu lösen.

»Wie konnten Teile der Akte verschwinden?«, fragte Margarethe, nachdem Maier-Rolfs sich beruhigt hatte.

Er zuckte mit den Schultern. »Ich weiß es nicht!« antwortete er, sichtlich bemüht, seine Fassung zu wahren. »Sie wissen ja, wir schließen unsere Büros nicht ab. Jeder konnte an meinen Schreibtisch.«

Margarethe nickte. So wie damals war es heute noch. »Und wo ist die Karteikarte?«, fragte sie.

»Die Karteikarte?«, wiederholte Maier-Rolfs verständnislos.

»Die Karteikarte zu dieser Akte«, erklärte sie. »Es gibt zu dieser Akte hier keine Kartei.«

Maier-Rolfs zuckte mit den Schultern. »Das tut mir leid, aber damit habe ich nichts zu tun. Die Karteikarten habe ich nie an mich genommen. Daran habe ich noch nicht einmal gedacht. Sie können das überprüfen, Sie werden die Karten zu den anderen Akten ganz sicher finden.«

»Aber, was ist mit der Karte zu dieser Akte geschehen?«, fragte Margarethe.

»Ich weiß es nicht. Ich schwöre!«, beteuerte Maier-Rolfs eigentümlich heftig. Margarethe fiel auf, dass er schwitzte. Er sah sich um, so als wäre jemand heimlich in seine Wohnung getreten, vor dem man sich in Acht nehmen musste. Dann ging er ganz nah an Margarethe heran, so nah, dass sie seinen Altherrenatem riechen konnte.

»Nehmen Sie sich in Acht«, flüsterte er ihr ins Ohr, »sie sind überall.« Kaum hatte er das gesagt, nahm er den verlegenen Ausdruck eines kleinen Jungen an und blickte wieder zu Boden.

»Ah …«, sagte Margarethe.

4

Die Familie des jüdischen Kaufmanns Jakob Stein lebte schon seit mehreren Generationen in Freiburg. Sie betrieb zunächst ein kleines Aussteuergeschäft und später unter der Adresse Münsterweg 7 ein beliebtes und gut gehendes Kaufhaus. Anfang der Dreißigerjahre galt Jakob Stein als angesehenes Mitglied der jüdischen Gemeinde und zugleich als glühender deutscher Patriot. Er war im Krieg ausgezeichneter Frontkämpfer und gehörte zu den Gründungsmitgliedern der Freiburger Sektion des *Centralvereins der deutschen Staatsbürger jüdischen Glaubens*, einem Verein von Männern, für die das Judentum eine Frage des religiösen Bekenntnisses war, wie etwa nach evangelischer oder katholischer Konfession, nicht der Volkszugehörigkeit und schon gar nicht der Rasse, und die sich als jüdische Deutsche begriffen, wie es katholische, protestantische und bekenntnislose Deutsche gab.

Man sah ihn sicher oft, wie er durch die Freiburger Straßen und Gassen ging, ein hochgewachsener, stolzer Mann mit schwarzem Haar und braunen Augen, die Haut von jener eigentümlich bleichen Farbe eines Südländers, der der Sonne entwöhnt schon seit Jahren nicht mehr in seiner Heimat lebt, ein zwiespältiges Weiß, unter dem dunkle Pigmente schimmern. Er geht aufrecht und mit großen Schritten. Er grüßt freundlich jedermann, Männer mit einem Lachen, Frauen mit allem gebotenen Respekt. Er ist beliebt, fühlt sich beliebt, wähnt sich beliebt. Die Nachbarn und Kollegen grüßen verbindlich, die Angestellten und Schuldner ziehen den Hut. Dass mancher ihn hinterrücks einen Saujuden nennt, hört er nicht, will er nicht hören, nicht wissen, kümmert ihn nicht. Sprachen ihn nicht unlängst Freunde – Katholiken – an, er möge eine Kandidatur für den Stadtrat erwägen, man werde ihn unterstützen, und war der Lederhändler Max Mayer, Jude und Kaufmann wie er, nicht sogar schon gewählt? Wer weiß, vielleicht sollte er?

Besucht er die Synagoge? Gewiss tut er das, am Sabbat und an allen jüdischen Feiertagen, wann immer es sich gehört. Er ist in Begleitung seiner Familie, ein kleiner Junge läuft neben ihm mit Gliedern zart wie Porzellan. Jakob trägt einen dunklen Anzug und einen weichen Hut, der Junge eine Kippa. Das Haar der beiden ist kurz wie das der Deutschen. Jakob käme nicht auf die Idee, seine Haare an den Schläfen nicht zu schneiden oder sich einen langen Bart wachsen zu lassen. Gemeinsam durchqueren sie die Bertoldstraße in Richtung Stadttheater. Kurz davor steht sie, zentral gelegen, gerade neben der sandsteinroten Universität, die damals so gut wie heute in goldenen Lettern Wahrheit und Freiheit verspricht.

Zwischen dem in verschwenderischem Jugendstil erbauten Theater und der wuchtigen Universität nimmt sich die Synagoge bescheiden aus, ein quadratischer Bau mit in Bögen gefassten Fenstern, einem spitzen Giebel und zwei schmalen Türmchen, die eine vage Erinnerung an den Orient vermitteln. Sie ist der Stolz der jüdischen Gemeinde und eine Zierde für Freiburg, das als die schönste Stadt Deutschlands gilt, aber eben zurückhaltend, bescheiden, weil ein kluger Jude gut daran tut, sich im Hintergrund zu halten, wenn er bei einer Gruppe Christen steht, stehen darf. Das ist der Preis, den er bezahlen muss, um dazuzugehören. Man darf die anderen nicht überflügeln.

Jakob glaubt, auch das werde eines Tage vorbei sein.

Er irrt.

Schon im März stehen sie vor seinem Geschäft. »Kauft nicht beim Juden! Kauft nicht beim Juden!«, skandieren Braunhemden aus dem Umland, die die örtliche Parteileitung eigens auf Lastwagen hat herschaffen lassen, weil die Freiburger zu fein sind für solchen Radau. Jakob hält ihnen sein Eisernes Kreuz I. Klasse unter die Nase. Erst runzeln sie die Stirn, dann spucken sie ihn an.

»G'schtohle häsch des, du Judesau«, ruft ein pickliger Lümmel in bäurischem Badisch, gerade 20 Jahre alt, dem keine Granaten um die Ohren geflogen sind, wie ihm, Jakob, dem Frontkämpfer. Das hilft ihm jetzt aber nur noch wenig. Zwar verspricht Hindenburg, ›seine Juden‹ nicht im Stich zu lassen, aber dass man einmal gemeinsam für Deutschland in Stahlgewittern stand, interessiert nur noch einige sentimentale Deutschnationale, auf deren

Treue kein Verlass ist und die schon bald nichts mehr zu melden haben.

Am 1. April sind sie wieder da. Sie stehen vor jüdischen Geschäften, Arztpraxen, Kanzleien, vor allem aber vor seinem Kaufhaus. Diesmal sind auch Freiburger dabei. Im März hatte die SA nur geprobt, jetzt zeigt sie, was sie kann. Einige Nachbarn wollen ins Geschäft, werden jedoch angepöbelt. Da gehen sie weiter. Nach zwei Stunden schließt Jakob ab und schickt seine Leute nach Hause. Er will ihnen die Schmach ersparen.

Die nächsten Tage bleiben ruhig, zu ruhig. Und die Kunden bleiben aus. Er sieht, wie sie an seinen Fenstern vorbeiziehen. Keiner schaut mehr nach der Auslage. Er tritt auf die Straße. Sie sehen ihn nicht mehr an. Er wird … unsichtbar.

Es gibt da eine Zeitung: ›Der Alemanne‹. Das soll nach Heimat klingen und nach Stolz, erinnert aber mehr an badische Kröpfe. Es ist das Kampfblatt der Partei, das seit Wochen Propaganda gegen die Juden treibt. Vor allem ihn haben sie sich ausgesucht: Jakob Stein, den reichen Besitzer des Kaufhauses im Münsterweg.

> *Im Schatten des prächtig-germanischen Münsterturms haust Juda! Er hat es sich gut eingerichtet, der Kaufmann Stein in seinem Warenhaus. Lässt seine Angestellten schuften, zahlt nicht nach Tarif und schaut deutschen Mädchen hinterher, wenn sie bei ihm einkaufen …*

So und so ähnlich hetzt es in einem fort.

Er hat einen Prokuristen, Wolfgang Stelz, *Arier*, wie es nun heißt. Man kennt sich seit Jahren. Er hat noch beim

Vater gelernt, den Kaufmannsgehilfenbrief hat ihnen die Innung am selben Tag ausgehändigt. Es gibt nicht viel zu überlegen. Stein überträgt ihm das Geschäft als Treuhänder. Aus dem Kaufhaus Stein wird das Warenhaus Stelz. Der Alemanne hält nun still; die Freiburger Zeitung nimmt wieder Annoncen an, es kommen wieder Kunden. Stein tritt in den Hintergrund. Er duckt sich, glaubt, dass die Zeit der Barbarei bald vorübergeht.

Er irrt.

38 sollten die Juden ein Verzeichnis ihres Vermögens und ihrer Güter erstellen. Stein weiß nun, was gespielt wird. Ein paar Tage später bekommt er einen Tipp. Der Mann war einmal ein Kamerad, jetzt ist er in der SS. Er hat nichts gegen Stein, nur gegen die Juden eben. Er passt Jacob ab, abends, es ist bereits dunkel. Er rät ihm, das Land zu verlassen. »Von mir hast du es aber nicht«, sagt er. Stein versteht. Der SS-Mann verlässt ihn grußlos.

Er spricht mit Stelz. Haus und Grundstück müssen überschrieben werden, sonst droht die Beschlagnahme. Stelz wird es übernehmen, keine Frage. »Du kannst jederzeit wiederkommen, es gehört dir«, sagt er. Stein will bald zum Notar, aber das ist nicht so einfach. Da gibt es einen Oberregierungsrat Stöckinger, der gefragt werden muss. Stelz will das übernehmen, Stöckinger ist auf Juden nicht gut zu sprechen. Stelz schreibt, spricht vor. Mit dem Verkauf war das Ministerium einverstanden, auch mit Stelz als Käufer, aber der verabredete Preis ist *zu hoch*. 400.000 RM, bestimmt Stöckinger, sind genug für den Juden, die Hälfte davon als Reichsfluchtsteuer unmittelbar ans Finanzamt abzuführen, weitere 50.000 RM Steuer sind noch wegen der Übertragung von Geschäft und Warenlager zu bezahlen. Eine Million war vereinbart; wert war das Haus das Doppelte.

Am Vorabend des Notartermins sitzen Stein und Stelz zusammen. Sie verfassen ein Papier, mit Datum und mit Unterschrift. Es schreibt Stelz persönlich in akkuratem Sütterlin:

Wir, die Unterzeichneten Jakob Stein und Wolfgang Stelz, stimmen überein, dass der morgige Verkauf des Hausgrundstücks Münsterweg 7 nur auf Druck der politischen Verhältnisse und nur zum Schein erfolgt, um es im Fall der Flucht des Linksunterzeichneten dem Zugriff der Behörden zu entziehen. Wolfgang Stelz verpflichtet sich, das Grundstück Zug um Zug gegen Erstattung des Kaufpreises auf Anforderung Jakob Steins oder seiner Erben jederzeit zurückzuübertragen. Die Verzinsung des Kaufpreises und ein Entgelt für die Nutzung sind nicht geschuldet.

Dann folgen Vor- und Nachnamen, Ort und Datum. Jakob unterschreibt links.

Beim Notar geht alles glatt. Im Münsterweg sind die Koffer bereits gepackt. Was sie mitnehmen werden, haben sie den Behörden schon gemeldet. Stelz bringt sie zum Zug. Die Männer umarmen sich zum Abschied. Stelz ist ein Freund, denkt Jakob.

Er irrt.

Ich schloss die Akte und legte den Band mit historischen Fotos der Stadt, den Margarethe in einem Antiquariat gefunden hatte, zur Seite. Ich habe eine leicht entzündliche Fantasie. Sie kann manchmal beim ersten Funken Feuer fangen. Jetzt brannte sie. Ich sah Jakob und seine

Familie auf dem Weg in die Schweiz, sah eine schwarze dampfende Lokomotive und hörte das Signal zur Abfahrt, sah die Grenzkontrollen bei der Einreise, Schaffner, die in Trillerpfeifen bliesen, sah die Familie am Rhein in Basel, sah die Ausweisung nach Frankreich und den Weg der Familie über Marseille nach Palästina unter die gleißende Mittelmeersonne: unter meine Sonne.

Ich öffnete ein Fenster. Nach den wechselhaften und regnerischen Tagen der letzten Wochen hatten endlich mildere Winde ihren Weg vom Süden her durch das Rhonetal und die Burgunder Pforte gefunden. Der Frühling kommt aus Frankreich hierher. So war es immer schon. Er streichelte Freiburg mit zarter Hand. Wer wollte, konnte ihn fassen und begrüßen wie einen alten, stets willkommenen Freund.

Es war kurz vor ein Uhr. Ich ging in die Stadt, aß eine Kleinigkeit und vertrat mir die Beine. Es dauerte nicht lang, und ich fand mich vor dem Kollegiengebäude II wieder. Hier hatte sie gestanden, die Synagoge, deren Fotografien ich gerade betrachtet hatte, bis sie in der Pogromnacht entweiht, geplündert und angezündet worden war. Zu seinem Glück hatte Jakob das Land da schon verlassen. Jetzt erinnerten nur noch ein in die Rasenfläche eingelassenes, von einer niedrigen Hecke gesäumtes Kreuz und eine Gedenktafel an sie.

Der Tag war hell und durchsichtig wie Zellophan. Um mich herum spazierten fröhliche junge Menschen. Ein paar Studenten lagen im Gras, träumten, lasen oder debattierten und genossen die ersten warmen Sonnenstrahlen des Jahres. In mir aber blieb es dunkel von der Erinnerung an das, was ich gelesen hatte.

Ich blickte zum Theater hinüber. Auch hiervon hatte ich historische Aufnahmen gesehen. Was jetzt herrschaftlich, aber auch ein wenig plump auf Zuschauer wartete, war mir auf den Bildern wie ein Schloss erschienen. Allerdings waren die üppigen Ornamente modernen Zeiten und modernem Geschmack geopfert worden, und der ovale Giebel, der das Gebäude auf den alten Fotos zierte wie ein Diadem die Stirn einer Dame, hatte einer Betonkuppel weichen müssen.

Ich ging zurück ins Büro. Obwohl es draußen so hell war, wie nur an irgendeinem Frühlingstag, blieb es in unserem Dienstgebäude in der Kaiser-Joseph-Straße dunkel. Es war, als scheute das Licht zurück vor den Akten und Menschen, die ihm hier begegnen mochten, als falle es ihm ein bisschen schwer, uns Gesellschaft zu leisten.

5

Jakob hatte sich in Israel nie einleben können, sich aber geweigert, je wieder nach Deutschland zurückzukehren. Erst sein Sohn Hermann – so genannt, als Jakob sich noch ganz und gar als Deutscher fühlte – wagte es nach dem Tod des Vaters wieder, einen Fuß auf deutschen Boden zu setzen. Der christliche Kalender schrieb das Jahr 1967. Hermann fand ein Land im Umbruch. Es war, als wechselte der Vorführer in einem Kino gerade die Rollen eines Films, dessen erste Hälfte noch in Schwarz-Weiß gedreht worden war, während die zweite Hälfte in Farbe spielte.

Es liegt etwas in der Luft, der Frühling der jungen Republik vielleicht. In Freiburg demonstrieren die Studenten noch nicht gegen den Vietnamkrieg, wohl aber gegen die Fahrpreiserhöhung der Straßenbahn. Genau an einem solchen Tag betritt Hermann, der die Briefe an seine Frau in Israel mit dem Namen Mordechai unterschreibt, das Warenhaus Stelz zum ersten Mal wieder. Er steht da in der Tür wie irgendein unentschlossener Kunde, nur dass in seinen Augen zwei verstohlene Tränen blitzen, sieht sich um, schlendert durch die Regale, begutachtet die Ware. Ob Stelz ihn gleich erkannt hat? Kaum, es sind 30 Jahre vergangen seit damals. Als er Deutschland verlassen musste, war Hermann ein Knabe, jetzt ist er über 40. Stelz wiederum ist ein alter Mann, aber er arbeitet nach wie vor im Warenhaus, seinem Warenhaus.

Wie mag Hermann ihn begrüßt haben? »Guten Tag, Herr Stelz? Kennen Sie mich noch?« Nein, er sagt: »Hallo, Onkel Wolfgang!« Freunde der Eltern galten in Deutschland als Onkel und Tanten damals. Also: »Hallo, Onkel Wolfgang! Kennst du mich noch? Ich bin es, Hermann, Hermann Stein.«

Da wird Stelz verstanden haben, wer da vor ihm steht, wird eine Erinnerung in ihm aufgestiegen sein an den Sohn seines Chefs, einen Jungen mit Gliedern und Knochen fein wie die einer Tänzerin. Hat er sich gefreut? Im ersten Moment sicher, wir freuen uns ja meistens, wenn wir unvermittelt jemandem aus unserer Vergangenheit begegnen – solche Menschen wecken in uns die Erinnerung an uns selbst, an unsere Jugend, an unsere Hoffnungen und Torheiten.

»Mein Gott, Junge!«, wird er gerufen und ihn vielleicht sogar umarmt haben, wie er seinen alten Freund Jakob umarmt hätte. Aber irgendwann, vielleicht schon im Augenblick inniger Begrüßung, vielleicht erst abends, als Stelz mit seiner Frau die Neuigkeit bespricht, da wird ihm plötzlich ganz kalt. Da friert er bei dem Gedanken, dass der kleine Jude – ja, der kleine Jude, man sagt das 1967 natürlich nicht mehr so, aber denken tut man es trotzdem –, dass der kleine Jude irgendetwas will und vielleicht auch ein Papier mit sich führt, das Stelz, gutmütig wie er nun einmal ist, unterschrieben hat, damals. Nicht, dass er sich allzu große Sorgen machen müsste … Er hat gewiss schon einmal, also irgendwie zur Vorsorge, für alle Fälle eben, mit einem Anwalt gesprochen, was denn ist, wenn der alte Stein wieder auftauchen würde mit dem Papier, aber der hat ihn beruhigen können. Der Mann kannte sich aus. Er erklärte Stelz, dass die Frist, in der Stein die Rückübertragung des Grundstücks nach dem Französischen Besatzungsrecht hätte verlangen können, längst abgelaufen sei. Was das Papier anging … um die Pflicht zur Übereignung eines Grundstücks zu begründen, genügt ein bloßer schriftlicher Vertrag nicht, dozierte er selbstsicher, denn das lernt der Jurist bereits im ersten Semester, da braucht es eine notarielle Urkunde. Das war in Deutschland immer so, und das würde immer so sein. Eingemeißelt steht es im Bürgerlichen Gesetzbuch. Stelz war beruhigt, und als Preis für diese Beruhigung schrieb der Anwalt eine Rechnung, die etwas höher war als erlaubt, aber Stelz bezahlte, ohne zu murren, denn beide, Anwalt und Mandant, finden, ein bisschen Strafe müsse sein. Trotzdem friert er jetzt im Bett neben seiner Frau und hat Angst. Und sie auch.

Hermann ist keine drei Tage da, da zieht er den Zettel aus der Tasche.

»Da gibt's noch etwas, über das wir sprechen müssen, Onkel Wolfgang«, beginnt er ganz harmlos.

»… und ja, was denn?«, fragt Onkel Wolfgang ganz harmlos zurück.

»Das Haus und das Grundstück, ich möchte sie wiederhaben«, sagt Hermann. Es klingt vielleicht ein wenig barsch, wie er es ausdrückt, denn es fällt ihm sicher nicht leicht, das Thema anzuschneiden. Vielleicht findet er als Südländer aber auch ein paar nettere Worte und spricht erst über dies und das, wie ein Italiener es getan hätte. »Ich will nicht in Israel bleiben, ich möchte nach Deutschland zurück«, könnte er beginnen, um seiner Eröffnung die Schärfe zu nehmen. »Israel ist nichts für mich. Ich habe hier noch diesen Vertrag von Papa und dir, Onkel Wolfgang. Erinnerst du dich? Es ist ja lange her.«

Und Stelz atmet tief durch und lächelt. Er ist Geschäftsmann, er weiß, wenn man miteinander spricht und verhandelt, darf man nicht unfreundlich werden. Er hat ja kommen sehen, dass Hermann damit anfängt. Jetzt versucht er, ruhig zu bleiben, ruhig und vernünftig.

»Sieh mal, Junge«, fängt er an und klingt ein bisschen zu gönnerhaft, als dass Hermann nicht sofort innerlich in Stellung gehen müsste. »Das Haus gehört mir. Ich habe damals viel Geld an deinen Vater bezahlt und in der Zwischenzeit noch einmal das Doppelte hineingesteckt. Das Dach, die Heizung, die Rohre, die Leitungen, Fenster … das ist alles neu.« Er versucht Hermann offen und freundlich anzusehen, aber es gelingt ihm nicht ganz. Dann wechselt er den Ton. »Du musst verstehen, das Haus und das Geschäft, sind meine ganze Existenz«, fügt er weinerlich hinzu.

»Das glaube ich dir gerne, Onkel Wolfgang«, antwortet Hermann versöhnlich. Er hat natürlich mit Widerstand gerechnet; er kann ihn auch verstehen. Wer mag schon nach fast drei Jahrzehnten das Haus wieder verlieren, in dem er so lange lebt und arbeitet? »Dafür lassen sich Regelungen finden. Ich kann dir die Summen ersetzen. Ich will auch gar nicht, dass du die Wohnung hier verlässt, du bekommst von mir ein Wohnrecht bis an dein Lebensende, und natürlich bleibst du mein Geschäftsführer. Für dich soll sich gar nichts ändern …«

Aber Stelz lehnt ab. Er hat zwischenzeitlich selbst Kinder, einen Sohn und eine Tochter. Haus und Geschäft sind dem Sohn versprochen. Sie sollen auch seine Zukunft sein. Allerdings ist er kein Unmensch. Er bietet Hermann Geld, genug, um sich in Freiburg eine hübsche Wohnung zu kaufen. Doch Hermann mag keine hübsche Wohnung. Er will sein Elternhaus zurück, nichts anderes.

»Ich bin hier geboren, Onkel Wolfgang«, sagt er in einem letzten Versuch, an Vernunft und Menschlichkeit zu appellieren. Aber Stelz bleibt hart. Gekauft ist gekauft.

»Du hast versprochen, es uns zurückzugeben«, sagt Hermann, der den Mann, den er Onkel Wolfgang nannte, seit er überhaupt sprechen kann, plötzlich nicht mehr kennt. »Ich habe es schwarz auf weiß!«

Da lässt Stelz die Bombe platzen. »Ah, den Zettel meinst du? Das haben wir damals nur so geschrieben. Das ist nicht rechtsgültig. Verträge über Grundstücke müssen notariell beurkundet sein, sonst sind sie wertlos. Dein Vater wusste das genau. Er war schließlich ein …«, Stelz hält inne, erschrocken.

»Ein Jude, wolltest du sagen«, vollendet Hermann den Satz.

Hermann reichte Klage ein, noch bevor die 30-jährige Verjährungsfrist hätte ablaufen können, aber das Verfahren ging einen schleppenden, einen merkwürdigen Gang.

Immer wieder wechselte der Richter, ohne dass sich den Unterlagen, die ich in Händen hielt, ein Grund dafür hätte entnehmen lassen. Natürlich, Richterwechsel kamen vor, Richter wurden befördert, wurden abgeordnet, in den Ruhestand versetzt, wurden krank ... Dann musste ihr Referat neu besetzt oder die Verfahren, die sie bearbeiteten, mussten umverteilt werden, und das verzögerte jeden Prozess, aber der Rechtsstreit ›Stein gegen Stelz wg. Rückübertragung eines Grundstücks‹ erlebte allein fünf Wechsel des Berichterstatters, zwei Wechsel des Vorsitzenden und sogar eine interne Umverteilung von der vierten Zivilkammer zur sechsten. Viermal wurde der Rechtsstreit vor verschiedenen Kammern und Richtern verhandelt, viermal bemühten sich die Gerichte vergeblich um eine gütliche Lösung, wobei Stelz sein Angebot auf Zahlung einer Entschädigungssumme ebenso wiederholte, wie Hermann Stein zunächst bereit blieb, Stelz und seiner Frau ein lebenslanges Wohnrecht einzuräumen und die Kosten für Reparaturen und Renovierungen ebenso zu erstatten wie den seinerzeit bezahlten Kaufpreis, den von Reichsmark in Deutsche Mark umzurechnen ein Sachverständiger übernommen hatte. Dann jedoch traten ein paar Dinge zutage, die den Ton zwischen den Parteien eisiger machte. Steins Anwälten war es gelungen, die Akten Stöckingers einzusehen, also des Ministerialbeamten, der für die Arisierung des Vermögens der Juden in Baden zuständig war. Sie lagerten noch beim Wirtschaftsministerium und zeichneten ein anderes Bild vom treuen Prokuristen Stelz, als dieser bisher vermittelt hatte. Da wurde er als langjähriges und verdientes Mitglied der NSDAP bezeichnet, dessen persönlichem Einfluss zu verdanken war, dass das jüdische Kaufhaus Stein schnell und unbürokratisch arisiert werden konnte. Stelz' Pläne, nunmehr auch die Immobilie selbst zu erwerben, um dem Juden die Tür zu weisen, galt es im völkischen Interesse zu unterstützen, insbesondere auch dadurch, dass der unverschämten Kaufpreisforderung des Juden in mannhaft deutscher Manier entgegengetreten werde.

Im Jahr 1975 endlich entschied das Landgericht, und es entschied zugunsten Hermanns, des Klägers. Natürlich genügte, so das Gericht, das von Jakob Stein und Wolfgang Stelz unterschriebene Papier den gesetzlichen Anforderungen an die Form von Grundstücksgeschäften nicht, weshalb es unter normalen Umständen unwirksam wäre. Aufgrund der besonderen politischen Situation, in welcher sich Jakob Stein befand, als er und sein Geschäftsführer das Dokument unterzeichnet hatten, verstieß es jedoch gegen Treu und Glauben, wenn dieser Geschäftsführer sich auf diese Formvorschriften berufe. So habe schon das Reichsgericht in besonderen Fällen eine Ausnahme … usw., usw., usf.

Hermann also triumphierte. Es gab doch eine Gerechtigkeit in Deutschland, jetzt nach so langer Zeit! Stelz aber legte Berufung ein. Das Urteil sollte er nicht mehr erleben.

Während das Zivilverfahren erster Instanz in der Strafakte akribisch dokumentiert war – Maier-Rolfs hatte die Prozessakten vom Zentralarchiv Karlsruhe angefordert und kopiert –, waren die Unterlagen des Berufungsverfahrens lückenhaft, fast rudimentär, wobei nicht auszumachen war, ob Maier-Rolfs diese nur unvollständig hatte kopieren lassen oder ob ein Teil der Akte verschwunden war, wie er selbst behauptete. Die Berufungsbegründung und die -erwiderung fehlten vollständig, ebenso ein Sachverständigengutachten zum Verkehrswert des Grundstückes, das ausweislich des Urteils und der Gerichtskostenrechnung eingeholt worden sein musste. Verschleppt wurde das Verfahren allerdings auch in zweiter Instanz. Zunächst starb Stelz über dem Rechtsstreit. Das Verfahren ruhte, bis es von den Erben nach zwei Jahren fortgesetzt wurde. Danach holte das Oberlandesgericht nicht nur ein Verkehrswertgutachten, sondern auch die Expertise eines Historikers zur Verlässlichkeit der Stöckinger-Akten ein – aber selbst dieses Gutachten fehlte in der Strafakte. Auch das Oberlandesgericht verhandelte den Fall mehrfach in verschiedenen Besetzungen und versuchte, die Parteien zu einer Übereinkunft zu bringen. Aber da waren die Fronten schon zu verhärtet. Sechs Jahre nach dem Landgericht urteilte das Oberlandesgericht – es wies die Klage ab. Hermann verlor.

Natürlich könnten – so das OLG – Grundsätze der Billigkeit im Einzelfall dem Recht entgegenstehen, sich auf die Formnichtigkeit einer Urkunde zu berufen. Die politischen Umstände, die Stein zur Übertragung des Grundstücks gebracht hätten, müssten dabei jedoch unberücksichtigt bleiben, denn die Rückerstattungsansprüche, die im Zusammenhang mit der Verfolgung durch das Naziregime ständen, hätte Stein nach der Verordnung 120 der Französischen Militärregierung oder dem Rückübertragungsgesetz geltend machen müssen, dafür sei es allerdings zu spät. Ein von der Verfolgung unabhängiger Anspruch aus dem allgemeinen Zivilrecht sei nicht ersichtlich.

Und hier endete die Akte und die Geschichte, die sie erzählte. Maier-Rolfs hatte die Mitglieder des Senats noch darüber informiert, dass gegen sie ein Strafverfahren geführt werde, jedoch anschließend keinen Handstreich mehr getan, während Hermann Stein in Briefen zunächst monatlich, dann vierteljährlich und schließlich jährlich fast flehentlich darum bat, die Angelegenheit voranzutreiben. Wenn die Akte ein so genaues und so unmittelbares Bild der Vorfälle zu zeichnen vermochte, dass man sich beim Lesen für einen Augenblick wie ein Hausnachbar fühlte, der die Geschehnisse aus nächster Nähe miterlebte, so war das ohnehin nur Hermann Steins Verdienst. Er hatte Briefe und Tagebücher seines Vaters gefunden, die viel über sein Leben in Freiburg und seine Beziehung zu Stelz verrieten, sie kopiert und die zum Teil in hebräischer Schrift und Sprache gehaltenen Dokumente übersetzen lassen, bevor er sie der Staatsanwaltschaft zur Verfügung gestellt hatte. Maier-Rolfs hatte die Unterlagen dagegen einfach abgeheftet und auf die Erinnerungsschreiben irgendwann nicht einmal mehr mit der Lüge geantwortet, die Ermittlungen dauerten an.

»Was hältst du davon?«, fragte mich Margarethe, als ich ihr die Akte und den Bildband zurückbrachte. Sie saß hinter ihrem Schreibtisch und hatte augenscheinlich darauf gewartet, mit mir über das Verfahren zu sprechen.

»Fragst du mich das als Mensch oder als Jurist?«, wollte ich wissen.

»Gibt es da einen Unterschied?«, fragte sie zurück.

»Das weißt du genau.«

»Also als beides, ich frage dich als Mensch und Jurist«, sagte sie.

»Als Mensch halte ich es für unglaublich, was da passiert ist. Alles … wie man Stein behandelt hat, wie man ihn vertrieben hat, wie man ihm das Grundstück genommen hat … Darüber brauchen wir nicht zu diskutieren und natürlich finde ich es ungerecht, dass er das Grundstück nicht zurückbekommen hat. Als Jurist frage ich mich, wie es hier in Deutschland zu einem Zivilprozess von über 14 Jahren Dauer kommen konnte. Das leisten sich normalerweise nur die Gerichte in Italien und auch nur die im Süden. Aber gegen das Ergebnis selbst lässt sich wohl nichts sagen.«

»Gegen das Ergebnis lässt sich nichts sagen?«, wiederholte Margarethe ungläubig. »Ist das dein Ernst?«

»Das ist mein Ernst. Man wird dem Oberlandesgericht schlecht vorwerfen können, dass es sich an das Gesetz hält. Ich bin kein großer Zivilrechtler, aber die Fälle, in denen die Obergerichte sich darüber hinweggesetzt haben, dass ein Grundstücksgeschäft nicht notariell beurkundet war, lassen sich an den Fingern einer Hand abzählen ... Und der Hinweis auf das französische Besatzungsrecht ist sicher nicht falsch.«

»Ah ...«, sagte Margarethe und sah mich mit ihren ruhigen grauen Augen lange an. Dann stand sie auf und ging einmal um den Schreibtisch. Sie tat das oft, um nachzudenken. Sie hatte mir einmal erklärt, dass ihr Bewegung dabei helfe, ihre Gedanken zu ordnen. Ich setzte mich auf ihren Besucherstuhl, wartete und beobachtete sie. An dem Tag trug sie eine enge schwarze Jeans und einen dünnen, seidenen Pullover, hatte sich also offenbar gegen das Kleidungsdiktat ihres Freundes durchsetzen können, wie ich befriedigt feststellte. Wie schön wäre es, wenn sie sich auch seinem Lebensdiktat entziehen könnte ...

An ihrer Stelle würde ich das Verfahren einstellen, da war ich mir sicher. So traurig es auch sein mochte, es lag nicht in unserer Hand, alle Ungerechtigkeiten zu beseitigen, die das Leben uns zumutete, auch wenn wir uns das wünschten. Ohnehin war das Strafrecht, das man uns Staatsanwälten als Instrument in die Hand gab, Justitias gröbste Waffe und für Feinarbeiten im Dienste der Gerechtigkeit entsprechend wenig geschliffen.

Margarethe blieb vor der Vitrine stehen, in der sie die Familienfotos ausgestellt hatte, und sah auf die Bilder. Ich konnte nicht recht erkennen, welcher Fotografie sie da gerade ihre Aufmerksamkeit widmete, bildete mir jedoch ein, es wäre das Porträt ihres Vaters. Endlich drehte sie sich wieder zu mir.

»Bis gestern Abend dachte ich das auch«, meinte sie. »Dann bin ich mitten in der Nacht aufgewacht und hatte es.«

»Was?«, meinte ich zweifelnd. »Ich meine, was hattest du?«

»Den Beweis dafür, dass das Urteil falsch ist: fachlich falsch, objektiv falsch, unvertretbar falsch, wenn du so willst. Lies einfach noch einmal den ersten Satz der Vereinbarung zwischen Stelz und Stein«, sagte sie.

Ich nahm die Akte und schlug sie auf. Margarethe hatte den Vertrag mit einem gelben Post-it markiert.

> *Wir, die Unterzeichneten Jakob Stein und Wolfgang Stelz, stimmen überein, dass der morgige Verkauf des Hausgrundstücks Münsterweg 7 nur auf Druck der politischen Verhältnisse und nur zum Schein erfolgt, um es im Fall der Flucht des Linksunterzeichneten dem Zugriff der Behörden zu entziehen.*

Ich las den Satz zweimal leise und einmal laut; es fiel mir nichts auf. »Ich komme nicht drauf«, musste ich gestehen. »Erkläre es mir.«

»Ich habe auch erst drei Nächte darüber brüten müssen«, begann sie ihre Erklärung, als plötzlich das Telefon klingelte. Margarethe nahm ab und meldete sich. »Zu Meißner, sofort?«, fragte sie. »Gut, ich komme gleich.« Sie legte auf und zuckte entschuldigend mit den Schultern. »Tut mir leid, Antonio. Das war Thekla. Ich soll sofort zu Meißner kommen. Ich warte schon lange auf einen Termin. Er hat wohl gerade ein bisschen Zeit.«

»Und was ist mit dem Beweis? Du kannst mich jetzt doch nicht so hängen lassen!«

»Tut mir leid, Antonio, das würde jetzt zu lange gehen. Wir sprechen ein andermal weiter«, sagte sie, griff sich die Akte und war schon im Gang und auf dem Weg zu Meißner.

Ich hasste es, wenn sie mich auf die Folter spannte.

6

Margarethe war in Meßkirch geboren. Als sie mir bei einem ersten gemeinsamen Mittagsessen, für das wir unvorsichtigerweise die Freiburger Markthalle ausgesucht hatten, davon erzählte, musste ich lachen, was mir einige irritierte Blicke unserer Tischnachbarn zutrug. Die Freiburger Markthalle ist so etwas wie der Bauch der Stadt, sicher nicht zu vergleichen mit den legendären Hallen von Paris, aber mit seinen Dutzenden von Imbissständen und Spezialitätenköchen aus aller Herren Länder bietet sie doch einen ziemlich beliebten Mittagstisch für jeden, der in der Innenstadt arbeitet, und damit für alle Richter, Staats- und Rechtsanwälte, die Freiburg aufbietet – und das sind bekanntlich nicht eben wenige. Hier essen sie alle, dicht gedrängt an großen Stehtischen, und belauschen sich gegenseitig bei ihren Gesprächen.

»Meßkirch?«, wiederholte ich ein wenig leiser, um nicht noch mehr Aufmerksamkeit auf uns zu ziehen. »Dann haben wir neben dem Boxen eine weitere Gemeinsamkeit.«

»Welche denn?«, fragte Margarethe, während sie ein wenig unlustig in ihrem Salatteller stocherte. Van Helsing musste wieder eine abfällige Bemerkung über ihre Figur gemacht haben, anders war diese Menüwahl nicht zu erklären.

»Wir haben beide einen philosophischen Geburtsort – wir sind sozusagen philosophischer Abstammung … wenigstens geografisch«, erklärte ich scherzhaft.

»Ach ja?«, sagte sie spöttisch, »ich dachte, du stammst aus Stuttgart oder Sindelfingen. Was ist daran philosophisch? Daimler-Benz ja wohl nicht.«

»In Sindelfingen bin ich aufgewachsen, teure Kollegin, und fern ist dem Schwaben trotz Hegel bis heute die Philosophie, aber geboren bin ich in Ascea in Kampanien, also im antiken …«

»Elea«, vollendete Margarethe den Satz elegant, »und wenn ich an Parmenides denke, weiß ich, wieso du manchmal so langsam bist.«

»Nein, das liegt jetzt wieder an den schwäbischen Einflüssen in meinem Leben«, parierte ich, erfreut darüber, eine Frau getroffen zu haben, die wusste, dass Parmenides für die Schule der Eleaten und damit für eine Spielart antiker Philosophie stand, die glaubte, es gäbe in der

Natur keine Bewegung – eine Vorstellung, die man angesichts eines Pfeils, der auf einen abgeschossen wurde, möglichst schnell wieder verwerfen sollte …

Meßkirch also. Im Schatten der Martinskirche neben dem Geburtshaus Heideggers war sie aufgewachsen, dort lernte sie Rad fahren, spielte mit ihren Freundinnen, bekam sie als Teenager ihren ersten unbeholfenen Kuss. Fast täglich ging sie an der Heldensäule vorbei, die den Toten der Weltkriege gewidmet ist, und sah zum Kirchturm empor, wie er sich für das Kind unermesslich hoch in den Himmel reckte. Ohnehin spielte die Kirche in Margarethes ersten Lebensjahren eine große Rolle. Sonntag für Sonntag ging sie mit ihrer Mutter zur Messe und lauschte den Worten des Pfarrers, während sich ihr Blick im Prunk des Chorraums verlor. Sie mochte die Engel und Putten, die über dem Altar schwebten, aber mehr noch gefielen ihr die Statuen der Heiligen: Hier der heilige Heimrad, der Schutzherr der Stadt, dort der schwarzhaarige Christophorus, der das Jesuskind so liebevoll trug, dass sie in ihm jahrelang den heiligen Josef gesehen hatte, denn so, wie er das Kind hielt, fand sie, so sollte ein Vater sein Kind halten.

Ihr Vater dagegen hielt sie nicht, auch mochte er die Kirche nicht. Er kam nicht mit, wenn die Glocken zur Messe riefen. Lieber blieb er zu Hause, in einem kleinen Zimmer, das er sich als Refugium auserkoren hatte, und las in seinen Büchern. Überhaupt war der Vater nicht oft bei ihnen. Einmal, im Kindergarten, sollte Margarethe einen Familienausflug malen. Während die anderen Kinder mit ihren Wachsstiften wild drauflos kritzelten, bemerkte sie, dass sie noch nicht einmal wusste, wie das war, ein Familienausflug. Was das war, das wusste sie natürlich genau, aber *wie* es war und wie es sich anfühlte, wenn die Familie, die ganze Familie, einen Ausflug unternahm, das wusste sie nicht. Sie hatte es nie erlebt. Und da sie es nicht kannte und die anderen Kinder natürlich nicht erwähnten, wie es war, wenn die Väter fluchten, weil sie kurz vor dem Start noch einen Fahrradreifen flicken mussten, oder welche Tränen es geben konnte, wenn man mitten auf dem Weg in ein Gewitter kam und sich die Eltern plötzlich zu zanken begannen, weil die Mütter sagten, sie hätten ja gleich gewusst, dass es regnen würde, und die Väter antworteten, dass sie das jedes Mal sagen würden, wenn sie etwas unternehmen wollten, stellte sie sich so einen Familienausflug ganz und gar wunderbar vor, so wunderbar, wie an einem Lagerfeuer gegrillte Würstchen und Marshmallows. Und so einen ganz und gar wundervollen Familienausflug malte sie dann. Und aus Rache malte sie ihren Vater blond.

Vielleicht lag es ja wirklich an der Haarfarbe, denn die blonden Väter waren anders. Die waren groß und kräftig wie Wikinger und trugen ihre Kinder am Sonntag huckepack über den Schlossplatz, wenn die Glocken zum Gottesdienst riefen. Diese Väter gingen im Sommer mit den Kindern ins Schwimmbad, und im Winter liefen sie zusammen mit ihnen Ski. Diese Väter spielten Fußball im Verein und kannten daher andere Väter. Und weil sie sich kannten und Fußball miteinander spielten und daher auch mochten, unternahmen die anderen Väter nicht nur etwas mit ihren eigenen Kindern, sondern auch mit den Vätern, die sie aus dem Fußballverein kannten, und mit deren Kindern. Sie machten doppelte Familienausflüge, und die mussten noch wunderbarer sein als Würstchen am Lagerfeuer. Denn die Kinder hatten dann neben ihrer eigenen Familie auch noch Spielkameraden. Ja, und manche Väter und Kinder und Familien machten nicht nur gemeinsame Ausflüge, sondern noch gemeinsam Skiurlaub, und wenn man eine Freundin hatte, die zu solchen Skiurlauben ging, war man verloren, abgeschrieben, verraten und verkauft, weil die Freundschaft gar nicht so fest sein konnte, dass sie einen Skiurlaub mit anderen Kindern überstand, weil der viel schöner war und schöner sein musste, als alles, was man zu Hause gemeinsam unternehmen konnte, und daher auch eine viel festere Freundschaft begründete, als man selbst je bieten oder haben könnte.

Vielleicht lag es daran, dass ihr Vater nicht aus Meßkirch stammte. Zugezogen sei er gewesen, hatte die Oma erzählt – das war die Mutter der Mutter – einmal kurz nach seinem Tod, zugezogen aus Freiburg. Nach dem Bombenangriff auf die Stadt, in dem er und seine Mutter alles verloren hatten, was sie besaßen, seien sie mit einem Leiterwagen den ganzen Weg nach Meßkirch gelaufen, weil die Mutter hier eine Tante hatte, bei der sie unterkommen konnten. Sie sei aber trotzdem immer eine Städterin geblieben und hochmütig noch dazu. Auch der kleine Emanuel habe sich in Meßkirch nie recht einfügen können. Schon der Name sei eigentlich nicht gut für Meßkirch gewesen. Emanuel, das war so hochtrabend, so städtisch. Das passte nicht zu Meßkirch. Hier hieß man Paul, Michael oder Heimrad, nach dem Schutzheiligen, vor allem aber hieß man hier Martin.

»Und der Papa von meinem Papa, wo war der?«, hatte Margarethe die Oma gefragt.

Die Oma zuckte mit den Schultern. Was aus dem Großvater geworden war, das wusste sie nicht. Gefallen, wahrscheinlich, wie viele andere auch. Die Städterin hatte nie über ihn sprechen wollen.

Einmal ging der Vater spazieren, ging langsam und mit gesenktem Kopf über den Kirchplatz und zu den Feldern. Margarethe stand da und beobachtete ihn. Warum war er so, warum war er nicht anders? Warum war er dunkelhaarig und klein, wieso war er nicht blond? Wieso konnte er seine Tochter nicht herumwirbeln, wie andere Väter es taten, warum berührte er sie immer so zögerlich und traurig. Wusste er nicht, wie sehr sie ihn liebte und brauchte? Wusste er, wie gerne sie ihn wie die anderen Väter hätte haben wollen?

In den Tagen als die Ermittlungen zu ihrem Ende gekommen waren, als Margarethe, noch ohne es recht zu wissen, den Schlüssel in Händen hielt, der ihr die Wahrheit erschließen sollte über den Fall des Hermann Stein und am Ende auch über sie selbst, machte ich mich einmal auf den Weg nach Meßkirch. Ich wollte das Haus sehen, in dem sie geboren war, über den Platz gehen, wo sie gespielt und die Martinskirche betreten, in der sie den Gottesdienst besucht hatte. Ich wollte ein wenig von der Stimmung begreifen, in der sie aufgewachsen war. Aber das war nicht alles; ich wollte auch zu … ihm.

Es war ein nebeliger Herbsttag, als ich in Freiburg losfuhr. Eine bleiche kraftlose Sonne stand hinter einem tiefen, von Wolken verhangenen Himmel. Der Schwarzwald lag hinter einer grauen Dunstglocke versteckt. Mein Weg führte mich an Kirchzarten vorbei durch das Höllental, eine Schlucht, wo Wasser von den schroffen Wänden tropft und die Zeit im Schatten der Felsen stillsteht, ging weiter durch das Tal, das sich allmählich öffnet, während die Straße stetig ansteigt, bis sie in Serpentinen mündet, die zwischen steilen Hängen auf die Höhe führen.

Nur schwach belaubte Kiefern finden hier Halt, aber alt werden sie nicht, denn Jahr für Jahr toben im Herbst die Orkane auf den Gipfeln und fegen die Bäume nieder. Man lässt die Stämme liegen, weil ihre Bergung gefährlich ist und nicht lohnt.

Oben bei Hinterzarten war es dann, als durchbräche ich mit meinem Wagen die Wolken und streifte ein Kleid aus Dunst und Nebel ab. Wo sich eben noch eine ärmliche Sonne hinter grauen Schleiern verborgen hatte, stand nun ein strahlend blauer Himmel über den Wipfeln. Der Wald war in das goldene Licht des Herbstes getaucht, die Blätter glühten in allen Farben.

An Titisee vorbei führte der Weg über Donaueschingen und Villingen-Schwenningen, durch unzählige Dörfer und Weiler, bis ich nach über zweistündiger Fahrt endlich vor der Martinskirche stand. Ich sah auf den Tageskilometerzähler. Die einfache Strecke betrug über 120 Kilometer, kaum vorzustellen, wie eine Mutter mit ihrem kleinen Sohn und einem Leiterwagen einen solchen Weg zu Fuß hatte meistern können. Sicher hatten sie zwei oder dreimal übernachten müssen. Es war November, als die Bomben auf Freiburg gefallen waren. Die Nächte hier oben waren damals wie heute kalt und klamm. Hoffentlich waren sie nachts bei Bauern oder wenigstens in einer Scheune untergekommen und hatten nicht draußen übernachten müssen.

Ich schlenderte über den Kirchplatz, um den sich brave kleine Bürgerhäuser reihten. Hier also war Margarethe und war zwei Generationen zuvor auch *er* aufgewachsen. Hier war die Kirche, die sie besucht, dort, nur einen Spaziergang entfernt, das Schloss, in dessen Hof Margarethe oft auf einer Bank gesessen war, um zu träumen. Bei den Häusern neben der Kirche musste auch der Feldweg seinen Ausgang nehmen, dem der junge Heidegger fast täglich mit einem Buch unter dem Arm gefolgt war, und dem er Jahre später in einem schmalen Band ein Denkmal setzen sollte.

Ich betrat St. Martin durch einen Seiteneingang und erschrak beinahe über die Pracht, die mir hier begegnete. Margarethe hatte mir den Chorraum, wie sie ihn in ihrer Erinnerung hatte, oft beschrieben, aber ich hatte die Schilderung der marmornen Säulen, der weißen Engel und goldenen Ornamente für Übertreibungen der kindlichen Fantasie gehalten. Was ich nun sah, war beeindruckender als ihre Erzählung: Hinter dem ganz in Gold getauchten Altar erhob sich, von dunklen Säulen flankiert, das Bild einer in Schwarz und Grau gehaltenen Kreuzigungsszene. Als ob der Architekt die dunkle Szene aber nicht zu sehr auf die Gemüter wirken lassen wollte, hatte er anmutige Engel und lebenslustige Putten um sie platziert. Die schwarzen Säulen, die den Altar umrahmten, mündeten in goldenen Kapitellen und hoben den Blick zu einem riesenhaften, von Engeln flankierten Schild, der den Übergang zur Decke markierte. Die Wand- und Deckengemälde, die Ornamente und die Farben dieser Kirche schienen Launen kindlicher Lebenslust entsprungen und waren Schäferidyllen ähnlicher als Heiligenbildern. Es war als klingelten Glasglöckchen wie Kinderlachen im ganzen Gestühl.

Ich setzte mich in eine der Bänke und ruhte mich aus. Die Idee, dass Margarethe als Kind hier Sonntag für Sonntag die Messe gehört hatte, gefiel mir ebenso wie das Bild des Knaben Martin als Ministrant. Zeitlebens hatte er eine schwärmerische, dem Glauben wie dem Okkulten nahe Seele besessen, obwohl er sich von der Kirche losgesagt hatte, und die ersten Eindrücke des Glaubens hatte diese

Seele hier empfangen. Ich ließ Bilder und Farben auf mich wirken und versuchte, mich in Margarethe hineinzufühlen. Aber der Geist der Kirche war zu verspielt, als dass er mich hätte ergreifen können. Margarethes Ernst und ihr Eifer konnten kaum hier geprägt worden sein. Oder war ich nur zu alt, um zu verstehen?

Nach einer Weile beschloss ich, das Heidegger-Museum zu besuchen, das nicht weit von der Kirche im Schloss untergebracht war. Lange schon zog er mich an und stieß er mich ab mit seinem Denken, seinen Verstrickungen und seinen Widersprüchen.

Ich fand das Museum im Ostflügel des weiten Schlosses, zahlte, trat ein und durchmaß ziellos und langsam die drei hellen Räume, die Meßkirch dem berühmtesten Sohn der Stadt zugeeignet hatte. Was ich dort wirklich suchte, hätte ich nicht zu sagen vermocht, bevor ich es nicht zufällig fand. Lange betrachtete ich die Porträtaufnahmen des Philosophen, in deren Abfolge man ihn erst reifen und dann altern sah. Als junger Mann hatte sein Gesicht etwas Gewitztes, beinahe Spitzbübisches besessen – hätte da bloß nicht dieser dunkle Schnurrbart unter der großen Nase gestanden, der in Deutschland allzu sehr in Mode kam.

Mit der Zeit und der Reife wurden die Züge Heideggers freundlicher, bis sie das Väterliche hinter sich ließen und ins Großväterliche glitten, wobei sie zugleich etwas Bäuerliches bekamen. Das Porträt des Philosophen als alter Mann glich dann ganz dem Bild eines Schwarzwälders, der sein Leben zwischen Stall, Feld und Wald zugebracht haben mochte. Wenn es Spuren der Leidenschaft, des Irrtums und der Reue in diesem Gesicht gab, dann vermochte ich sie nicht zu erkennen.

Ich entdeckte ihn im dritten Zimmer in einem kleinen, neben einem Vorhang halb versteckten Glasschrank. Es war ein handgeschriebener Brief, abgefasst in einer weiblichen, das Schreiben geübten und dabei sehr vergeistigten Schrift. Ich musste Anrede und Unterschrift kaum lesen, um zu begreifen, dass hier ein Brief Hannah Arendts an ihren Geliebten vor mir lag, Zeilen einer liebenden Frau von Leidenschaft und Tiefe, Zeilen von Angst und Verlust, Zeilen einer Jüdin an einen Meister aus Deutschland. Der Brief rührte und ergriff mich, aber es war nicht der Brief, der mich überraschte. Ich wusste, dass Hannah ihren Martin liebte, obwohl er sich mit denen eingelassen hatte, die ihr Volk hassten. Die Überraschung kam an anderer Stelle, denn plötzlich stieß mein Blick auf einen Namen, der mir sehr vertraut war. Er stand eingraviert auf einem Plastikschildchen neben der Vitrine, auf welchem sich die Stadt und das Museum für die freundliche Überlassung des Briefes bedankten, bedankten bei Emanuel Heymann: Margarethes Vater. Ich schüttelte den Kopf. Auf diese Entdeckung vermochte ich mir keinen Reim zu machen. Nie hatte Margarethe erwähnt, dass ihr Vater etwas mit Heidegger, dem Museum oder gar mit Hannah Arendt hätte verbinden können.

Allmählich wurde es dunkel; ich bekam Hunger. Ich verließ das Museum und ging in Richtung Innenstadt. Dort entdeckte ich eine Pizzeria, deren Name ›I Trulli‹ verhieß, dass der Wirt Apulier und damit wie ich Süditaliener war. Das versprach gutes Essen und vielleicht auch das ein oder andere Detail über die Familie Heymann. Wenn in Meßkirch Menschen mit mir über Margarethes Elternhaus sprechen würden, dann am ehesten hier.

Ich trat ein. Die Uhr zeigte halb sieben; an sich war es zum Essen noch zu früh und die hell erleuchtete Gaststube empfing mich entsprechend verwaist. Es genügte ein Blick, um zu erkennen, dass die Inneneinrichtung dieses Lokals keine Geschmackssünde italienischer Pizzerien und noch weniger ein Klischee ausließ. An den Wänden hingen Fischernetze, in denen sich ein paar Plastikfische und -seesterne, wunderbarerweise aber auch einige Plastikblumen, verfangen hatten. Auf den rot gedeckten Tischen standen von Wachs vertropfte Chiantiflaschen als Kerzenhalter, in der hinteren Ecke blickte ein gelb-braun bemalter Gipsdavid jeden eintretenden Gast so ernst an, als sei er Goliath, während über seinem Lockenhaupt ein elektrischer Komet blinkte. Mich beschlichen ernste Zweifel, ob die Wahl dieses Lokals glücklich war, als ich einen Mann entdeckte, dessen Anblick alle Bedenken in mir zerstreute: Er saß gerade neben dem Tresen: Einer jener dicken alten Italiener, wie man sie nur im Süden trifft, Männer, die mit den Stühlen, auf denen sie schon seit Jahren und manchmal seit Jahrzehnten sitzen, verwachsen schienen, als wären sie mystische Doppelwesen, halb Mensch und halb Möbel. Er betrachtete und begutachtete mich mit kleinen, hinter dicken Brillengläsern versteckten Augen, kaum dass er zur Begrüßung nickte. Der David aus Gips war nicht die einzige mystische Figur an diesem Ort.

Ich wählte einen Tisch, setzte mich und wartete lange, bis mir ein junger Kellner mit olivfarbener Haut und einem fein geschnittenen Gesicht in größter Ruhe die Karte brachte. Seine Bewegungen waren so langsam, dass ich geneigt war, Parmenides und seiner These, es gäbe in der Welt keine Bewegung, in Bezug auf diesen einzelnen Menschen vielleicht doch Glauben zu schenken.

Dafür fand ich schon auf der ersten Seite des Menüs ein Gericht meiner Sehnsüchte.

»Le orecchiette sono fatte in casa?«, fragte ich den Kellner, ohne ihm die Gelegenheit zu geben, meinen Tisch wieder zu verlassen. Er sah mich verständnislos an.

»Sì, sì, son' fatte in casa, le fa mia moglie«, antwortete der Stuhl-Kentaur anstelle des Kellners und schenkte mir ein fast zahnloses Lächeln. »Non parla l'Italiano, è Tunisino«, fügte er mit Blick auf den Kellner entschuldigend hinzu.

Ich bedankte mich und bestellte die Orecchiette alla pugliese und dazu – ich konnte einfach nicht widerstehen – eine Flasche Salice Salentino und Wasser. Der Kellner lächelte mit orientalischem Gleichmut, drehte sich bedächtig um und schlich in Richtung Tresen zurück. Offenbar hatte die Vermischung der Nationalitäten in der Gastronomie auch Meßkirch erreicht. In Freiburg trieb sie seit Langem die schönsten Blüten: Ich kannte eine spanische Tapas-Bar, die von einem Marokkaner betrieben wurde, und eine italienische Pizzeria, die einem Spanier gehörte. Der Spitzenplatz gebührte aber ohne Zweifel dem italienischen Weinlokal, in dem der holländische Kellner auf den falschen Namen Roberto hörte und ständig *grazie* und *prego* sagen musste, um mediterranes Flair zu verbreiten – ein Holländer! Bemerkenswert war auch der blonde, immer etwas pickelige deutsche Aushilfskellner Sven, aus dem das Namensschildchen am Revers einen Giorgio machte …

Der Kentaur musterte mich unablässig und ohne jede falsche mitteleuropäische Scham, bis mir der tunesische Kellner endlich den Wein gebracht hatte – und das dauerte. Dann gewann seine Neugier endgültig die Oberhand; er hielt das Schweigen nicht länger aus.

»Da dove vieni, giovanotto? Woher kommst du, junger Mann?«, fragte er.

»Friburgo«, antwortete ich mit einem freundlichen Lächeln, aber bewusst einsilbig.

»E i tuoi genitori? Und deine Eltern?«, fragte er ungerührt weiter. Mir war vollkommen klar, dass er wissen wollte, aus welcher Gegend Italiens wir stammten, aber ich stellte mich dumm und sagte nur: »Stoccarda.«

»Non in Germania!«, sagte er mit einer unwirschen Handbewegung, »du bist doch Italiener?«

»Natürlich bin ich Italiener, sehe ich wie ein Deutscher aus?«, fragte ich fast singend und dazu in meinem besten neapolitanischen Dialekt. »Meine Familie stammt aus Ascea, Kampanien. Und Sie?«

»Alberobello«, antwortete er mit Stolz in der Stimme. »Zona dei Trulli. Kennst du die Gegend?«

»Sicher«, sagte ich, wobei ich gemessen an italienischen Verhältnissen noch nicht einmal log, denn immerhin hatte ich von Alberobello gehört und ein paar Fotos der Trulli gesehen: Bauernhäuser mit rundem Grundriss und kegelförmigen Dächern, die nur in dieser Gegend vorkommen. Unter Italienern genügte das vollkommen, um zu behaupten, eine Gegend zu kennen, insbesondere dann, wenn man höflich sein mochte.

Das Essen kam überraschend schnell. Eine kleine alte Italienerin mit rundem Rücken und blaugrauer Kittelschürze brachte mir den dampfenden Teller an den Tisch.

»Ich habe in der Küche gehört, dass hier ein Italiener sitzt«, rief sie durch den ganzen Gastsaal, kaum dass sie aus der Küche getreten war. »Da wollte ich mir den jungen Mann einmal ansehen!«

Der Duft von Rosmarin, Oliven und Knoblauch stieg

mir in die Nase. Die Nudeln waren handgemacht, bissfest und zart; kein Vergleich zu den industriell gefertigten Teigmassenwaren, die man üblicherweise vorgesetzt bekommt, wenn man angeblich italienisch isst. Das Olivenöl, in dem sie angerichtet waren, war mit Thymian und Oregano aromatisiert und duftete wie der Sommer auf den Feldern der Campagna.

»E buonissimo!«, lobte ich die Köchin, die es sich nicht hatte nehmen lassen, neben meinem Tisch stehen zu bleiben und sehr genau zu beobachten, wie ich auf den ersten Bissen reagieren würde. Mein Kompliment machte sie ebenso strahlen wie den mit seinem Stuhl verwachsenen Wirt, der eifrig nickte und mit zahnlosem Mund dreimal wiederholte, dass diese Signora niemand anders sei als seine Ehefrau, die beste Köchin zwischen Schwarzwald und Mittelmeer.

Die Signora ging fröhlich in die Küche zurück. Der Wirt, der sich zwischenzeitlich als Benito vorgestellt hatte, gab mir Zeit, mein Mahl zu genießen, bevor er seine ebenso freundschaftliche wie inquisitorische Befragung fortsetzte.

»Was machst du eigentlich hier in Meßkirch?«, fragte er, kaum dass ich die letzte Öhrchennudel auf der Gabel und im Mund hatte. Allerdings hatte ich darauf gewartet; konnte ich doch so auf mein eigentliches Anliegen zu sprechen kommen.

»Ich arbeite an der Universität in Freiburg«, log ich, »und schreibe über den Philosophen, der hier geboren ist.« Das war die Legende, die ich mir in der letzten halben Stunde zurechtgelegt hatte, um den Wirt zum Reden zu bringen. Mein Gastgeber durfte auf keinen Fall bemerken, dass ich ihn aushorchen wollte, und noch nicht eimal erahnen, ich könne von der Staatsanwaltschaft sein. Er wäre sonst augenblicklich verstummt. Ein Süditaliener spricht nicht mit einem Staatsanwalt, niemals, nicht wenn er noch alle Sinne beisammen hatte.

»Ah, 'eidegger!«, sagte der Kentaur anerkennend.

»Ecco! 'eidegger!«, bestätigte ich. »In Meßkirch bin ich, weil ich bei meinen Studien auf einen Namen gestoßen bin, der mich sehr interessiert, Emanuel Heymann. Er stammt aus Meßkirch und hat ganz in der Nähe gewohnt, unten an der Kirche. Haben Sie schon einmal von ihm gehört?«

»Emanuele 'eymann, Emanuele 'eymann«, wiederholte der Wirt nachdenklich und verzog die dicken Lippen, »ma! ... ich kann mich nicht erinnern ...«

»Ma sì che ti ricordi! Aber sicher kannst du dich erinnern!«, schallte es plötzlich aus der Küche, wo die Signora natürlich jedes Wort mitgehört hatte. »Emaunele 'eymann, il professore!«, rief sie aufgeregt, um dem Gedächtnis ihres Gatten auf die Sprünge zu helfen.

»Ah, il professore!«, deklamierte nun auch der Wirt in der Lautstärke eines Volksredners und hob dabei die Hände zur Decke, um sich zum Beweis für die Wahrhaftigkeit seiner Erinnerung auf das Zeugnis des Himmels zu berufen.

»Natürlich kennen wir ihn! Era una bravissima persona, ma è morto molto giovane. Er war ein wunderbarer Mensch, aber er ist sehr früh gestorben.«

»Wie war er? Was hat er gemacht?«, fragte ich, endgültig neugierig geworden.

»Er war Lehrer an der Grundschule, als wir nach Meßkirch gekommen sind«, erklärte Benito in einem halb apulisch, halb badisch gefärbten Italienisch, das für mich nicht immer leicht zu verstehen war. »Das ist mehr als 40 Jahre her. Wir gehörten zu den ersten Italienern im Ort. Ich habe damals auf dem Bau gearbeitet, 20 Jahre lang, Schaufel und Pickel, Schaufel und Pickel. Bis wir das Lokal aufgemacht haben. Als wir ankamen, sprachen unsere Söhne kein Wort Deutsch. Deswegen sollten sie in eine Schule für Behinderte gehen. Die anderen Eltern wollten sie nicht in derselben Klasse haben wie ihre Kinder. Il professore 'eymann hat das verhindert und ihnen jeden Nachmittag eine Stunde Deutschunterricht gegeben, ein ganzes Jahr lang. Bis sie es konnten. E non chiedeva una Lira. Era una bravissima persona.«

»Una bravissima persona!«, pflichtete ich Benito bei, denn vor 40 Jahren fand man in süddeutschen Kleinstädten nicht allzu viele Freunde Italiens und schon gar nicht solche, die für diese Freundschaft etwas getan hätten.

»Was ist aus deinen Söhnen geworden?«, fragte ich mit ehrlichem Interesse.

»Hanno studiato tutti due!«, antwortete Benito stolz. »E sono diventati ingegneri!«

»Ingegneri, auguri!«, beglückwünschte ich Benito zum Erfolg der Söhne, den sie der praktischen Integrationspolitik von Margarethes Vater zu verdanken hatten. Nicht auszudenken, was aus den zwei offenbar begabten und intelligenten jungen Männern geworden wäre, wenn man sie in eine Sonderschule abgeschoben hätte … Nicht auszudenken, was aus mir geworden wäre, wenn nicht auch mir im Laufe meiner schulischen Karriere der ein oder andere Schutzengel in Gestalt eines Lehrers begegnet wäre, der mein Deutsch geglättet und hinter der unsinnigen Aneinanderreihung von Wörtern in meinen Deutscharbeiten so etwas wie Sätze und Gedanken erkannt hätte. Ohne solche Schutzengel wäre ich kaum Staatsanwalt geworden, das ist gewiss; die Frage war nur, wie oft ich ohne solche

Hilfe auf der anderen Seite der Anklagebank hätte Platz nehmen müssen. Die Vorstellung schüttelte mich.

»Was könnte der professore mit 'eidegger zu tun gehabt haben?«, setzte ich meine kleine Unterhaltung fort, nachdem ich den Mahr hatte vertreiben können, der seine Hände kurz um meinen Hals gelegt hatte.

»Ma ...«, antwortete Benito lapidar und zuckte mit den Schultern, »era un professore, un uomo studiato!«

»Wieso ist er so früh gestorben, weiß man das?«

Wieder zuckte Benito mit den Schultern. »Non lo so, ich weiß es nicht. Er war körperlich nicht sehr stark, un uomo delicato«, sagte er und begann, ein wenig nervös auf seinem Stuhl hin und her zu rutschen.

»Delicato?«, hakte ich nach.

»Delicato, zart, ein bisschen empfindlich«, bestätigte er, was er schon angedeutet hatte, auch wenn er sich in der Rolle dessen, der befragt wurde, immer unwohler fühlte.

»Empfindlich?«, fragte ich verständnislos.

»Ja, empfindlich, auch beim Essen. Eines Tages hat er uns besucht, um mit uns über die Kinder zu sprechen. Natürlich haben wir ihn zum Essen eingeladen, aber man musste ihn förmlich zwingen. Er aß fast nichts, nur ein bisschen Suppe mit Huhn. Als ich ihm Parmesan anbot, um die Suppe abzuschmecken, hat er mich angesehen, als wollte ich ihn vergiften.«

»Merkwürdig ...«, sagte ich.

»Era un uomo un po' strano«, sagte Benito und zuckte mit den Schultern, »e con un piccolo vizio, mit einer kleinen Angewohnheit.«

»Vizio?«

»Ja, nichts Schlimmes, etwas Lustiges«, erklärte Benito und strahlte dabei über das ganze Gesicht, so sehr amüsierte ihn die Erinnerung. »Se non sapeva cosa dire, diceva sempre: ah … Wenn er nicht wusste, was er sagen wollte, sagte er immer: ah …«

»Ah …«, entfuhr es mir unwillkürlich.

7

Margarethes Unterhaltung mit Meißner brachte, wie sie mir erzählte, einige Überraschungen. Ich hatte ihr noch hinterhergesehen, wie sie die Treppe hinunterlief, um zum Büro unseres Leitenden Oberstaatsanwalts zu kommen. Ihre Bewegungen hatten etwas Mädchenhaftes, als seien sie halb von Spiel und halb von Eifer bestimmt, ein wenig so wie bei einer Schülerin, die im Turnunterricht alles daran setzt, die Aufmerksamkeit eines geliebten Lehrers zu gewinnen.

In Meißners Vorzimmer wartete, nein, lauerte Thekla, ausstaffiert mit einem hellblauen Kleid und frisch blondierten Haaren, deren Üppigkeit und Farbe in einem schreienden Gegensatz zu dem zitronensauren Gesicht standen, mit dem die Natur, vor allem aber ihr freudloses Leben sie geschlagen hatten. Sie hatte weder Mann noch Kinder, keine Freunde und keine Hobbys. Der einzige Mensch, an dem sie interessiert schien, war Meißner, dessen Karriereweg sie schon seit Jahrzehnten durch die Justiz begleitete. Sie hatte ihn noch als einfachen Strafrichter am Amtsgericht kennengelernt, wo sie seine Geschäftsstelle geleitet hatte, und hatte es verstanden, ihm mehr oder weniger nahtlos auf fast all seinen beruflichen Stationen zu folgen, obwohl es so etwas wie eine Privatsekretärin bei der Justiz natürlich nicht gab.

Thekla warf Margarethe einen giftigen Blick zu, als wollte sie sie warnen, ja nicht zu viel von Meißners wertvoller Zeit in Anspruch zu nehmen, und ihm nicht zu nahe zu kommen. Dass sie die Arbeitszeit ihres Chefs mit der gleichen Strenge hütete wie Drachen der Legende nach geraubte Schätze, war nicht ungewöhnlich und traf Margarethe nicht allein. Die gallige Eifersucht Theklas galt ihr allerdings exklusiv und ohne dass wir männlichen Kollegen je verstanden hätten, warum Meißners Sekretärin sich ausgerechnet Margarethe zum Objekt dieser verzehrenden Leidenschaft erkoren hatte. Margarethe war weder die einzige Frau im Haus noch die einzige Staatsanwältin. Sie war auch nicht kokett oder wäre je auf die Idee gekommen, gegenüber Meißner auf ihre Weiblichkeit zu setzen, um irgendetwas zu erreichen – eine Tugend, der sich nicht alle Staatsanwältinnen im Haus rühmen konnten, obwohl Meißner selbst weit davon entfernt schien, solchen Angeboten zu erliegen. Trotzdem hasste Thekla Margarethe und hatte mehr Angst vor ihr, als vor irgendeiner anderen Frau im Haus. Es schien, als fühlte sie von Margarethe eine Gefahr ausgehen, die sie bedrohte. Ich hatte bereits darüber nachgedacht, ob Meißner vielleicht eine heimliche Schwäche für Margarethe hegen könnte, die er seiner Sekretärin unvorsichtigerweise offenbart oder die sie als Frau zumindest erahnt hatte, aber diesen Gedanken wieder verworfen. Meißner zeigte sich Margarethe niemals anders als anderen Kollegen gegenüber: freundlich, korrekt und gleichmütig. Dabei glaubte ich noch nicht einmal, dass er selbst je bemerkt haben könnte, mit welchem Argwohn Thekla über ihn wachte. Er schien über die Jahrzehnte so an ihre Anwesenheit gewöhnt, dass er sie kaum mehr wahrnahm.

Als Margarethe in Meißners Büro trat, sah er kurz von der Akte auf, in der er gerade gelesen hatte, und deutete mit einer Handbewegung auf den Besucherstuhl vor seinem Schreibtisch. Margarethe setzte sich, ohne sich weiter umzusehen; es gab in Meißners Arbeitszimmer ohnehin nicht viel zu entdecken. Selbst für deutsche Verhältnisse war es für das Büro eines Leitenden Oberstaatsanwalts ungewöhnlich schlicht und klein, kaum mehr als ein dunkler Raum mit 30 Jahre alten Sperrholzmöbeln, die noch in der Gefängnisschreinerei gezimmert worden waren – kein Vergleich zu den weiten chromhellen Büros, in welchen Fernsehstaatsanwälte aus bekannten Serien nach einem gewonnenen Prozess ihre dicken Havannas zu rauchen pflegen und bei jedem Zug die Gewissheit schmecken, der *Gerechtigkeit* wieder einmal zum Sieg verholfen zu haben … Der einzige Luxus, wenn man ihn so nennen wollte, den Meißner sich gönnte, war eine stets mit frischen Blumen versorgte Vase, die auf seinem Schreibtisch stand, und daneben eine sehr gute Miniatur des David von Donatello, jenes Abbildes eines schönen Knaben mit langen Locken, der, einen Sonnenhut auf dem Kopf, ein Schwert in der Rechten, mit dem Fuß auf dem abgetrennten Schädel des Riesen Goliath steht. Meißner war sehr stolz auf die Bronzefigur und mehr als einmal hatte er mir davon erzählt, wie er sie in Florenz bei einem Kunsthandwerker erstanden hatte, dessen Werkstatt abseits der touristischen Wege in einem Keller zwischen Palazzo Pitti und Arno versteckt lag.

Margarethe blieb still und wartete, bis Meißner eine Aktennotiz korrigiert und abgezeichnet hatte. Erst danach sah er auf und lächelte sie geschäftsmäßig an. Meißner war ein großer und sehr schlanker Mann in mittleren Jahren mit einem feinen Lächeln und ebenso feinen Manieren. Sein Haar war grau meliert und nicht mehr ganz voll, die Züge in seinem schmalen Gesicht scharf gezeichnet und streng, beinahe asketisch, wenn zum Ausdruck der Askese nicht auch eine gewisse seelische Tiefe gehört hätte, die ich nicht zu erkennen vermochte. Meißners Karriere in der Justiz war stetig zwischen Staatsanwaltschaft, Gericht und Ministerium verlaufen – stetig, wenn auch nicht unbedingt steil; gewiss war er allen Mitgliedern des Senats des Oberlandesgerichts, gegen die Margarethe nun ermittelte, auf der ein oder anderen Sprosse der Karriereleiter begegnet. Vielleicht schuldete man sich auch den ein oder anderen kleinen Gefallen – aber selbst wenn das nicht der Fall sein sollte, und er seit Jahren nichts mehr mit ihnen zu tun hätte, waren sie doch seinesgleichen: Juristen bürgerlicher Prägung, an Disziplin gewöhnt, streng mit sich und anderen, ein wenig trocken, vielleicht fantasielos, erfolgreiche Beamte im Dienste des Landes. Daran musste Margarethe denken, wenn sie mit ihm sprach.

»Ich habe Ihr Memorandum gelesen und bin froh, dass Sie es mir so zeitnah haben zukommen lassen«, eröffnete Meißner das Gespräch, wobei er sich wie immer ein wenig gestelzt ausdrückte. »Nur einen Tag später, und ich wäre in ziemliche Verlegenheit geraten.«

»Was ist passiert?«, fragte Margarethe und lächelte artig.

»Oh, ich bin von einem Herrn angerufen worden, gegen den Sie gerade ermitteln«, antwortete Meißner lapidar. »Ich nehme an, Sie kennen ihn: Es war der Kollege Dr. Joseph-Georg Müller, seines Zeichens Präsident des Oberlandesgerichts Karlsruhe.«

»Müller hat Sie angerufen? Das ist ja ein …«, *Ding*, wollte sie eigentlich sagen, konnte sich allerdings gerade noch retten, »eine Überraschung!«, sagte sie stattdessen, denn Meißner waren Förmlichkeiten sehr wichtig. »Was wollte er denn?«

»Was er wollte? Eine gute Frage: Er wollte mich aushorchen, stellen Sie sich das vor! Der Präsident des Oberlandesgerichts hat mich angerufen, um mich auszuhorchen! Anfangs tat er ganz unschuldig, fragte, wie es mir geht und ob ich immer noch so gerne Tennis spiele wie früher. Das Übliche eben. Dann kam er aber doch schnell zum Thema. Er fing ganz beiläufig an. Da hätte es einmal vor langer Zeit eine Strafanzeige gegen ihn gegeben, das sei aber sicher schon zehn, 15 Jahre her. Er habe die Angelegenheit längst vergessen, da sei ihm neulich beim Aufräumen doch tatsächlich *zufällig* das Schreiben in die Hände gefallen, mit dem ihn die Staatsanwaltschaft damals über die Eröffnung des Verfahrens informiert habe. Gewiss sei die Sache längst erledigt und eingestellt, er habe aber leider nie eine Einstellungsnachricht erhalten. Jetzt wolle er nur sicher sein, ob denn wirklich alles abgeschlossen sei. Er habe einfach diesen angeborenen Ordnungssinn, eine alte Marotte von ihm, die ich bitte nicht übel nehmen soll.« Meißner rückte seine schmale Brille zurecht und sah Margarethe erwartungsvoll an.

»Und was haben Sie ihm gesagt?«

»Was sollte ich sagen? Ich habe ihn darüber unterrichtet, dass das Verfahren leider von einem dienstunfähigen Staatsanwalt verschleppt worden ist, jetzt aber in den

Händen einer jungen, sehr befähigten Beamtin liegt, die es gewiss ordnungsgemäß handhaben wird. Zum Glück kannte ich Ihr Memorandum, sonst wäre die Situation noch misslicher geworden, als sie ohnehin schon war.«

»Wieso ruft er gerade jetzt an?«, fragte Margarethe.

Meißner zuckte mit den Schultern. »Schwer zu sagen, vordergründig tat er überrascht, weil die Ermittlungen noch immer nicht eingestellt sind, aber das hat mich nicht überzeugt. Ich hatte den Eindruck, er wusste genau, dass Sie das Verfahren wiederaufgenommen haben. Als hätte ihm jemand einen Tipp gegeben.«

»Ah …«, sagte Margarethe und runzelte die Stirn, »wie kommen Sie darauf?«

»Wie ich darauf komme? Nun, er hat da eine ziemlich scharfe Bemerkung zur Verantwortung eines Behördenleiters fallen lassen, der jahrelang nicht bemerkt, dass seine Beamten den ihnen übertragenen Aufgaben nicht mehr gewachsen sind. Das war gezielt und vorbereitet: Müller ist alles andere als spontan. Wenn er einen Schlag ausführt, dann hat er sich das gründlich überlegt.« Meißner zog die Augenbrauen hoch und sah Margarethe vielsagend an.

»Wieso hat er wohl angerufen?«, fragte sie, halb an Meißner, halb an sich selbst gerichtet.

»Um ehrlich zu sein, glaube ich, er wollte mich einschüchtern«, antwortete Meißner.

Am liebsten hätte Margarethe gefragt, ob Müllers Versuch, den Leitenden Oberstaatsanwalt einzuschüchtern, vielleicht gelungen sei, doch das wäre ein Fehler gewesen, den sie sich unter keinen Umständen erlauben durfte. Meißner war sehr empfindlich, was die Unvoreingenommenheit seiner Staatsanwaltschaft anging.

»Sie kennen ihn von früher, nicht?«, meinte sie stattdessen und beendete damit die plötzliche Stille, die Meißners Büro für einen Augenblick so beherrscht hatte.

»Ja«, sagte Meißner, dem die Befürchtungen Margarethes vielleicht nicht entgangen waren, »wir saßen ein paar Jahre im gleichen Strafsenat beim OLG. Er wurde irgendwann Vorsitzender des neunten Zivilsenates. Das war ein ziemlich ungewöhnlicher Karrieresprung für einen kaum Vierzigjährigen …« Meißner legte eine Pause ein.

Margarethe fiel auf, wie er erst kurz lächelte, bis etwas Bitteres in seinen Ausdruck trat, so als wäre er zunächst auf eine schöne und dann auf eine böse Erinnerung gestoßen.

»Es gab damals einen Vorsitzenden am Landgericht, fast 50 Jahre alt, ein guter, solide arbeitender Mann. Dem war der Senatsvorsitz eigentlich schon lange versprochen. Es war nicht allzu angenehm, wie Müller den Konkurrenten unschädlich gemacht hat … Aber zurück zur Sache. Wie steht es nun mit diesem Verfahren? Rechtsbeugung – der Vorwurf scheint mir wirklich kaum vertretbar. Ist die Angelegenheit nicht so weit, dass man sie einstellen kann?«

»Derzeit noch nicht«, antwortete Margarethe, »es gibt ein paar Punkte, die ich klären muss.«

»Klären?«, wiederholte Meißner verwundert und rückte die Brille zurecht. »Nach so langer Zeit? Wir sprechen über ein Urteil aus dem Jahr 1981! Sind die Vorwürfe denn nicht längst verjährt?«

»Nicht die gegen Müller«, sagte Margarethe, »das habe ich erst gestern noch prüfen können. Deswegen habe ich diesen Punkt in meinem Memorandum offen gelassen. Sehen Sie: Das Urteil des Senates erging 1981, im gleichen Jahr wurde die Strafanzeige erstattet. Maier-Rolfs hat die Ermittlungen aufgenommen und die Mitglieder des Senats hierüber Ende 81 informiert. 1982 ging Müller in die Politik. Er wurde Landtagsabgeordneter, Staatssekretär im Justizministerium, eine Zeit lang war er sogar stellvertretender Landtagsvorsitzender, bis er vor einem Jahr als Präsident des Oberlandesgerichts Karlsruhe zur Justiz zurückkehrte.«

»Und was bedeutet das?«, fragte Meißner – wie ich vermutete, ein wenig verlegen, denn er musste damit eine Wissenslücke offenbaren, was ihm meist fürchterlich unangenehm war.

»Ganz einfach«, antwortete Margarethe, die die Verlegenheit ihres Chefs vermutlich nicht einmal bemerkte, so sehr hoffte sie, ihm durch ihr Wissen zu imponieren. »Als Abgeordneter genoss er strafrechtliche Immunität. Das Verfahren gegen ihn durfte gar nicht weitergeführt werden. Deswegen war aber auch die Verjährung gehemmt. Maier-Rolfs hat sich – na ja – beinahe korrekt verhalten«, schloss sie schnippisch.

»Korrekt kann man das gewiss nicht nennen!«, verbesserte Meißner Margarethe streng, schon um die in seinen Augen bedrohte Hierarchie wiederherzustellen. Dass Margarethe ihn eigentlich von dem Vorwurf entlasten wollte, er habe das Treiben Maier-Rolfs zu lange übersehen, war ihm dabei entgangen.

»Natürlich nicht«, antwortete Margarethe etwas gekränkt.

»Also gut … Das mit der Verjährung ist wohl richtig«, meinte Meißner ein wenig gönnerhaft. Er musste wohl bemerkt haben, dass sich ihr Blick verfinstert hatte – ihre Gefühle zu verbergen, gelang Margarethe nie gut; Meißner gegenüber war es ihr aber fast unmöglich.

»Was ist eigentlich mit den anderen Senatsmitgliedern?«, fragte er schließlich. »Wie hießen sie noch gleich?

Sie haben die Namen in Ihrem Memorandum, glaube ich, nicht erwähnt.«

»Thomas Meinrad und Martin von Kempf«, antwortete Margarete. »Sie haben recht, ich habe die Namen nicht erwähnt, weil ich Ihnen erst einmal nur einen groben Überblick über das Verfahren geben wollte. Was ich weiß, ist Folgendes: Von Kempf ist vor fünf Jahren gestorben. Das konnte ich zwischenzeitlich ermitteln. Thomas Meinrad hat 1990 eine Stelle als Vorsitzender Richter am Landgericht Halle angenommen und ist jetzt dessen Vizepräsident – mehr weiß ich noch nicht. Aber ihm gegenüber dürfte der Vorwurf verjährt sein. Kennen Sie ihn?«

»Ja«, sagte Meißner, »von der ein oder anderen Richterdienstbesprechung kenne ich beide, Meinrad und von Kempf, aber ich habe nie mit ihnen zusammengearbeitet. Müller hat sie damals vom Landgericht an seinen Senat geholt. Es sind oder waren zwei exzellente Juristen.«

Meißner hatte kaum ausgesprochen, als es klopfte und Thekla ihren frisch gefärbten Blondschopf durch die Tür steckte. »Herr Meißner, ich sollte Sie an Ihren Termin erinnern«, säuselte sie butterweich.

»Vielen Dank, Frau Röseler«, antwortete Meißner sachlich. »Wir sind gleich fertig.«

Thekla schloss die Tür, ohne Margarethe eines Blickes zu würdigen. Ihr ging das Gespräch sicher schon viel zu lang. Aber bitte, wenn ihr Chef sich denn partout verspäten wollte – an ihr lag es nicht. Sie hatte alles getan, was sie konnte … Ich kannte sie gut, genau das wird sie gedacht haben.

»Nur zwei Dinge noch«, sagte Meißner, nachdem Thekla die Tür ein wenig zu geräuschvoll ins Schloss hatte fallen lassen. »Erstens möchte ich Sie darum bitten, dieses

Verfahren mit aller Vorsicht und so viel Fingerspitzengefühl zu führen, wie sie nur haben. Ich habe volles Vertrauen zu Ihnen, trotzdem bitte ich Sie um besondere Umsicht.«

»Selbstverständlich«, sagte Margarethe, die sich noch darum bemühen musste, nicht mehr gekränkt zu sein.

»Und dann noch etwas: Nächste Woche wird Dr. Wolff verabschiedet. Er geht in Pension. Es gibt eine kleine Feier im historischen Kaufhaus. Der Justizminister hat sein Kommen angesagt. Ich würde mich freuen, Sie würden erscheinen – Sie und Ihr Kollege Tedeschi. Ich möchte Sie dem Justizminister vorstellen, sie beide.« Meißner lächelte und schob seine Brille zurecht.

»Danke!«, sagte Margarethe ebenso überrascht wie erfreut. Die Einladung kam für sie – und mich – gänzlich unerwartet: Sie hatte etwas von einem Ritterschlag. Sie hätte nicht erwartet, dass Meißner so große Stücke auf sie hielt, und mit einem Mal war sie mit sich, Meißner und der Welt wieder gänzlich versöhnt.

»Ich freue mich und Tedeschi wird sich sicher auch freuen«, stammelte sie.

»Schön, dann darf ich mit Ihnen rechnen«, sagte Meißner, der sich nun erhob, um schnell zu seinem Termin zu kommen. Er wollte Thekla wohl nicht noch einmal Grund geben, ihn zur Eile zu mahnen.

Margarethe – die Akte in der Hand – folgte ihm beschwingt und beglückt, was ihr unweigerlich den giftigsten Blick einbringen musste, zu dem Thekla Röseler in der Lage war.

8

Kaum hatte sie sich von Meißner verabschiedet, stürmte sie die Treppe hinauf und kam beinahe atemlos in mein Büro, um mir alles haarklein zu erzählen.

»Stell dir vor, wir werden dem JuMi vorgestellt!«, rief sie, kaum dass sie die Türe aufgerissen hatte.

Verlegen nahm ich meine Füße vom Tisch. Ich hatte die Augen für eine Sekunde geschlossen und nicht gehört, dass Margarethe angeklopft hätte.

»Welchem JuMi?«, fragte ich begriffsstutzig.

»Nächste Woche ist doch Wolffs Verabschiedung!«, antwortete sie, immer noch ganz begeistert, »du weißt doch, der größte Moment im Leben eines jeden Beamten: Er geht in Pension! Wie es sich gehört, gibt es eine Abschiedsfeier, und zu der hat sich der Justizminister angekündigt. Meißner möchte, dass wir ihn begleiten – du und ich. Und er möchte uns dem Justizminister vorstellen.«

»Ich soll dem Justizminister vorgestellt werden? Wow! Wenn das keine Integrationsleistung ist!«, sagte ich ehrlich verblüfft.

»Ach du, hör schon auf!«, entgegnete Margarethe mit einem Lachen im Gesicht. »Du bist vollständig integriert. Finde dich damit ab. Du gehörst zu uns, ob du willst oder nicht. Da helfen dir deine Leinenanzüge auch nicht mehr. Aber jetzt mal im Ernst: Wir werden dem JuMi vorgestellt. Ist das nicht toll?«

»Das ist super«, musste ich zugeben, auch wenn mir bei der Vorstellung, an einem Empfang nach deutscher Sitte teilzunehmen, nicht ganz wohl war: Ich war mir nie sicher, ob ich die Gebräuche, die bei solchen Treffen herrschten, gänzlich verstand. In Italien trägt man bei einem Empfang einen guten Anzug und schöne Schuhe, ist freundlich zu jedermann und macht den Gastgebern überschwängliche Komplimente. Das ist simpel und gilt bei einer Bauernhochzeit wie bei der Neujahresfeier der Agnellis. In Deutschland dagegen herrscht ein Geheimkodex fein abgestimmter und in jeder Gesellschaftsschicht und -gruppe verschiedener Verhaltensweisen, angefangen mit der angedeuteten Verbeugung, die man in Juristenkreisen zeigen sollte, wenn man einen Vorgesetzten per Handschlag begrüßt, und die einem außerhalb dieses Kreises als völligen Reaktionär outet, bis zu den eigentümlichen Sitten bei Tisch, die es in gehobener Gesellschaft verbietet, ein Weinglas am Bauch zu halten, auch wenn der Wein im Glas eigentlich zu kalt ist, während es zugleich Gruppen in diesem Land gibt, bei denen der bloße Gebrauch von Messer und Gabel verpönt scheint.

»Antonio, bist du noch da?«, fragte Margarethe, während ich im Geiste ein Weinglas in der Hand hielt und dabei zusah, wie mein eingebildeter Tischnachbar Salatsoße aus dem Teller trank.

»Ja, natürlich«, sagte ich, nun zum zweiten Mal verlegen, und wechselte schnell das Thema. »Was hat Meißner eigentlich zu deinen Ermittlungen gesagt?«

»Nicht viel. Er meinte, ich soll vorsichtig sein, aber er hat vollstes Vertrauen zu mir. Müller scheint übrigens etwas spitz bekommen zu haben. Er hat Meißner angerufen und versucht, ihn auszuhorchen.«

»Der Präsident des Oberlandesgerichts Karlsruhe Dr. Joseph-Georg Müller?«, vergewisserte ich mich, während Margarethe sich meinen Besucherstuhl schnappte, die Lehne nach vorn drehte und im Reitersitz Platz nahm.

»Genau der!«, antwortete sie kampfeslustig und von der Vorstellung beseelt, dass Meißner sie dem Justizminister vorstellen würde. Dabei schien sie sich gar nicht bewusst zu sein, in welche Gefahr sie durch dieses Verfahren geriet. Zu welchem Ergebnis die Ermittlungen auch immer führen würden, ein Mann wie Müller würde nicht vergessen, wer sie geleitet hatte. Er nicht und viele andere auch nicht. Zu dieser heimlichen Stigmatisierung brauchte es keinen Vermerk in der Personalakte. Man würde nur ihren Namen nennen und jeder innerhalb der Justiz wüsste Bescheid. Ich musste sie warnen.

»Na, da bin ich ja mal auf euer erstes Treffen gespannt«, sagte ich ironisch.

»Der Justizminister soll ein sehr freundlicher Mann sein …«, erwiderte Margarethe.

»Den meinte ich nicht«, bemerkte ich trocken.

Margarethe sah mich einen Augenblick erschrocken an. Sie hatte verstanden.

»Du meinst *er* kommt zu dem Empfang?«, fragte sie.

»Er ist der Präsident des Oberlandesgerichts. Ich bin sicher, dass er kommt.«

Margarethe nickte und wirkte mit einem Mal besorgt. Sie nahm die Sache wohl doch nicht so leicht. Das beruhigte mich.

»Was sagt eigentlich van Helsing zu deinen Ermittlungen an der Spitze der badischen Justiz?«, bohrte ich ein wenig weiter.

Margarethes Blick verdüsterte sich, was gewiss nicht nur daran lag, dass sie es nicht mochte, wenn ich ihren Freund van Helsing nannte. Ich dagegen fand, er hätte noch ganz andere Bezeichnungen verdient, zumal er, wie ich wusste, die Geschmacklosigkeit besaß, von mir nur als *Giovanni* zu sprechen.

»Wirklich begeistert ist er nicht«, gab sie mit einem gewissen Zögern und einem verlegenen Lächeln zu. Sie schämte sich für diese Antwort. Das war nicht schwer zu erraten und verlieh mir eine Ahnung davon, wie oft es deswegen schon zu Streit zwischen ihr und van Helsing gekommen sein musste.

»Wer weiß, vielleicht sehen wir die beiden ja fröhlich vereint bei Wolffs Empfang!«, bemerkte ich – nicht wirklich, um ihre Laune zu heben. »Als hoffnungsvollster Spross der Freiburger Anwaltschaft wird van Helsing ja kaum anders können, als an einem so wichtigen gesellschaftlichen Ereignis teilzunehmen, und wenn sich Müller gleichfalls die Ehre gibt, wie ich annehme, dann wird das ein Spaß, Signorina!«

»Ah …«, sagte Margarethe und verzog das Gesicht. Wenn sie jetzt nicht mehr ganz so unbedacht war, wie noch vor fünf Minuten, hatte ich mein Ziel erreicht. Ich durfte jetzt nur nicht überziehen.

»Du bist mir übrigens noch eine Antwort schuldig«, wechselte ich das Thema, bevor Margarethe Zeit hatte, wütend auf mich zu werden.

»Was für eine Antwort?«, fragte sie irritiert.

»Den Beweis dafür, dass das Urteil unvertretbar ist«, sagte ich, um sie an unser vorheriges Gespräch zu erinnern.

»Ja, natürlich«, meinte Margarethe, deren Gesicht sich kurz entspannte, um dann gleich darauf die Züge der ernsten und sachlichen Juristin anzunehmen, die sie bei ihrer Arbeit war. Ganz auf den Fall konzentriert, legte sie die Akte auf den Tisch und schlug sie auf.

»Da ist es!«, sagte sie und zeigte auf die Kopie der Vereinbarung zwischen Stein und Stelz. »Ich lese dir einfach noch einmal den ersten Satz vor: ›Wir, die Unterzeichneten Jakob Stein und Wolfgang Stelz, stimmen überein, dass der morgige Verkauf des Hausgrundstücks Münsterweg 7 nur auf Druck der politischen Verhältnisse und nur zum Schein erfolgt …‹« Margarethe blickte auf und sah mir direkt in die Augen. »Zum Schein, das ist der Kern,« erklärte sie. »Es geht gar nicht darum, dass sie mit dem Schriftstück eine Vereinbarung über die Rückgabe des Grundstücks treffen wollten. Es hat eine ganz andere Bedeutung. Sie haben damit dokumentiert, dass sie am nächsten Tag nur so *tun wollten*, als würden sie einen Vertrag schließen. Was sie vor dem Notar unterzeichnen würden, sollte nur ein Papier sein, um die Behörden zu täuschen. Und so ein Vertrag ist unwirksam.«

»Obwohl er notariell beurkundet wurde?«, fragte ich überrascht. Zu meiner Schande musste ich gestehen, dass mich das Zivilrecht nie so interessiert hatte wie das Strafrecht. Deswegen war ich mit seinen Feinheiten auch nicht annähernd so vertraut, wie ich es hätte sein sollen.

»Obwohl der Vertrag notariell beurkundet wurde«, antwortete Margarethe sicher. »Stein und Stelz mussten zum Notar, um den Schein zu wahren. Sonst hätte das Täuschungsmanöver nicht funktioniert, aber nach ihrem Plan sollte das Haus den Eigentümer gar nicht wechseln, und das hat es auch nicht. Das Grundbuch wurde nur zur Täuschung umgeschrieben. Es gab keine Übereignung. Es war ein *Scheingeschäft*.«

»Ein Scheingeschäft?«, wiederholte ich verblüfft. »Und dass Stelz als Eigentümer ins Grundbuch eingetragen wurde, ändert daran nichts?«

»Nichts!«, bestätigte Margarethe.

»Und dieser Hinweis auf das Besatzungsrecht?«, fragte ich weiter. »Klingt für mich eigentlich sehr überzeugend.«

»Habe ich überprüft. Es gab eine Verordnung der französischen Militärregierung zur Rückabwicklung von Arisierungen und die wurde tatsächlich auch als abschließende Regelung aufgefasst, was Verfolgungsmaßnahmen anging. Aber sie schloss Ansprüche nicht aus, die nichts mit der Verfolgung zu tun hatten. Wenn Stelz und Stein einen notariellen Vertrag über die Rückgabe der Immobilie geschlossen hätten, wäre der ja auch wirksam.«

Ich brauchte einen Moment, um zu verstehen, was sie mir da erklärt hatte; aber dann lag es auch für mich auf der Hand. Ein Scheingeschäft, natürlich! Ich schlug mir vor die Stirn. Wie hatte ich das übersehen können? Margarethe hatte recht. Und damit war das Urteil falsch, das war eindeutig. Es war objektiv falsch, unvertretbar. Wie hätte ein ganzer Senat von Spitzenjuristen am Oberlandesgericht das übersehen sollen? Ja, wie?

Margarethe, immer noch in ihrem Amazonensitz, sah mich mit ihren klugen Augen an. Sie wollte es sich nicht entgehen lassen, wie ihre Entdeckung auf mich wirkte, und genoss es, mich für einen kurzen Augenblick sprachlos zu sehen. Ich konnte ihrem Blick nicht lang standhalten. Ich stand auf, ging zum Fenster und sah hinaus.

»Und, was sagst du?«, fragte Margarethe endlich.

Ich drehte mich zu ihr. Einen Moment lang bewunderte, beneidete und bedauerte ich sie, und all das zugleich.

»Ich sage, dass du recht hast«, gestand ich. »Ich habe es übersehen, aber du hast recht. Es ist ein Scheingeschäft. Die Frage ist, wie ein Senat am OLG das übersehen konnte.«

»Genau, das ist die Frage«, antwortete sie, während auch sie sich erhob. »Kannst du dir vorstellen, dass drei Karrierejuristen, die diesen Fall mehrfach verhandelt haben, etwas übersehen konnten, was einer kleinen Strafrechtlerin wie mir schon beim zweiten Lesen der Akte aufgefallen ist?«

Ich schüttelte den Kopf. Genau das konnte ich mir nicht vorstellen.

»Siehst du, ich auch nicht«, sagte Margarethe. »Das kann man eigentlich nicht übersehen, aber genau das muss ich beweisen, und ich weiß noch nicht wie.« Margarethe stellte sich neben mich an das Dachfenster und ließ mich nicht aus den Augen. Ich war mir nicht sicher, was sie von mir hören wollte, eine Antwort, einen Rat oder ein Wort der Zuwendung, und auf einmal hatte ich den Eindruck, das sichere und forsche Auftreten, das sie vorhin gezeigt hatte, könnte vielleicht doch nur eine Fassade sein, hinter der sich etwas anderes verbarg, Angst vielleicht, Angst vor der Verantwortung, Angst vor den Ermittlungen, Angst vor diesem Fall. Sie senkte den Blick; einen Moment stand sie ganz nah bei mir. Ich roch ihr Parfüm, einen zarten Hauch von Limonen und frischen Gräsern, hörte ihren Atem, sah, wie ihr Brustkorb sich hob und senkte, hob und senkte. Ich hätte sie in den Arm nehmen wollen – aber dafür war sie mir zu nah.

»Du kannst das Verfahren auch einfach einstellen«, flüsterte ich.

Margarethe ging einen Schritt zurück und sah mit mir auf die Dächer. »Nein, das kann ich nicht«, sagte sie leise.

»Es ist gefährlich.«

»Du sprichst wie van Helsing!«, spottete sie.

»Ich mache mir Sorgen um dich«, erklärte ich.

»Dann hilf mir!«, entgegnete sie entschieden.

»Ich helfe dir«, antwortete ich, schon ganz verstrickt in den Fall und in ihr Schicksal.

Ich überlegte mir oft, ob ich versucht hätte, sie von den Ermittlungen abzuhalten, wenn mir klar gewesen wäre, was sie noch mit sich bringen würden, oder ob ich mich zumindest ferngehalten hätte von dem Verfahren. Um ehrlich zu sein, ich weiß es nicht. Vermutlich hätte ich es einfach nicht gekonnt.

9

Vorsatz – es ging darum, Müller Vorsatz nachzuweisen. Das war nicht leicht, musste doch klar belegt werden, dass er wissentlich ein falsches Urteil abgesetzt und verkündet hatte. Es genügte nicht, dass er sich bewusst war, sein Urteil *könnte vielleicht* falsch sein. Diese Möglichkeit bestand leider viel zu häufig, und das zu wissen, machte den guten Juristen gerade aus. Das Recht ist nicht eindeutig. Anwälte, die Prozesse führen, wissen das; Staatsanwälte, die Anklagen vortragen, wissen das; Richter, die Urteile verkünden, wissen das. Nur juristische Laien glauben an die Klarheit des Rechts, nur sie halten das Recht für die deutlich sichtbare Grenze zwischen dem, was zu tun, und dem, was zu lassen ist. Juristen dagegen wissen, diese Grenze ist an manchen Stellen kaum auszumachen.

Wir mussten also beweisen, dass der jetzige Präsident

des Oberlandesgerichts, Dr. Joseph-Georg Müller, mit klarer und eindeutiger Absicht ein Fehlurteil erlassen hatte. Die erste Voraussetzung hierfür war, dass er oder der Senat überhaupt auf den Gedanken gekommen war, Stein und Stelz hätten ein Scheingeschäft geschlossen, als sie gemeinsam zum Notar gingen. Das nachzuvollziehen, ginge am leichtesten, wenn sich schon in der Akte ein entsprechender Hinweis fand, in einem der anwaltlichen Schriftsätze zum Beispiel, in einer Aktennotiz, im Protokoll einer Verhandlung.

In der Akte der ersten Instanz, der Landgerichtsakte, wurde dieses Problem, wie ich mich genau erinnerte, aber noch nicht einmal angesprochen. Die Anwälte und das Gericht hatten sich allein auf die Frage kapriziert, ob das von Stein und Stelz unterschriebene Dokument eine Verpflichtung zur Rückgabe des Grundstücks begründen konnte, obwohl es nicht notariell beurkundet war. Hierüber wurde heftig diskutiert, heftig gestritten. Das Einfachere hatten die Kollegen jedoch übersehen –, wobei es nicht gerade mir anstand, deswegen den Stab über ihnen zu brechen. Wie aber war es in der zweiten Instanz, in der in den Siebzigerjahren noch ausschließlich am Oberlandesgericht zugelassene Anwälte tätig werden durften, damals die Creme der Freiburger Anwaltschaft? Genau das wussten wir nicht! Die Akte zweiter Instanz war unvollständig, und uns begann vor der Erkenntnis zu grauen, dass dies ebenso wenig ein Zufall sein konnte, wie die fehlende Karteikarte oder der Anruf Müllers bei unserem Chef.

Margarethe versuchte, den gleichen Weg zu gehen, den auch Maier-Rolfs schon beschritten hatte. Sie wandte sich an das Zentralarchiv in Karlsruhe und forderte die Gerichtsakten ein zweites Mal an. Die Antwort auf ihre

Anfrage erhielt sie ausgerechnet an dem Tag, an dem wir dem Justizminister vorgestellt werden sollten. Sie kochte vor Wut.

»Sie ist vernichtet!«, fauchte sie vom Flur her wie ein Raubtier und wedelte, kaum in meinem Büro, wild mit einer Postkarte.

»Wer ist vernichtet? Thekla?«, fragte ich. Ich nahm an, es hätte wieder einen Zusammenstoß zwischen den beiden Damen gegeben und Margarethe hätte den Fehdehandschuh, den Thekla ihr immer wieder vor die Füße warf, diesmal aufgenommen.

»Ach Quatsch, doch nicht Thekla! Die Akten! Die gesamten Prozessakten in der Sache Stein gegen Stelz sind vernichtet!«

»Ist denn die Aufbewahrungsfrist abgelaufen?«, fragte ich von Margarethes Wutausbruch eingeschüchtert, und streckte die Hand aus, um mir die Karte geben zu lassen.

»Angeblich!«, antwortete sie und klatschte sie mir auf den Tisch.

Während Margarethe weiter zeterte – ich hörte etwas von Beamtenpack und andere noch unfreundlichere Ausdrücke mehr –, hob ich das Kärtchen auf und las es pflichtschuldigst. Es war einer dieser für die Justiz typischen Vordrucke, in dem das, was die Behörde dem Empfänger mitzuteilen gedachte, nur angekreuzt werden musste. Die Postkarte sah drei Gründe vor, wieso dem beantragten Akteneinsichtsgesuch nicht entsprochen werden konnte. Weil – erstes Kreuzchenfeld – das berechtigte Interesse an der Akteneinsicht nicht ausreichend dargetan sei, oder – zweites Kreuzchenfeld – die Akte derzeit versandt/unentbehrlich sei, oder – drittes Kreuzchenfeld – die Akte nach Ablauf der gesetzlichen Aufbewahrungsfrist vernichtet wurde. Und genau das war markiert. Nachricht ohne Unterschrift gültig.

»Und was machen wir jetzt?«, fragte Margarethe in einem Ton, als sei ich für die Aktenvernichtung zumindest mitverantwortlich. Dabei traf sie bei mir sogar einen gewissen Nerv, denn ich begann sofort fieberhaft zu überlegen, wie ich ihr wohl helfen und sie vor allem wieder beruhigen konnte. Dazu muss man vielleicht sagen, dass Margarethes Laune in den letzten Tagen ohnehin nicht die beste gewesen war. Sie mühte sich gerade mit einer Diät, gewiss v. H. zuliebe … Dafür hatte ich am Ende sogar eine Idee.

»Wir versuchen es bei den Anwälten!«, sagte ich, als sei das die sicherste Methode der Welt.

»Ich verstehe nicht.«

»Ganz einfach. Du lässt von deinem kleinen jüdischen Freund eine Erklärung unterschreiben, mit der er die Anwälte, die ihn vor dem OLG vertreten haben, von ihrer Schweigepflicht befreit, und fragst in ihrer Kanzlei an, ob die damaligen Handakten noch vorliegen. Bei der Gelegenheit kannst du Stein gleich fragen, ob er nicht vielleicht Kopien der Schriftsätze besitzt. Seriöse Anwälte lassen ihren Mandanten immer Schriftsatzdoppel zukommen. Apropos kleiner Freund, wo steckt Stein derzeit eigentlich?«

»Israel, er ist in Israel«, antwortete sie nachdenklich. »Aber gut, eine andere Möglichkeit sehe ich im Moment auch nicht. Hoffen wir, dass Stein einen seriösen Anwalt hatte, seinerzeit.«

»Hoffen wir«, sagte ich und lachte Margarethe zuversichtlicher an, als ich es eigentlich war.

10

Der Himmel leuchtete im letzten kalten Blau des Tages. Eine hinter den Häuserschluchten abtauchende Sonne färbte die Wolken mit einem roten Abschiedsgruß, während die Abendschatten schon über dem Münsterplatz lagen. Es war die Stunde des Frühlingszwielichts, wenn am Himmel noch Tag und auf der Erde schon Nacht ist, als Meißner und ich zur Abschiedsfeier des alten Landgerichtspräsidenten gingen, der Moment, in dem das Licht des Tages und das Dunkel der Nacht kurz beieinander verweilten. Wie ich befürchtet hatte, waren wir nur zu zweit, Margarethe fehlte. Van Helsing hatte darauf bestanden, gemeinsam zu dem Empfang zu gehen, als Paar, wie es sich nach seiner Meinung gehörte. Allerdings entsprang dieser Wunsch meiner Meinung nach weder seiner Zuneigung noch seiner Leidenschaft für sie – beides hätte ich verstanden –, sondern seiner Unterwerfung unter jedwede Konvention. Er wollte gemeinsam mit Margarethe zu dieser Feier gehen, weil es sich so gehörte, und damit Schluss. Dabei hatte ich meine vage Hoffnung, v. H. würde vielleicht überhaupt nicht kommen, schon vor ein paar Tagen fahren lassen müssen. Offenbar war er vor Kurzem innerhalb der Anwaltskammer in irgendein Ämtchen gesetzt worden, was ihm von jetzt an jeden Anlass verschaffte, an allen Feierlichkeiten der Freiburger Justiz in offizieller Funktion teilzunehmen. Wenn ich Pech hatte, würde er heute Abend sogar eine Rede halten …

Das alte Kaufhaus war kaum erleuchtet. Nur aus den Bleiglasfenstern des hinteren Erkers drang ein schwaches Licht wie bei nur irgendeinem Treffen der Freiburger

Kaufmannschaft vor Hunderten von Jahren. Die schimmernden Fenster gaben dem Gebäude etwas von einer großen, nur schwach von einer Kerze erhellten Laterne, wie deren Konturen sich im Dunkeln verloren, verloren sich auch die Umrisse der blutroten Mauern in der Dunkelheit des Abends. Die bunten Farben der Erkerdächer verschwammen und die Statuetten der Habsburgerkaiser über dem Balkon verbargen sich in den Schatten.

Über knarrende Stufen gingen wir in den kleinen Festsaal, den der scheidende Präsident für seine Verabschiedung angemietet hatte. Wie ich von Meißner wusste, gab es bei der Justiz kein Budget mehr für solche Veranstaltungen, weshalb Wolff die Feier nun nicht nur selbst hatte organisieren müssen, sondern auch noch selbst bezahlte.

Wolff war ein sehr beliebter Präsident gewesen, ein umgänglicher, älterer Herr, der anstehende Probleme gerne badisch löste, also durch bloßes Vergessen, und für gewöhnlich voll und ganz hinter seinen Leuten stand. Es war daher kein Wunder, dass sich zu seinem Abschied nicht nur die Spitzen der Freiburger Justiz und die üblichen Verdächtigen aus Politik und Verwaltung einfanden, sondern das ganze Landgericht mitsamt Wachtmeistern und Pförtnern. Als Meißner und ich eintrafen, waren der Festsaal und seine Nachbarräume schon übervoll und das Gemurmel zahlloser plaudernder Gruppen begrüßte uns wie das Plätschern Dutzender Bäche.

Wolff, ein kleiner kräftiger Herr mit weißen Haaren und einem kecken Schnurrbart, stand, ein Glas Weißwein in der Hand, im Vorzimmer des Festsaals und erwehrte sich tapfer seiner Gratulanten, zu denen wir uns nun gesellten. Er grüßte jedermann freundlich und kannte jeden Namen. Als ich an der Reihe war, drückte er mir kräftig die Hand und sagte in seinem für ältere Freiburger typischen singenden Badisch: »Ah, der Herr Tedeschi – der schwäbischste Italiener, den man sich vorstellen kann! Das freut mich aber, dass sie zu meiner bescheidenen Feier gekommen sind. Man geht ja nur einmal in den Ruhestand, da ist man froh, wenn man begleitet wird.« Und spitzbübisch fügte er hinzu: »S'isch es bissle so wie bi d'r Beerdigung, aber da kriegt mer's nit selber mit.«

»Liebä Herr Wolff«, sagte ich in dem breitesten Schwäbisch, das mir zur Verfügung stand, »ei Unterschied hätt's denn scho: Mit dere Beerdigung do hört's Läbe uff, mit em Ruhestand fängst erscht emol richtig oh.«

Wolff lachte und klopfte mir auf die Schulter. »Herr Tedeschi, Sie machen mir Spaß! Und wissen Sie was? Sie schwätzet wie unser Minister. Dupfe glich, wie man in Freiburg sagt. Wussten Sie, dass der Herr Minister auch aus Sindelfingen kommt?«

»Ja«, antwortete ich, »wir sind sogar auf dasselbe Gymnasium gegangen, aber als der Minister sein Abitur gemacht hat, war ich erst in der Quarta.«

»Dann habe ich für Ihre Karriere ja noch Hoffnung!«, sagte Wolff lachend, um mit einem Mal zu verstummen und einen für sein Temperament ganz ungewöhnlich finsteren Ausdruck anzunehmen. Er zögerte kurz und trat dann einen Schritt näher an mich heran. »Bei anderen Karrieren mache ich mir freilich eher Sorgen«, sagte er unvermittelt und in dem Hochdeutsch, das er gewöhnlich für den Gerichtssaal reserviert hatte.

»Was meinen Sie?«, fragte ich, obwohl mir sofort klar war, worauf er anspielte.

»Ich schätze Frau Heymann sehr«, sagte er liebenswürdig und klopfte mir ein weiteres Mal jovial auf die Schulter.

»Sie sind Ihr Kollege. Passen Sie auf sie auf.« Kaum hatte er den Satz beendet, wandte er sich einer neuen Gruppe von Gratulanten zu, die sich in der Zwischenzeit eingefunden hatte, und Wolffs Aufmerksamkeit erwartete.

Ich stand wie betäubt da und fragte mich, ob das, was er gesagt hatte, eher als wohlwollender väterlicher Rat oder als freundlich verhüllte Drohung zu verstehen war, bis mir klar wurde, dass es auf den Unterschied kaum ankam. Ich löste mich von der Gruppe um Wolff und trat in den Kaufhaussaal. Schnell hatte ich Margarethe entdeckt. Sie stand umringt von einer Gruppe älterer Männer, die ihr den Hof zu machen schienen, und fühlte sich ganz offensichtlich nicht wohl in ihrer Haut. An dem Tag trug sie auch wieder dieses unsägliche grüne Kostüm, in dem sie den Teint einer Wasserleiche hatte. Van Helsing war nicht bei ihr. Ich entdeckte ihn mit ernstem Gesicht in ein Gespräch mit dem Vorsitzenden der Anwaltskammer vertieft. Dabei wiegte sein Oberkörper ständig vor und zurück, als stände er unter dem inneren Zwang, fortwährend Bücklinge zu machen.

Ich ließ mir ein Glas Gutedel geben und wollte gerade zu Margarethe gehen, um sie von den in die Jahre gekommenen Charmeuren zu befreien, als vom Vorzimmer aus Unruhe aufkam und sich die Menge teilte, um einem Mann mit grauen Haaren und kurzem Bart Platz zu machen, der freundlich lächelnd durch die Reihen lokaler Prominenz schritt. Der Minister war angekommen. Er sah abwechselnd nach links und rechts, schüttelte hier eine Hand, gab dort einen Klaps auf die Schulter und ging langsam, von allerlei Begrüßungen aufgehalten, zum Rednerpult, das an der Stirnseite des Saals auf ihn wartete. Hinter ihm drängten die Besucher in den Raum und ergossen sich, nachdem sie die Engstelle erst einmal überwunden hatten, wie eine Hafenwelle in ein Becken. Ich gab meinen Plan auf, Margarethe sofort zu sprechen, um ihr von Wolffs Bemerkung zu erzählen, und suchte stattdessen Schutz in der hinteren rechten Saalecke, wo mir das Gedränge am geringsten zu sein schien. Dort erwarteten mich auch schon drei oder vier Mitbrüder des weltumfassenden Ordens der Eckensteher, Männer allesamt, denen das Parkett gesellschaftlicher Anlässe zu glatt war, denen der Small Talk über Beruf und Karriere nicht flüssig über die Lippen ging und die sich deswegen an Abenden wie diesem lieber mit einem Glas Wein in die rechte hintere Saalecke stahlen, wo sie nicht Gefahr liefen, plötzlich angesprochen zu werden, um dann kein Wort herauszubringen. Es war immer die gleiche Saalecke, in der wir uns trafen, in der ein oder anderen Konstellation, bei dem ein oder anderen Anlass, und obwohl wir uns immer wieder begegneten, begrüßten wir uns nicht.

Jemand schlug gegen ein Glas. Man setzte sich. Der Vorsitzende des Richtervereins hieß willkommen, der Bürgermeister hielt ein Grußwort, der Minister sprach: über die Justiz und die Männer und Frauen der dritten Gewalt, über die tägliche Kärrnerarbeit im Dienste der gerechten Sache ... »Wir sind schließlich alle nur einfache Arbeiter im Weinberg unserer Herrin Justitia.« Wohlwollendes Gelächter; plötzlich ein zeremonieller Moment. Wolff wurde gebeten, aufzustehen. Er tat es, halb gerührt, halb verlegen, er schien überrascht oder gab sich zumindest so. Der Minister fasste hinter sich und hielt plötzlich ein schwarzes, in Samt gefasstes Etui in den Händen, in dem ein Orden prangte. »Große Verdienstmedaille des Landes Baden-Württemberg«, hörte man den Minister sagen, und es stimmte, er sprach genau in dem gleichen schwäbischen Singsang, der auch mir zu eigen war, wenn ich mich mit den Marktfrauen unterhielt, »... gratuliere ihnen, lieber Herr Dr. Wolff, auch im Namen des Herrn Ministerpräsidenten des Landes.« Und dann überreichte er Wolff den Orden und der errötete wie ein schüchternes Mädchen und war ganz gerührt, und die Besucher und Gäste erhoben sich und klatschten, klatschten lange, und einer rief sogar laut »Bravo!« und das war – ich.

Als der Applaus langsam abebbte, gab Wolff seinen Gästen ein Zeichen, sich wieder zu setzen, weil er ein paar Worte sagen wollte. In dem Moment entdeckte ich ihn; ich hatte ihn die ganze Zeit gesucht, ohne mir dessen bewusst zu sein. Er stand in einer der vorderen Reihen, ein großer Mann mit kerzengeradem, steif durchgedrücktem Rücken. Er musste meinen Blick gespürt haben, denn kurz nachdem ich ihn zwischen den anderen ausgemacht und für einen Augenblick gemustert hatte, drehte er sich um. Uns trennte die gesamte Diagonale des Saales, eine Distanz von über 20 Metern, aber Dr. Joseph-Georg Müller blickte mir direkt in die Augen, und es war, als fixierte er ein Ziel. Sein Gesicht war vollständig unbewegt; es verriet kein Gefühl, es sei denn, man betrachtete Hochmut als eine Regung. Seine Mundwinkel waren streng heruntergezogen, seine Augen versteckten sich hinter einer schwarzen Hornbrille, wie man sie zuletzt in den Sechzigerjahren getragen haben mochte. Er taxierte mich ausgiebig und ohne jede Zurückhaltung wie einen Gegenstand. Was er dachte, war nicht zu erraten, aber ich fühlte mich wie bei meinem mündlichen Examen, als mir schon auf die erste Frage des Prüfers keine Antwort hatte einfallen wollen. Die Szene hatte etwas Absurdes. Außer

Müller saßen alle Gäste und warteten auf Wolffs Dankesrede. Wolff selbst, den großen Verdienstorden des Landes Baden-Württemberg um den Hals, den Kopf noch immer vor Stolz und Verlegenheit hochrot leuchtend, sah Müller mit einem eigentümlichen Ausdruck an. Erst nachdem jemand sich im Publikum laut und demonstrativ geräuspert hatte, wandte Müller sich wieder dem Geehrten zu und setzte sich. Irritiert suchte ich nach Margarethe. Ich fand sie schnell. Das Grün ihres Kleides fiel auf im grauen Meer der Anzüge, die sie umgaben. Margarethe sah zu mir hinüber und hatte die Stirn kraus gelegt, ich glaubte, sie fragen zu hören, was gerade vorgefallen sei. Van Helsing neben ihr machte ein Gesicht, wie jemand, der in eine Zitrone gebissen hatte. Mit einem bösartigen Ausdruck um den Mund raunte er Margarethe etwas ins Ohr, das wohl auf mich gemünzt war, so als trüge ich die Verantwortung für den eigentümlichen Auftritt, den Müller uns gerade geboten hatte.

Die Irritation dauerte nicht lange an. Wolff hielt eine hübsche Rede, in die er ein paar Anekdoten aus seiner beruflichen Laufbahn flocht, bedankte sich bei seiner Frau, bedankte sich bei seiner Familie, bei seinen Gästen, dem Minister und allen Freunden, die ihn über die Jahre begleitet hatten, und beendete, von artigem Applaus begleitet, den offiziellen Teil des Abends. Auf sein Zeichen öffnete sich eine Flügeltür und wir wurden in einen Nebensaal gebeten, wo uns ein für deutsche Verhältnisse ziemlich opulentes Buffet erwartete, das in einer Geschwindigkeit bestürmt, belagert und geplündert wurde, als litten die Arbeiter im Weinberg Justitias seit Tagen Hunger.

Trinkende, essende und vor allem schwatzende Grüppchen verteilten sich im ganzen Saal, dessen Mauern vom

Klang angestoßener Gläser, klappernden Geschirrs und manierlicher Plaudereien widerhallten. Ich fand mich mit meinem Glas Weißwein und einem Teller Antipasti vereinsamt inmitten der Menge und war froh, als ich Margarethe entdeckte, der es ebenso ging. Sie hatte sich wohl gerade dem zweiten Ansturm der ergrauten Schwerenöter entziehen können, die nun ein anderes Opfer ihres Johannistriebes suchten. Sie kam lächelnd zu mir herüber und stellte sich neben mich.

»Was war denn zwischen dir und Müller?«, fragte sie halblaut und gab sich möglichst heiter und teilnahmslos dabei.

»Ich habe nicht die geringste Ahnung«, antwortete ich mit einem falschen Lächeln fürs Publikum, denn gerade in dem Augenblick, als Margarethe und ich zusammentrafen, schien ein eigentümliches Raunen durch die Menge zu gehen. Es konnte natürlich pure Einbildung sein, aber mir war, als unterhielte sich in dem Moment die gesamte Abendgesellschaft nur über uns.

»Weißt du eigentlich, dass sich der JuMi genauso anhört wie du, wenn du schwäbelst?«, fragte Margarethe, um die Unterhaltung fortzusetzen.

»Ja, das weiß ich. Das Gleiche hat mir Wolff gesagt, kurz bevor er mich ziemlich dringend darum bat, auf dich aufzupassen.«

»Auf mich aufpassen? Wieso das denn?«, fragte Margarethe entgeistert.

»Aus dem gleichen Grund, wieso hier kein Mensch mit uns spricht, außer deinen senilen Verehrern vielleicht«, sagte ich.

»Sprich nicht so über Eckhard«, zischte sie mir ins Ohr, »du weißt, ich mag das nicht.«

»Den meinte ich diesmal gar nicht!«, erwiderte ich lachend, »aber wenn ich es mir richtig überlege ...«

Margarethe verschluckte sich an ihrem Wein und lachte so laut los, dass sich der halbe Saal nach uns umdrehte. Von Hansen, der gerade mit Wolff sprach und dabei wieder seine Verbeugungen vorführte, sah peinlich berührt zu uns herüber, wandte sich jedoch rasch wieder ab, als ich ihm demonstrativ zuprostete. Müller, die Augenbrauen herauf-, die Mundwinkel heruntergezogen, stand nur wenige Meter von uns entfernt in einer Gruppe junger Richter und dozierte. Ich sah ihn nur aus dem Augenwinkel, trotzdem erkannte ich ihn, und ich entdeckte auch eine Narbe in seinem Gesicht. Sie reichte vom rechten Mundwinkel bis zum Kinn: ein sauberer kleiner Schnitt. Auch Müller trug einen Schmiss. Als Margarethe losgelacht hatte, hatte er kurz den Kopf gedreht und sie mit einem verächtlichen Blick gestreift. Dann sprach er weiter, wie ein Universitätsprofessor in seiner Vorlesung fortfuhr. Und die anderen taten es ihm nach. Eben noch Mittelpunkt des Interesses, wurden wir mit einem Mal ignoriert. Es schien, als hätten sie sich verabredet, uns auf ein geheimes Zeichen hin die Schulter zu kehren. Es hatte etwas Unwirkliches, wie sich einer nach dem anderen umdrehte, wieder seinem Grüppchen zuwandte, und uns dabei mit jeder Geste verriet, dass wir eigentlich nicht dazugehörten und niemand uns hier haben wollte. Scheinbar standen wir unter einem eigentümlichen Bann, der es verbot, uns auch nur anzusehen.

»Ah ...«, sagte Margarethe. Ich lächelte ihr zu und stieß mit ihr an. »Ich glaube, ich habe mich noch nie in meinem Leben so ausgeschlossen gefühlt«, sagte sie durch die Zähne.

»Willkommen im Klub«, erwiderte ich bitter. Das Gefühl, inmitten der anderen allein zu sein, war ihr offenbar fremd. Mich begleitete es schon mein ganzes Leben.

Meißner rettete uns. Selten war ich so froh, unseren Chef zu sehen. Er kam mit großen Schritten und verschwörerischer Miene auf uns zu und deutete uns, ihm zu folgen.

»Der Herr Minister will gleich wieder aufbrechen«, sagte er, während er uns wieder in den bestuhlten Saal führte. »Er wollte Sie beide aber gerne noch kennenlernen.«

Der Minister unterhielt sich mit dem Präsidenten der Anwaltskammer, hatte allerdings schon den Mantel angelegt und war im Begriff, zu gehen. Als er sah, wie wir auf ihn zukamen, verabschiedete er sich von seinem Gesprächspartner und kam uns ein paar Schritte entgegen.

»Herr Justizminister, ich hatte doch versprochen, Ihnen zwei meiner besten Mitarbeiter vorzustellen«, sagte Meißner sehr förmlich und zu meiner Überraschung auch mit ein wenig Stolz in der Stimme. »Frau Staatsanwältin Margarethe Heymann, Herr Staatsanwalt Antonio Tedeschi.«

Der Minister lächelte verbindlich und zeigte dabei eine fast perfekte weiße Zahnreihe. Überhaupt war er ein ungewöhnlich gepflegter und eleganter Mann. Sein blauer Dreiteiler war auf Maß gearbeitet, die hellblaue Seidenkrawatte saß perfekt. Wie es sich gehörte, reichte er erst Margarethe, dann mir die Hand.

»Und Sie sind in Sindelfingen zur Schule gegangen, wie ich höre«, begrüßte er mich launig, nachdem er mit Margarethe ein paar Sätze über die wichtige Funktion qualifizierter Frauen in der Justiz gewechselt hatte.

»Jawohl, Herr Minister!«, hörte ich mich mit einer vor Aufregung schweren Zunge beinahe militärisch antworten und sah, wie sich Margarethe schnell die Hand vor den Mund schlug, damit sie nicht loslachte.

»Sie sind italiensicher Abstammung?«

Ich konnte mir gerade verkneifen, noch einmal, »jawohl, Herr Minister, zu sagen!« und antwortete stattdessen: »Das ist richtig, meine Eltern stammen aus Kampanien. Ich war sieben Jahre alt, als wir nach Deutschland kamen.«

»Kampanien«, wiederholte der Minister, »das klingt so … verheißungsvoll und trotzdem haben Ihre Eltern ihre Heimat verlassen müssen, nicht wahr?«

Ich nickte, ging aber auf die Bemerkung des Ministers nicht weiter ein. Für einen Augenblick erstanden in mir die Bilder elender Betonwüsten in einer der schönsten Landschaften der Welt, Sozialwohnungen, so minderwertig gebaut, dass sie vor ihrer Einweihung schon abbruchreif waren, aber ich wischte die Erinnerungen beiseite.

»Sprechen Sie noch Italienisch?«, fragte der Minister.

»Ja, Herr Minister«, sagte ich, »ein bisschen wie ein Gassenjunge vielleicht, weil ich in Italien nie zur Schule gegangen bin, aber es ist meine Muttersprache.«

Der Minister sah zur Seite und schien nachzudenken. »Wir überlegen in Baden-Württemberg eine Schwerpunktstaatsanwaltschaft zur Bekämpfung organisierter Kriminalität zu bilden«, fuhr er langsam fort. »Deutschland ist ein Rückzugsraum der Mafia. Wenn Sie Interesse haben, geben Sie uns Bescheid.«

»Das werde ich!«

»Und Sie führen Ermittlungen in einer delikaten Angelegenheit«, wandte sich der Minister Margarethe zu. Sie war überrascht und antwortete nur mit einem verlegenen

Nicken. Dabei blieb ihr Gesicht unbeweglich und ihr Körper aufs Äußerste gespannt. Es war, als habe der Minister bei uns beiden sofort den wunden Punkt erkannt und berührt.

»Ich bin froh, dass wir eine unabhängige Justiz haben, in der auch Ermittlungen gegen einen hohen Richter möglich sind«, fuhr der Minister fort, ohne einen von uns beiden anzusehen. »Wenn Sie in dieser Sache meine Unterstützung brauchen, dann lassen Sie es mich wissen.«

»Gerne, Herr Minister!«, sagte Margarethe, erleichtert, wie freundlich und gelassen unser oberster Vorgesetzter mit ihrem heiklen Fall umging.

»Aber bitte bedenken Sie immer genau, was Sie tun«, schloss er die Unterhaltung ab und wieder vermochte ich nicht zu entscheiden, ob sich hinter diesem Satz nur ein ebenso selbstverständlicher wie wohlwollender Rat oder eine kleine Drohung verbarg. Vermochte es Margarethe? Vermochte es Meißner?

Kaum hatte der Minister den Satz beendet, reichte er uns die Hand, erst Margarethe, dann Meißner und schließlich mir, lächelte wieder, diesmal zum Abschied, wandte sich um und ging.

Wir sahen ihm nach, bis er mit seinen Leibwächtern in der Tür verschwunden war.

»Eine imponierende Gestalt«, sagte ich und brach als Erster das Schweigen.

»Eine äußerst imponierende Gestalt!«, bestätige Meißner.

»Jawohl, Herr Minister!«, scherzte Margarethe und stieß mich in die Rippen.

11

In den nächsten Tagen sah ich Margarethe kaum. Wenn ich sie kurz auf dem Gang traf, grüßte sie mich flüchtig, blickte aber sofort zur Seite und verschwand so schnell sie nur konnte in ihrem Büro. Dabei wirkte sie übernächtigt und hatte dunkle Ringe unter den Augen wie Petra Kelly in ihren schlimmsten Zeiten. Bald schon vermutete ich, dass sie sich Nacht für Nacht mit van Helsing stritt; ich war mir nur nicht sicher, ob das an ihren Ermittlungen oder an mir liegen mochte. Aber vielleicht gab es da auch gar kein *Oder*, und sie stritten sich wegen der Ermittlungen und meinetwegen, waren wir van Helsing doch beide gleichermaßen ein Gräuel …

Bereits am Morgen nach dem Empfang schienen Margarethes Augen verweint und ihr Gesicht war bleich wie das Wachs einer Opferkerze. Nur sie wusste, wie lang v. H. sich am Vorabend hatte beherrschen können. Hatte er den Streit noch auf dem Heimweg begonnen oder erst nachdem die Wohnungstür verschlossen war? Vermutlich erst zu Hause, auf dem Weg hätte ihm jemand begegnen können, der keinen falschen oder doch vielmehr allzu richtigen Eindruck von ihm gewinnen durfte. Sobald aber die Tür ins Schloss gefallen war, war die Welt ausgesperrt. Da hatte er Krawatte und Manieren ablegen können.

»Siehst du endlich, was du und dein dicker Italiener mit diesem blödsinnigen Verfahren anrichtet? Es ist peinlich, was ich wegen dir mitmachen muss! Sogar der Präsident der Anwaltskammer hat mich darauf angesprochen. Ich wusste gar nicht, was ich ihm antworten sollte.« V. H. nimmt sich einen Whisky und kippt ihn herunter. Er zittert, seine Wangenmuskeln sind zum Bersten gespannt, sein Gesicht ist bleich vor Zorn. Sich gegen jemanden wie Müller zu stellen, und sei dies aus Pflichtgefühl, war ihm völlig fremd. So etwas verbot seine Erziehung, die offenbar nur dahin gehend ausgerichtet war, jede Handlung nur nach dem Vorteil zu bewerten, den sie einem bot. Die Hand gegen die eigenen Eltern zu erheben, könnte nicht schlimmer sein, als gegen Müller zu ermitteln.

»Du hättest ihm zum Beispiel sagen können, dass Antonio mit dem Verfahren gar nichts zu tun hat«, sagte Margarethe, die sich auf eine Nacht im Streit einrichtete. Es war nicht die erste der Art.

»Müller sieht das offenbar anders, und alle anderen, die heute Abend im historischen Kaufhaus dabei waren, auch! Weißt du gar nicht, was man über euch sagt?«

»Nein, was denn?«, antwortete Margarethe völlig überrascht, denn ungeachtet ihres Berufes, der ihr die Fehlbarkeit der Menschen täglich vor Augen führte, war sie im Grunde naiv. Nie würde sie glauben, dass Menschen in ihrer Umgebung Lügen über sie verbreiteten oder Gerüchten Glauben schenkten. Sie selbst dachte kaum anders als gut über ihre Kollegen. Begegnete sie einem Bekannten in Begleitung einer attraktiven Frau, die nicht die Seine war, war sie sicher, es handele sich um ein berufliches Treffen.

»Na, was wohl!«, sagte v. H. zornig und kippte den zweiten Whisky.

Dass jemand ihre Treue anzweifeln konnte, brachte Margarethe für einen Augenblick aus der Fassung.

»Ich und Antonio? Was für ein Unsinn!«, schleuderte sie ihrem adeligen Freund entgegen. Es gibt wenige Vorwürfe, mit denen man eine Frau so schnell und so gründlich gegen sich aufbringen konnte, wie mit demjenigen der Untreue, sei er berechtigt oder – wie in unserem Fall – sei er es nicht.

Oder stritt man in den Kreisen, in denen v. H. verkehrte oder doch so gerne verkehren würde, anders? Subtiler vielleicht, selbst in der Wut noch an Konventionen gebunden, die ein offenes Wort verboten? Dann hätte v. H., das Whiskyglas in der Hand, vielleicht so begonnen: »Ich mache mir wirklich Sorgen um dich, selbst der Kammerpräsident hat mich auf die Ermittlungen angesprochen, die du und dein italienischer Freund gegen Müller führt. Er bat mich dringend, dich auf die Gefahr hinzuweisen, in die du dich da begibst. Ganz unnötigerweise begibst, wie er betonte, denn selbst aus Sicht der kritischsten Anwälte in Freiburg gibt es gegen Müller nicht die geringsten Vorbehalte. Das Gespräch war mir unangenehm, ich wusste gar nicht, was ich ihm antworten sollte.«

»Du hättest ihm zum Beispiel sagen können, dass Antonio mit den Ermittlungen gar nichts zu tun hat …«

Egal wie es begann – ich weiß es bis heute nicht, denn Margarethe hat auch später nie mit mir über ihre Beziehung und ihre Streitigkeiten mit van Helsing gesprochen – es endete erst in den frühen Morgenstunden und sicher mit Tränen. Ich erkannte es in jenem zitternd fiebrigen Blick durchwachter Nächte, der mir in Margarethes Augen begegnete, auch wenn sie ihn vor mir zu verbergen suchte.

So vergingen die Tage zäh und müde in den dunklen Büros und Fluren der Kaiser-Joseph-Straße. Margarethe wartete auf Nachrichten aus Israel, aber die blieben aus. Jeden Tag sah sie ungeduldig in ihr Postfach, jeden Tag wurde sie enttäuscht. Und ihr Temperament erlaubte ihr nicht, nur zu warten. Sie trieb das Verfahren voran, das Meier-Rolfs allzu lange verschleppt hatte. Etwa eine Woche nach dem seltsamen Empfang zu Wolffs Pensionierung verschwand sie einen Nachmittag aus dem Büro und ging ins Juristische Seminar der Freiburger Universität. Ich kam gerade aus einer Sitzung beim Amtsgericht und traf sie zufällig auf dem Weg. Sie konnte gar nicht anders, als mir kurz zu erzählen, dass sie vorhatte, etwas mehr über Joseph-Georg Müller herauszufinden, ohne dabei weiteren Staub aufzuwirbeln, und hoffte, in irgendeinem Who-is-who der juristischen Welt eine Spur von ihm ausmachen zu können.

Das Juristische Seminar mag – bei Licht betrachtet – vielleicht nicht mehr sein, als eine in einem hässlichen Zweckbau mit dem schmeichelhaften Namen ›Kollegiengebäude II‹ auf drei Stockwerken untergebrachte Bibliothek für Rechtswissenschaften, staubig, schmucklos, von Neonröhren schlecht ausgeleuchtet und zugleich noch schlechter belüftet als beleuchtet. Aber jenseits dieses nüchternen, dieses staubigen Anblicks ist es – für jeden, der es zu sehen vermag – doch auch ein Tor in eine Welt des Geistes und der Gedanken, deren Ursprünge über die Jahrtausende in die Vergangenheit reichen, wie eine Brücke über einen Strom reicht; und öffnet man einen der vielen alten Folianten, die immer ein wenig achtlos in den Regalen der Rechtsgeschichtlichen Abteilung stehen, dann begegnet man leicht einem jener Männer, die dem Leben erstmals Regeln geben wollten, verbindliche Regeln, durchdachte Regeln, durchsetzbare Regeln, wenn sie zunächst auch nur den Handel auf dem Marktplatz Roms erleichtern sollten. Was Männer wie Ulpian, Papinian und Paulus dachten und für richtig hielten, wurde von einem spätrömischen Kaiser zusammengestellt und als Gesetz verkündet, im Mittelalter wiederentdeckt, in den ersten Universitäten Europas erforscht und gelehrt und verbreitete sich so in der ganzen Welt. So langweilig und fantasielos die Rechtswissenschaft manchmal auch war, wie pedantisch der ein oder andere Jurist und wie staubig und grau das Seminar sein mochte, ich habe diesen Zauber immer empfunden; es ist der Zauber des Geistes, der sich der Willkür entgegenstellt – und sie manchmal, manchmal sogar aufhält.

Natürlich begegnet man dort auch anderem. ›Der Führer schützt das Recht‹ ist immer noch der Titelaufsatz der Juristischen Wochenschrift, die nach der Ermordung Röhms herauskam, Globkes Kommentar zu den Nürnberger Gesetzen steht nach wie vor in den Regalen – das Gedächtnis guter Bibliotheken ist nun einmal lang – und auch das *galt* als Recht, und wir Juristen wissen, wie schwer es ist, das Gegenteil zu beweisen.

Ich wusste nicht, ob Margarethe diese Eindrücke mit mir teilte. Ich wusste, dass sie suchte, bibliografierte, Personenverzeichnisse wälzte und am Ende nicht nur den ein oder anderen kleinen Artikel über Müller und sein Wirken als angesehener Jurist im Dienste des Landes fand, sondern sogar eine Festschrift mit einer Lebensbeschreibung dieses Richters, der sich im Zentrum ihrer Aufmerksamkeit bewegte. Sie hatte mir den Aufsatz gezeigt, ein paar Tage, nachdem ich sie auf ihrem Weg getroffen hatte. V. H. musste ihr in der vorherigen Nacht ein wenig Schlaf gegönnt haben, denn sie wirkte wieder munterer und frischer, als sie in mein Büro stürmte, ohne sich weiter damit aufzuhalten, auf ein Klopfen hin auch auf das förmliche Herein zu warten.

Der Aufsatz war schlecht geschrieben, schlecht in dem Sinne, wie viele rechtswissenschaftliche Arbeiten schlecht geschrieben sind, auch wenn sie ihren Weg in Bücher und Zeitschriften finden. Er war förmlich, langatmig, mutlos und in einem Deutsch abgefasst, das unmittelbar vom Bürgerlichen Gesetzbuch inspiriert schien und dem über dem jahrelangen Versuch, alles so erschöpfend wie möglich zu behandeln, jedes Leben abhandengekommen war. Aber es konnte ein Artikel noch so schlecht geschrieben sein, er konnte doch nicht ganz ohne Inhalt auskommen, und so erfuhr man, dass Müller am 23.03.1932 als Sohn eines Metzgers im südbadischen Tiengen geboren war, 1949 im nur wenige Kilometer entfernten Waldshut sein Abitur bestanden und im gleichen Jahr sein rechtswissenschaftliches Studium in Freiburg aufgenommen hatte, das er nach nur sieben Semestern mit dem Referendarexamen glänzend beendete. Er wurde Assistent beim Staatsrechtler Maunz, bei dem er mit einer Arbeit über den Eigentumsbegriff des Grundgesetzes summa cum laude promoviert wurde und trat als Referendar in den Dienst des Landes, wo seine steile Karriere begann. Nach der gewöhnlichen Ochsentour über die Dörfer und Amtsgerichte, nach der üblichen Zeit bei der Staatsanwaltschaft, wurde er Richter am Landgericht und danach in geradezu atemloser Geschwindigkeit Richter am Oberlandesgericht, abgeordneter Richter am Bundesgerichtshof und schließlich Präsident eines Senats am Oberlandesgericht. Dort musste ihm dann unser jüdischer Freund begegnet sein. Danach führte ihn die Karriere in die Politik, in den Landtag, in diverse Ministerien. Wenn es in einem Land wie Baden-Württemberg, das eher für Gemächlichkeit als für Feuer bekannt war, für einen Richter eine kometenhafte Laufbahn geben konnte, dann war es diese gewesen.

»Und, was siehst du?«, fragte mich Margarethe, als ich ihr den Artikel zurückbrachte. Sie saß an ihrem Schreibtisch, auf dem sich die Akten türmten. Das Licht eines noch jungen Tages fiel durch das Dachfenster auf ihr blondes Haar und brachte es zum Glühen.

»Ich sehe dein goldenes Haar, Margarethe«, antwortete ich versonnen.

»Antonio! Ich meine natürlich, was siehst du in diesem Lebenslauf?«, rief sie mich ein wenig barsch in dieses Leben zurück.

Ja, was sah ich? Ich sah die Karriere eines Mannes aus einfacheren, aber keinesfalls armen Verhältnissen, sah einen Mann, der keine Stufe der Juristenlaufbahn übersprungen, dafür aber jede Einzelne wie im Flug genommen hatte. Abitur mit 17, Referendarexamen mit 21, Promotion mit 23 bei Maunz, einem Staatsrechtler mit allerdings dunkler Vergangenheit, Assessorexamen mit 25 … Es wurde mir beinahe schwindelig dabei, mir nur vorzustellen, wie viel Disziplin, Fleiß und Begabung dazugehörten, so ein Tempo vorzulegen, auch wenn ich mir zugutehielt, dass die Lernmengen, die dieser Mann während seines Studiums noch zu bewältigen gehabt hatte, vielleicht nicht ganz so erdrückend gewesen sein mochten, wie diejenigen, die man uns geschultert hatte.

»Meinst du, er wurde protegiert?«, fragte Margarethe weiter.

Ich schüttelte den Kopf. »Jedenfalls nicht mehr, als er es mit seinen Fähigkeiten verdient hatte«, antwortete ich.

Margarethe nickte, sie teilte meinen Eindruck. Nachdenklich sah sie auf die Akte, die vor ihr lag, aber ihr Blick war nach innen gerichtet.

»Dann war er niemandem einen Gefallen schuldig,

oder?«, meinte sie schließlich, und es fiel ihr schwer, dies auszusprechen.

»Jedenfalls nicht deswegen«, sagte ich.

»Es ergibt keinen Sinn«, sagte sie und stand auf. »Wieso sollte jemand wie Müller eine Rechtsbeugung begehen? Er hatte das einfach nicht nötig.«

»Ich schätze, das ist genau das, was uns unsere Kollegen und Freunde schon seit Wochen sagen wollen«, sagte ich, in dem zaghaften Versuch, sie von dem Weg abzubringen, den sie unvorsichtigerweise eingeschlagen hatte.

»Fängst du jetzt auch damit an?« Ihre Reaktion war schneller und heftiger, als ich es erwartet hatte.

»Ich fange mit gar nichts an«, erwiderte ich beleidigt, »ich gebe nur zu bedenken.«

»Entschuldige«, antwortete sie leise. »Es ist nicht ganz leicht, weißt du?«

Ich nickte; ich wusste.

»Kennst du diesen Ort: Tiengen?«, fragte sie.

»Du meinst Müllers Heimatstadt? Nein, leider nicht. Waldshut kenne ich ganz gut. Ich war dort Referendar. Ein hübsches mittelalterliches Städtchen an der Schweizer Grenze. Die Stadt ist ein bisschen so etwas wie ein einziges, großes Einkaufszentrum für die Schweizer Kundschaft, nur nicht überdacht, aber das kommt sicher noch … Aber sehr hübsch, mittelalterlich, gepflegt. Tiengen liegt ein paar Kilometer weiter im Osten. Ich bin kaum ein oder zweimal durchgefahren. Kennst du es denn?«

»Der Name sagt mir irgendetwas. Ich glaube, ich habe ihn schon einmal gehört.«

Ich zuckte mit den Schultern. Mit Ausnahme meiner Waldshuter Zeit hatte ich von diesem Städtchen nie reden hören.

»Ich glaube, ich werde mir diesen Ort einmal ansehen«, sagte sie bestimmt. »Du hast nicht Lust, mich zu begleiten?«

»Lust hätte ich vielleicht schon, aber ich hab noch viel zu viel zu tun«, antwortete ich nicht ganz aufrichtig.

»Kein Problem, ich erzähl dir, wie es dort so ist«, sagte sie und sah mich dabei mit einem eigentümlich zweifelnden Ausdruck an. Sie ahnte wohl, dass meine Arbeitsbelastung nur ein Vorwand war.

Sie hatte schon ihre Jacke an und ihre Tasche um die Schulter gelegt, als mir noch etwas einfiel. »Wie hat Müller eigentlich damals diesen Kollegen ausgeschaltet, der für den OLG-Vorsitz vorgesehen war?«

»Welchen Kollegen?«, fragte Margarethe irritiert.

»Das hattest du mir doch erzählt. Meißner scheint so etwas angedeutet zu haben. Bevor Müller zum Vorsitzenden am OLG ernannt wurde, hat er irgendeinen älteren Konkurrenten ausgeschaltet. Erinnerst du dich nicht?«

»Das hatte ich ganz vergessen!«, antwortete Margarethe und schlug sich vor die Stirn, »Meißner hat da etwas gesagt, stimmt. Gut, dass du mich erinnerst! Ich versuche, das herauszubekommen.«

»Und dieser Meinrad, was ist mit dem?«

»Der ist Richter in Halle. Ich habe eine Aussagegenehmigung für ihn angefordert«, sagte sie und war weg.

12

Ich hätte sie begleiten sollen, aber ich tat es nicht. Stattdessen stahl ich mich in mein Büro, zu meinen Akten und Fällen, und folgte ihr in Gedanken auf ihrem Weg, stellte mir vor, wie sie jetzt wohl durch die glyzinienverhangene Herrenstraße zur Schlossberggarage ging, wo ihr Wagen parkte, einstieg, startete und losfuhr, um bald darauf in ihrem alten VW-Golf mit heulendem Motor das in Stein gefasste Höllental hinaufzujagen, wie sie die blinkende Fläche des Titisee umrundete und der steilen Bundesstraße Richtung Feldberg folgte, die, hart in den Berg gemeißelt und offen zum See hin, eine tiefe Schneise in den Wald schlug. Kurz vor dem Gipfel, umgeben von alten und dunklen Fichten, die den Weg säumten wie traurige Riesen, würde sie nach links abbiegen und über Alt- und Neuglashütten zum Schluchsee kommen, an dessen schwarzblauen Wassern ich in meinem Sommer als Referendar in Waldshut oft gesessen hatte, um darüber nachzudenken, was ich mit dem zweiten Staatsexamen, das ich bald würde bestehen müssen, und meinem folgenden Leben anfangen sollte … Der See ist von Menschenhand gestaut; er nährt sich aus Dutzenden von Bächen, die im Frühjahr mit der Schneeschmelze von den Felsen stürzen. Der Legende nach hatte man ein Dorf geopfert, um mit dem Wasser eine Stromreserve für den südlichen Schwarzwald zu schaffen, und an besonders klaren Tagen, wenn der Himmel ungetrübt war und keine Schatten auf die Oberfläche des Sees warf, sollte man die Kirchturmspitze des versunkenen Ortes noch durch die Wellen blinken sehen.

»Ma, diventerai avvocato, no?«, fragte mich mein Vater damals völlig verständnislos, als ich unvorsichtigerweise versucht hatte, ihm meine Nöte mit der angehenden Berufswahl nahezubringen.

Nein, Anwalt wollte ich gerade nicht werden, auch wenn in der Vorstellung meiner Eltern mit diesem Beruf das Geld, und mit dem Geld auch das Glück untrennbar verbunden sein mussten. »Ich kenne einen Anwalt, der fährt einen Ferrari«, hatte mein Vater gesagt und damit ein Argument beschworen, das er für unbedingt zwingend hielt. Aber der Ferrari interessierte mich nicht.

»Procuratore della Repubblica! Ma che cretino sei?«, schrie er, in einem jener Anfälle südländischen Jähzorns, die ich seit meiner Kindheit fürchtete, als ich ihm erzählte, dass ich die deutsche Staatsangehörigkeit annehmen wollte, um Staatsanwalt zu werden.

»O diventerai corrotto o ti sparano!«, beschwor er mich, sprang auf und verließ das Zimmer, um mich nicht erschlagen zu müssen, wie seine Natur es ihm eingab. ›Entweder du wirst korrupt oder sie erschießen dich.‹ Das war es, was er darüber dachte, und von dieser Ansicht hätte man ihn auch nicht abbringen können. Dazu war er zu alt. Aber er stammte eben aus einer Zeit, als die italienische Justiz noch nicht damit begonnen hatte, als einzige Gewalt im Staate die Ehre eines Landes wiederherzustellen, das zweimal schon den Blütenkranz Europas trug und heute zwischen der Korruption im Norden und der Mafia im Süden erstickt.

Über die Ortschaften Häusern und Höchenschwand würde Margarethe auf einer Hochebene weiterfahren, bis die Bundesstraße endlich wieder abfiel, ebenso steil, wie sie zuvor angestiegen war. Dort, kurz nach Höchenschwand, folgt eine Straßenkuppe, von der aus man plötzlich das gesamte Rheintal übersehen kann. Und an manchen ganz besonderen Tagen, wenn die Wolken tief im Tal liegen, am Boden gehalten vom Druck der Atmosphäre, dann sieht man von dort aus, inmitten eines weißen Meers von feiner Watte, das Granitgebirge der Alpen im violetten Sonnenlicht in den Himmel ragen und ihn berühren.

Sie würde nicht in Waldshut halten, wie ich es immer getan hatte, sondern auf der Bundesstraße weiterfahren in Richtung Klettgau, vorbei am großen Waldshuter Zoll, an dem sie mich wegen meines südländischen Äußeren immer wieder kontrolliert hatten, wenn ich in der Schweiz gewesen war, um Zigaretten zu kaufen, vorbei an der Lonza, einer stillgelegten chemischen Fabrik, bis sie nach Tiengen kam. Ein freundliches Städtchen mit mittelalterlichem Kern, einem Stadtbach, der durch die Fußgängerzone floss, einem Schloss und einer Perle von Barockkirche würde sie begrüßen. Sie würde ihren Wagen parken und das Städtchen zu Fuß erkunden, um nach Spuren des Mannes und seiner Familie Ausschau zu halten, den sie verfolgte, stehen bleiben vor der Inschrift eines Lokals, das sich damit brüstete, den Heiligen Bernhard von Clairvaux beherbergt zu haben, als der mit flammenden Reden und geifernder Wut die Christenheit zum zweiten Kreuzzug peitschte – Dieu le veult –, weiter gehen in Richtung Schloss hinauf, linker Hand einen alten Stadtturm sehen, auf dessen Spitze eine eiserne Krone die Störche zum Nisten lud, und daneben ein altes Geschäftshaus, an dessen Fassade das Relief eines Bauern bei der Saat prangt, eines Bauern, dessen hässliche, grobe Züge kaum zu einer anderen Zeit als während der dunklen Jahre Deutschlands in den Stein getrieben worden sein konnten, Antlitz, Hände und Glieder roh, hart und mitleidlos. Sie würde sich wundern über dieses offenbar noch vor Kurzem restaurierte Zeugnis barbarischer Zeit, die Hauptstraße weiter hinaufgehen, das Schloss und das Schmuckstück von Kirche bestaunen, um von deren Rückseite aus kleinen, ausgetretenen Treppen und verwinkelten Gässchen zu folgen, die sie über vom Regen geschliffenes Kopfsteinpflaster zum Marktplatz brachten, wo sie bei einer Linde endlich ein altes Geschäftshaus entdecken sollte, in dessen Laden jetzt zwar ein Computerfachhändler und eine Boutique untergebracht waren, das aber, ausweislich der steinernen Inschriften über den Schaufenstern, die niemand hatte wegspitzen wollen, früher einmal die Metzgerei ›Müller‹ beherbergt hatte; ein wuchtiges Haus, errichtet um die Jahrhundertwende und für die Jahrhunderte, in jenem steinernen Selbstbewusstsein, das den Deutschen nach der Vereinigung ihres Landes unter preußischer Vorherrschaft als Lohn des Krieges gegen Frankreich zu eigen gewesen sein musste – eine ganz und gar eigene Art des Bauens, wie man sie bei all diesen Gebäuden fand, die um die Zeit errichtet wurden, solide und dauerhaft, zuverlässig und treu, vielleicht ein wenig, aber wirklich nur ein wenig bieder, dafür jedoch gegen stärkere Erdbeben gefeit, als sie der Oberrheingraben tektonisch je würde hervorbringen können: steinerne Abbilder der deutschen Seele.

Hier also war Müller aufgewachsen, in der Sicherheit dieser Mauern, behütet vom Wohlstand, den die Metzgerei des Vaters erwirtschaftete, eingegliedert in die Sicherheit einer Kleinstadt, mit ihren überschaubaren Beziehungen, täglichen Begegnungen, sonntäglichen Kirchgängen. Natürlich hatte er höher hinaus sollen, der Sohn des Metzgers, weiter hinauf, als der Handwerkerstand dies vorsah, und er hatte es geschafft mit Fleiß und Begabung. Verbarg sich dahinter etwas Dunkles? Nein, ganz und gar nicht. Im Gegenteil zeigte sich hier die Offenheit der bürgerlichen Zeit, in der der Sohn eines Metzgers bei der Justiz Karriere machen konnte, und nicht nur er, sondern ein paar Jahre später eben auch der Sohn der Einwanderer aus dem Süden.

Wie im Rausch war Margarethe nach Tiengen gefahren, als ob sich ihr beim Anblick von Müllers Elternhaus offenbaren musste, was ihn vielleicht dazu getrieben hatte, dem alten feingliedrigen Juden die Rückgabe seines Elternhauses zu versagen. Jetzt war sie ernüchtert. Hier gab es keine Antworten, hier gab es nur die Erinnerung an eine in einer Kleinstadt verbrachten Jugend, die sich von ihrer Jugend in Meßkirch gar nicht so sehr unterscheiden mochte. Was hatte sie erwartet? Dass ein altes, in Lumpen gehülltes Weibchen sie ansprach, hinter eine Mauer führte und sie in die finsteren Geheimnisse einweihte, die im Keller der Metzgerei schlummerten? Nein, natürlich nicht. Nur irgendein Bild, eine Eingebung vielleicht, die ihr eine Ahnung vermitteln konnte, wieso Müller seine Berufung als Richter verraten hatte.

13

Auch in den nächsten Tagen blieb sie unruhig. Ihre grauen Augen verdunkelten sich, ihr Blick richtete sich in die Ferne, selbst wenn sie mich oder einen anderen Kollegen traf, grüßte und sich auf ein flüchtiges Gespräch einließ. Die Antworten der Kanzleien waren schlecht ausgefallen, dort hatte man die Akten längst vernichtet. Jetzt wartete sie auf Nachrichten aus Israel, aber die blieben aus. Es war nun Mitte Mai. Freiburg erlebte verfrühte, von heftigen Gewittern unterbrochene Sommertage. Die Quecksilbersäule stieg beinahe täglich über 30 Grad. In unseren schlecht isolierten Mansarden wurde es heiß wie in einem Ofen, in dem uns die Rolle der Brötchen zukam. Warme und stickige Luft lag wie eine Glocke über der Stadt und sehnte sich förmlich danach, ab und zu von einem krachenden Gewitter zersprengt zu werden. Die Freiburger verlegten ihr Leben nach draußen, die Studenten in den Colombipark, die Mütter auf den Augustinerplatz, wo sie ihre Kinder in den Bächen planschen ließen, die Rentner in den Stadtgarten.

Irgendwann war Margarethe das Warten satt. Sie rief die Auslandsauskunft an, um sich Hermann Steins Telefonnummer in Tel Aviv geben zu lassen. Zunächst schien noch nicht einmal diese leichte Aufgabe lösbar zu sein, denn einen Hermann Stein konnte die routinierte Telefonistin beim besten Willen nicht ausmachen. Margarethe wollte das Gespräch schon beenden, als ihr plötzlich Steins jüdischer Vorname einfiel.

»Mordechai, versuchen Sie es doch bitte mit Mordechai Stein!«, sagte sie, gerade noch bevor die Dame der Auskunft sich verabschieden konnte.

»M-O-R-D wie Mord und dann C-H-A-I?«, wollte die Telefonistin wissen.

»Ja, ich denke …«

»Mordechai, Mordechai … mal sehen. Oh, da haben wir gleich drei von der Sorte. Hier, das könnte er sein: Mordechai H. und Judith Stein. Ich lasse Ihnen die Nummer ansagen, sollen wir Sie dann gleich verbinden?«

»Verbinden? Nein, ich wähle selbst«, antwortete Margarethe.

Die Leitung knackste und rauschte, als hörte man die Wellen des Mittelmeers darüberrollen. Es dauerte Minuten, bis Margarethe endlich das Freizeichen am anderen Ende der Leitung ausmachen konnte. Es klingelte fünf Mal, sechs Mal, ein siebtes Mal. Endlich wurde der Hörer abgenommen.

»Stein«, hörte sie eine unendlich weit entfernte Stimme sagen.

»Margarethe Heymann, Staatsanwaltschaft Freiburg, ich hoffe, ich störe Sie nicht«, sagte Margarethe aufgeregt.

»Wer ist da?«, fragte die schwache Stimme und Margarethe wiederholte, diesmal beinahe schreiend: »Margarethe Heymann, Staatsanwaltschaft Freiburg! Ich sagte, ich hoffe, ich störe nicht!«

»Margarethe, Mädchen! Das ist ja eine Freude von dir zu hören«, rief Hermann Stein in den Hörer. Er sprach mit ihr, als sei Margarethe in den Kreis engster Freunde aufgenommen, aber das schien sie nicht zu bemerken; es fiel ihr noch nicht einmal dann auf, als sie mir von dem Gespräch erzählte.

»Judith, es ist Margarethe aus Deutschland. Du weißt doch, die Tochter Emanuels«, sagte Hermann Stein seiner Frau, die sich gewundert haben musste, wen ihr Mann da so überschwänglich begrüßt hatte. Dann wandte er sich wieder Margarethe zu. »Wie kann ich dir denn helfen?«, fragte er.

»Es geht um die Prozessunterlagen, ich hatte Ihnen doch

geschrieben und Sie gebeten, mir die alten Akten zu schicken, erinnern Sie sich?«, sagte Margarethe.

»Aber natürlich erinnere ich mich, und ich habe sie dir geschickt, schon vor zwei Wochen. Sind die Unterlagen denn noch nicht angekommen?«, erwiderte Stein, in dessen Stimme Besorgnis trat.

»Nein«, antwortete Margarethe und gab sich Mühe, zuversichtlich zu klingen. »Wir haben nichts bekommen, aber nach zwei Wochen müssen wir uns sicher noch keine Sorgen machen. Der Brief ist bestimmt noch unterwegs. Wissen Sie, auf Post aus Italien musste ich einmal über drei Wochen warten …«

Stein blieb stumm, seine Sprachlosigkeit machte das Rauschen der Leitung zu einem Dröhnen. »Es ist besser, ich prüfe das nach«, sagte er endlich mit seiner dünnen, zitternden Stimme. »Ich habe die Unterlagen per Einschreiben geschickt.«

»Das ist gut«, sagte Margarethe, um den Alten nicht zu entmutigen, »dann können die Papiere auf gar keinen Fall verloren gegangen sein. Und falls doch: Schicken Sie sie mir einfach noch einmal!«

Wieder sprach Stein eine ganze Weile lang nicht. Margarethe fragte sich bereits, ob nicht vielleicht die Leitung unterbrochen war, als sie ihn tief seufzen hörte.

»Was ist denn, geht es Ihnen nicht gut?«, fragte sie beunruhigt.

»Ich kann dir die Papiere nicht noch einmal schicken«, bekannte er mit brüchiger Stimme. »Ich dachte, du brauchst sicher die Originale. Die habe ich dir geschickt. Ich habe keine Kopien gemacht.«

»Ah …«, sagte Margarethe mit einem Kloß im Hals. Es fiel ihr schwer, die Ruhe zu bewahren. Am liebsten hätte sie geschrien und gefragt, wie man wohl so, so, so … *dumm* sein konnte, derart wichtige Unterlagen zu verschicken, ohne Kopien zu behalten, aber sie hielt sich zurück, so schwer es ihr fiel.

»Gut«, sagte sie stattdessen mit aller Ruhe, die sie aufbringen konnte, obwohl sie spürte, wie es ihr die Kehle zuschnürte. »Gehen Sie auf jeden Fall zur Post und forschen Sie nach, wo das Einschreiben geblieben ist. Und bitte, bitte, rufen Sie mich an, sobald Sie etwas wissen. Ich gebe Ihnen meine Nummer …«

Nach dem Telefonat war an Arbeit nicht mehr zu denken, aber das Büro verlassen, konnte Margarethe auch nicht, denn Stein hatte ihr versprochen, sofort zur Post zu gehen und sie zurückzurufen, sobald er eine Auskunft erhalten hatte. Margarethes Laune wurde düsterer. Nachdem sie unschlüssig ein paar Runden durch ihr Büro gedreht hatte, kam sie zu mir herüber, ließ die Tür sperrangelweit offen, stellte sich vor meinen Schreibtisch und sah mich an – ohne ein einziges Wort.

»Ich freue mich auch, dich zu sehen«, sagte ich spöttisch, um sie daran zu erinnern, dass man seine Kollegen für gewöhnlich grüßte, wenn man ihr Büro betrat, und dabei vielleicht sogar das ein oder andere Wort sagte. Aber Margarethe antwortete mir nicht. Blitze standen in ihren Augen; ich wünschte, sie würde ihren geschniegelten van Helsing nur ein einziges Mal so ansehen, als plötzlicher Durchzug mir einige Papiere vom Tisch blies – meine Fenster standen wegen der Hitze weit auf.

»Könntest du vielleicht die Tür schließen?«, herrschte ich Margarethe an und versuchte, gleichzeitig die losen Blätter, die noch vor mir lagen, festzuhalten, damit ich sie nicht gleich einzeln zusammensuchen und sortieren musste. Margarethe zuckte mit den Schultern und schloss statt der Tür resolut die Fenster, nach wie vor ohne es für nötig zu halten, mit mir zu sprechen.

»Kannst du mir sagen, was mit dir los ist?«, fragte ich, nachdem die Gefahr für meine Unterlagen gebannt war.

»Ich warte auf einen Anruf«, antwortete sie endlich und fügte, als ich fragend mit den Schultern zuckte, hinzu: »Aus Israel.« Für sie schien damit alles gesagt. Dann nahm sie sich meinen Besucherstuhl und setzte sich.

»Nimm ruhig Platz …«, sagte ich. Die Ironie entging ihr. Aber es hielt sie ohnehin nichts, keine Minute konnte sie sitzen bleiben.

»Kannst du dir vorstellen, dass dieser Stein uns die gesamten Prozessunterlagen schickt, ohne sich Kopien zu machen?«, fragte sie, nachdem sie wieder aufgestanden war und zwei Runden durch das Büro gedreht hatte.

»Oh, sind die Unterlagen endlich da? Erzähl, ich bin gespannt!«, sagte ich erwartungsvoll.

»Manchmal glaube ich, du hörst mir nicht zu!«, entgegnete Margarethe unwirsch. »Nein, die Unterlagen sind nicht angekommen. Ich habe gerade mit Stein telefoniert, um nachzufragen, wo sie bleiben. Er sagte, er habe mir vor zwei Wochen die gesamten Originale geschickt … Er hat sich keine einzige Kopie gemacht.«

»Wie hat er sie denn verschickt?«, fragte ich ungläubig.

»Einschreiben«, entgegnete Margarethe.

»Dann ist doch alles in Ordnung, oder glaubst du, die Deutsche Post verliert ein Einschreiben? Ich habe einmal gelesen, die Wahrscheinlichkeit, dass auch nur ein einfacher Brief verloren geht, liege bei eins zu einer Million«, sagte ich frohmütig und in der vagen Hoffnung, Margarethe zu beruhigen.

»Und weißt du auch, wie zuverlässig die israelische Post ist?«, fragte sie und in ihrer Frage klang jener typische Hochmut der Deutschen, die sich kaum vorstellen konnten, dass außer ihnen noch irgendein anderes Volk in der Lage war, eine Verwaltung mit mehr als zehn Mitarbeitern zu organisieren – zumindest kein südländisches. Ich ersparte mir eine Antwort und fragte stattdessen, ob sie vielleicht einen Espresso wollte. Ich hatte mir vor Kurzem eine kleine Herdplatte ins Büro gestellt und eine Bialetti von zu Hause mitgebracht, um meine nachmittäglichen Anfälle von Müdigkeit zu bekämpfen.

»Gern«, antwortete sie, im Ton etwas versöhnlicher. Vermutlich war ihr klar, dass ich sie hatte aufheitern wollen und hierfür mit schlechter Laune entlohnt worden war. Was wäre man aber auch für ein Freund, wenn man alles auf die Goldwaage legte? Während der dunkle Kaffee in dem Edelstahlkännchen brodelte und damit anzeigte, dass die untere Wasserkammer beinahe leer war, klingelte das Telefon in ihrem Büro. Margarethe, die sich gerade erst wieder hingesetzt hatte, sprang wie von der Tarantel gestochen auf, schmiss meinen Besucherstuhl um und rannte in ihr Arbeitszimmer hinüber.

»Ja! Hier Heymann am Apparat!«, hörte ich sie rufen – Margarethe hatte die Türen offen gelassen.

»Was? Ach, du bist es Eckhard. Ja, ich erwarte einen Anruf. Aus Israel, du weißt schon. Bitte fang jetzt nicht wieder damit an! Das gehört nun einmal zu meinem Beruf. Was wolltest du? Eingeladen? Heute Abend? Nein, eigentlich passt mir das gar nicht. Ich weiß auch nicht, wann ich hier aus dem Büro komme. Aber gut, wenn es dir so wichtig ist. Spätestens halb acht bin ich zu Hause. Ja, tschüs.« Margarethe hängte ein und kam mit schlurfenden Schritten wieder zu mir herüber. Von einem Moment zum anderen schien die gesamte Aufregung von ihr gewichen, stattdessen wirkte sie müde, fast resigniert.

»Das war van Helsing«, sagte sie tonlos, »wir sind heute Abend bei seinem Seniorpartner zum Essen eingeladen. ›Man legt großen Wert auf meine Anwesenheit!‹, wie er sagt.«

»Das ist doch nett!«, antwortete ich und amüsierte mich insgeheim köstlich darüber, wie Margarethe van Helsings gestelzten Tonfall imitierte.

»Von wegen nett; der Senior ist ein alter, geiler Bock, der den ganzen Abend versuchen wird, mich unter dem Tisch zu begrapschen, während er von seinem letzten Golfturnier erzählt!«

»Und van Helsing?«, fragte ich, während ich den Kaffee servierte, dessen aromatischer Duft den ganzen Raum einnahm.

»Wird so tun, als würde er es nicht bemerken«, sagte Margarethe trocken und kostete einen kleinen Schluck. »Hhm …«, machte sie mit einem zufriedenen Gesicht, »schmeckt köstlich.«

»Klingt nach einem verlockenden Abend«, sagte ich leise.

»Oh, ja!«

Wir hatten unsere Tassen ausgetrunken und begannen, uns zu langweilen, als das Telefon zum zweiten Mal klingelte. Margarethe stand auf und ging mit dem Ausdruck eines Menschen, der eine schlechte Nachricht erwartet, in ihr Büro zurück. Ich hob die Fäuste, um ihr zu zeigen, dass ich die Daumen drückte, und wartete gespannt.

»Ja, Heymann«, hörte ich sie zum zweiten Mal sagen. Dann verstummte sie und blieb lange, quälend lange, still.

Die Luft im Büro wurde drückend, aber ich ließ die Fenster geschlossen. Von irgendwoher hörte ich das Ticken einer Uhr. In den unteren Fluren ging eine Tür, ein paar Kollegen lachten. Jemand stand am Kopierer. Margarethe sprach immer noch nicht. Ich stand auf und trat in den Flur. Von dort sah ich sie am Schreibtisch stehen. Durch das Dachfenster drang gleißendes Licht, Margarethes Haar schien darin zu leuchten wie gesponnenes Gold – *Dein goldenes Haar, Margarethe,* dachte ich versonnen. Sie war gespannt, bleich und ernst.

»Vor einer Woche schon?«, fragte sie endlich, und als die Frage ganz offenbar bejaht wurde, hielt sie beschämt ihre Hand vor die Augen. »Gut, versuchen … versuchen Sie das Empfangsbekenntnis zu bekommen. Wie soll ich sagen: den Quittungsschein, auf dem der Empfänger unterschrieben hat, dass ihm der Brief ausgehändigt worden ist. Verstehen Sie, was ich meine? Und schicken Sie es uns dann zu oder, nein, faxen Sie es, das geht schneller. Ich gebe Ihnen jetzt die Nummer …« Langsam, laut und deutlich diktierte Margarethe unsere Faxnummer, Ziffer für Ziffer. Dann verabschiedete sie sich gefasst und freundlich, als ob nichts wirklich Schlimmes geschehen wäre. Nichts verriet, welche Unruhe sie ergriffen hatte.

Margarethe war ein impulsiver Mensch, wenn eine Situation aber zu kippen drohte und der Moment es erforderte, vermochte sie es, ruhig und gelassen zu erscheinen, auch wenn sie es nicht war. »Deutsche Erziehung«, lautete ihre lapidare Antwort, als ich sie einmal danach gefragt hatte, wie sie hierzu in der Lage sei.

Margarethe legte auf und sah mich an, dann fegte sie einen Aktenordner vom Tisch, der krachend auf dem Boden landete.

»Der Brief ist hier!«, zischte sie. »Er ist vor sage und schreibe einer Woche hier eingeliefert worden. Der Post in Israel liegt ein Empfangsbekenntnis vor. Kannst du dir das vorstellen? Und ich warte hier und warte. Ich frage mich nur, wieso mir die Unterlagen nicht vorgelegt werden … Ich muss zur Poststelle runter.« Sie hatte noch nicht ausgesprochen, als sie auch schon an mir vorbeilief und die Treppen hinunterrannte.

Ich wusste nicht, ob ich beruhigt sein, oder mich nicht lieber auf größeres Unheil einstellen sollte. Dass Post im Haus verloren ging, kam nicht vor, war noch nie vorgekommen. Dass unsere Wachtmeister über eine Woche brauchten, um ein Schreiben vorzulegen, kam nicht vor, war noch nie vorgekommen. Ich blieb gespannt und wartete. Beinahe hatte ich das Gefühl, als hörte ich Margarethe aufgeregt mit den Wachtmeistern sprechen, aber das war ausgeschlossen, denn die Poststelle befand sich vier Stockwerke unter unseren Büros. Nach ein paar Minuten öffnete sich eine Tür, und ich hörte jemanden fluchen wie einen Bierkutscher. Es war die Stimme einer Frau, und es gehörte nicht viel Fantasie dazu, zu erraten, wer das war. Margarethe konnte sich beherrschen, wenn sie wollte, aber jetzt, jetzt wollte sie nicht.

Margarethe nahm die Treppe im Laufschritt. Das Boxtraining tat ihr gut; ich war schon außer Atem, wenn ich im zweiten Stock ankam und dabei nur langsam ging.

»Sie sind weg! Stell dir vor, die gesamten Unterlagen!«, rief mir Margarethe entgegen, als sie noch im dritten Stock war. »Weg, verschwunden, unauffindbar!« Ein paar Kollegen sahen Margarethe nach, wie sie schimpfend und mit Schritten, die immer zwei Stufen auf einmal nahmen, das altehrwürdige Treppenhaus unseres altehrwürdigen Gebäudes erklomm, und schüttelten die Köpfe.

»In Verstoß geraten, nicht aufzufinden, abhandengekommen …«, ereiferte sich Margarethe weiter, bis sie endlich vor mir stand. Sie japste nach Luft, offenbar war sie auch nur ein Mensch.

Noch bevor sie mir näher erklären konnte, was geschehen war, drehte sie sich wieder um und rannte die Treppe schon wieder hinunter. »Ich muss Meißner informieren!«, rief sie mir zur Erklärung zu.

Es war nicht schwer zu erraten, was geschehen war. Stein hatte geglaubt, dass wir als Behörde natürlich alle Originale benötigten, die er besaß. Wieso er diese nicht kopiert hatte, bevor er sie zur Post gab? Vielleicht vertraute er der israelischen Post und den deutschen Staatsanwaltschaften zu sehr, vielleicht war der nächste Copyshop zu weit entfernt, vielleicht fühlte er sich zu alt, um ein Kopiergerät zu bedienen … Ich weiß es nicht. Sein Brief war hier eingegangen – es gab ein Empfangsbekenntnis. Und danach war das geschehen, was in deutschen Behörden *nicht* geschah, und wofür es doch so viele Ausdrücke gab: Der Brief war verschollen, verloren, in Verstoß geraten, irgendwo zwischen der Poststelle und Margarethes Büro verschwunden, wie ein Teil der Akte und die Karteikarte und wie von Zauberhand. Damit war klar: Irgendwo in diesem Haus hatte Müller einen Freund. Irgendwo gab es eine verfluchte Seilschaft.

14

Was in den nächsten Tagen geschah, habe ich kaum verfolgt, und weiß ich deswegen nur vom Hörensagen, denn fern von Freiburg, weit weg, in einer ganz anderen Welt, geschah etwas, das mich erschütterte und meine gesamte Aufmerksamkeit auf sich zog. Es war der 23. Mai 1992, ein heißer und trockener Tag. Ein Richter, Zierde seines Berufs und Hoffnung seines Landes, fuhr, flankiert von den drei dunklen Limousinen seiner Leibwächter, zusammen mit seiner Ehefrau in einem schusssicheren Fahrzeug vom Flughafen Punta Raisi nach Palermo über eine Autobahnauffahrt, unter der, in einem Abflussrohr verborgen, eine Bombe mit 50 Doppelzentnern TNT auf ihre Fernzündung wartete. Die Detonation riss das erste der Fahrzeuge in Stücke. Die drei Leibwächter, die darin saßen, starben sofort. Der Richter steuerte das zweite Fahrzeug. Er riss das Lenkrad herum, um dem Bombenkrater auszuweichen, schleuderte dabei aber gegen einen Betonpfeiler. Der Aufprall warf ihn und seine Frau mit zerstörender Wucht gegen Armaturenbrett und Windschutzscheibe. Schwer verletzt konnten sie aus dem Fahrzeug geborgen werden, starben jedoch wenige Stunden später im Krankenhaus. Dass der Richter an diesem Tag diesen Weg nehmen würde, war geheim, oder sagen wir besser: nur staatlichen Stellen bekannt. Die gezielte Indiskretion einer dieser staatlichen Stellen hat ihn, seine Frau und drei Leibwächter getötet.

All dies geschah in einer fernen, in einer anderen Welt, noch in der Luftlinie weit über 1.000 Kilometer von Freiburg entfernt; eine Welt am südlichsten Rande Europas, so heiß und trocken und archaisch, als gehöre sie nicht mehr zu uns, als sei die Zeit hinweggegangen über das Land und mit ihr jede Veränderung, jeder Fortschritt und jede Hoffnung, als habe die Zeit dieses Land vergessen.

Ich hatte Giovanni Falcone einmal getroffen. Ich war ihm in Baden-Baden vorgestellt worden, wohin ihn eine seiner letzten Dienstreisen des Kasinos wegen geführt hatte. Das stand – und steht – im Ruf, eine wirklich praktische deutsche Einrichtung zur Wäsche von Mafia-Geldern zu sein. Falcone war ein charmanter kleiner Mann mit einem breiten Gesicht, braunen melancholischen Augen und dunklem Schnurrbart, wie ihn, ohne lächerlich zu wirken, nur ein würdiger Italiener tragen darf. Nachdem ich ihm als deutscher Staatsanwalt italienischer Abstammung vorgestellt worden war, lachte er und lud mich nach Sizilien ein. »Avremmo veramente bisogno di un paio di tedeschi!«, sagte er lachend. Natürlich war die Einladung nicht ernst gemeint, trotzdem war ich von der Herzlichkeit Falcones beschämt und schwieg, schon um diesen Mann nicht mit meinem ungehobelten und fehlerhaften Italienisch zu beleidigen … Jetzt war er tot und mit ihm die Hoffnung, dieses Land könne sich je befreien aus dem Würgegriff, in dem die Mafia es hielt.

Hermann Mordechai Steins verschwundene Unterlagen mussten allerdings einige Aufregung verursacht haben. Nachdem man sie einige Tage lang ebenso verzweifelt wie vergeblich gesucht hatte, angetrieben von der vagen Hoffnung, die Papiere könnten durch einen unwahrscheinlichen Zufall oder eine sehr viel wahrscheinlichere Dummheit in irgendeine falsche Akte geraten sein, vernahm Meißner persönlich alle Wachtmeister, die in der Poststelle arbeiteten, aber keiner von ihnen konnte sich an ein Päckchen oder an einen Brief aus Israel erinnern. Jeder einzelne von ihnen schloss kategorisch aus, dass je ein Schreiben aus der Poststelle verschwinden könne, schon gar kein Einschreiben. Dergleichen war tatsächlich auch noch nie geschehen. Es hieß, Meißner habe sich von jedem einzelnen Wachtmeister umständlich erklären lassen, wie die Post zum Teil abgeholt, zum Teil in Empfang genommen, wie sie erfasst, gestempelt, bearbeitet und auf die einzelnen Staatsanwälte verteilt wurde. Es kam nichts dabei heraus: Die Unterlagen blieben verschwunden, es fehlte jede Spur.

Etwa eine Woche, nachdem der Verlust bekannt geworden war, erreichte uns der Empfangsschein per Fax aus Israel, erwies sich aber als nur rudimentär ausgefüllt und warf daher mehr Fragen auf, als er zu beantworten vermochte. Die Adresse war nicht vollständig und lautete nur ›Frau Staatsanwältin Margarethe Heymann, 7800 Freiburg‹, die Unterschrift des Empfängers zeigte eine unleserliche Paraphe und konnte keinem unserer Postwachtmeister und auch niemandem sonst im Haus zugeordnet werden. Der Verlust blieb ungeklärt – zunächst. Dieses Empfangsbekenntnis sollte uns noch zu demjenigen führen, der die Unterlagen an sich genommen hatte, auf einem verschlungenen Weg allerdings. Der Verdacht, jemand aus dem Hause habe den Brief unterschlagen, wurde von niemandem ausgesprochen, blieb aber doch zwischen uns stehen wie schaler Geruch in einem verschlossenen Raum.

Ein paar Tage nachdem das Empfangsbekenntnis angekommen und die Unterschrift, die es trug, mit denjenigen unserer Wachtmeister verglichen worden war, klopfte einer der Wachtmeister an Margarethes Tür. Margarethe und ich kannten ihn gut. Er stammte aus einer Markgräfler Winzerfamilie und versorgte uns hin und wieder mit ein paar Flaschen Gutedel aus dem elterlichen Betrieb, ein schmaler schüchterner Mann mit stets hochrotem Kopf und wässrigen Augen. Er trat ein, nahm seine Dienstmütze vom Kopf und begrüßte Margarethe mit einem ungelenken Diener, jener Verbeugung, die in Deutschland bis in die Sechzigerjahre weit verbreitet war, dann aber der Revolte der 68er zum Opfer fiel, weil man damals glaubte, die Ächtung von Umgangsformen könne soziale Unterschiede beseitigen.

»Herr Imbery, wie kann ich Ihnen helfen?«, fragte Margarethe, nachdem sie den Mann begrüßt hatte.

Der Wachtmeister trat von einem Bein auf das andere, als müsste er zur Toilette, antwortete jedoch nicht.

»Sind die Unterlagen gefunden worden?«, versuchte Margarethe ihn zum Sprechen zu ermutigen. Der Wachtmeister schüttelte den Kopf, sah zu Boden und zerdrückte die Dienstmütze in den Händen.

»Herr Imbery, jetzt raus mit der Sprache, was ist denn los? Ich reiß Ihnen schon nicht den Kopf ab!«, sagte Margarethe, die sich langsam Sorgen machte.

»Sie wissen doch vielleicht, Frau Staatsanwältin, ich bin Philanthrop …«, begann der schüchterne Herr Imbery zu sprechen.

»Sie sind was?«, fragte Margarethe verständnislos.

»Philanthrop, Frau Staatsanwältin, entschuldigen Sie das Wort; ich interessiere mich für Briefmarken, schon immer, seit ich denken kann.«

»Briefmarken, verstehe«, sagte Margarethe und verkniff sich das Lachen. »Und?«

»Ja, und deswegen suche ich doch jeden Abend in unserem Papierkorb die weggeworfenen Umschläge heraus …«

»Umschläge?«, fragte Margarethe, die dieser schüchterne Philatelist verwirrte.

»Briefmarken«, sagte der Wachtmeister.

»Briefmarken?«

»Ja, genau«, antwortete Imbery, seine Dienstmütze weiter in der Hand bearbeitend wie ein Bäcker den Teig.

»Herr Imbery, jetzt lassen Sie sich nicht alles aus der Nase ziehen! Was hat es mit diesen Umschlägen und Briefmarken auf sich?«

Der Wachtmeister trat wieder von einem Bein auf das andere: »Also, wie ich schon sagte, sammle ich Briefmarken, und deswegen gehe ich jeden Abend an unseren großen Papierkorb und suche die weggeworfenen Umschläge heraus, verstehen Sie?«

»Wegen der Briefmarken?«, fragte Margarethe, um sich zu vergewissern, dass sie richtig verstanden hatte.

»Genau, wegen der Briefmarken«, erwiderte Herr Imbery kleinlaut.

»Ja?«, fragte Margarethe lächelnd, weil sie befürchten musste, Imberys Redefluss sei schon wieder versiegt.

»Ja«, sagte der und bearbeitete weiter seine Mütze.

»Sie wollten mir etwas erzählen«, sagte Margarethe und gab sich die größte Mühe, ruhig zu bleiben, um den schüchternen Mann nicht zu verschrecken.

»Ja«, sagte Imbery und schluckte. »Wenn dann so eine schöne Marke dabei ist, die ich noch nicht habe, zum Beispiel aus dem Ausland …«

»Dann nehmen Sie sie an sich …«

»Genau, Frau Staatsanwältin.«

»Und?«

»Ich meine, das ist doch nicht verboten, oder? Ich meine kein Dienstvergehen?«

»Nein, Herr Imbery, das ist kein Dienstvergehen.«

»Das beruhigt mich«, sagte Imbery und wischte sich den Schweiß von der Stirn.

»Dann können Sie jetzt beruhigt fortfahren«, meinte Margarethe.

»Genau, und, es war keine dabei …«, antwortete Imbery.

»Was?«

»Briefmarke.«

»Was für eine Briefmarke?«

»Aus Israel, Frau Staatsanwältin.«

»Ah …«, sagte Margarethe.

15

Ein paar Tage später erhielt Margarethe ein Schreiben des Justizministeriums Sachsen-Anhalt. Es ging um die Aussagegenehmigung für den Vizepräsidenten des Landgerichts Halle Thomas Meinrad. Sie wurde – verweigert. Wieder eine Ohrfeige.

»Aber warum denn verweigert?«, fragte ich, als sie mir das Schreiben resigniert auf den Tisch legte.

»Lies einfach«, antwortete sie.

Der Brief war ausführlich und troff geradezu vor schlechtem Gewissen. Das Ministerium betonte mehrfach, es erkenne das Interesse der Staatsanwaltschaft an der Aufklärung des Sachverhalts an, habe jedoch bei seiner Entscheidung auch den Wert des Beratungsgeheimnisses für eine funktionierende Rechtspflege zu bedenken. Bei der Abwägung der widerstreitenden Interessen … bla, bla, bla. Kurzum, wir durften nicht mit Meinrad sprechen.

In jenen Tagen war Margarethe kurz davor, das Verfahren endgültig einzustellen. Sie hatte sich zwar von einer Vernehmung Meinrads nicht zu viel versprochen – kein Richter war sonderlich erpicht darauf, seinen ehemaligen Vorsitzenden wegen eines gemeinsam gefällten Urteils zu belasten –, aber diese Absage aus Sachsen-Anhalt war einfach zu viel. Margarethe konnte nicht mehr. Ohne Steins Unterlagen hatte sie gegen Müller nichts in der Hand. Sie war erfahren genug, um sich darin wenig vorzumachen. Es schien vorbei; und sie fühlte sich ein wenig wie eine Jägerin, der sich die lang ersehnte Beute nur einmal kurz außerhalb jeder Schussweite gezeigt hatte und danach für immer verschwunden blieb. Sie wusste, es war ebenso unnötig auf dem Hochsitz weiter auszuharren wie zu schießen.

Aber Ermittlungen in Strafsachen waren keine Jagd, der Staatsanwalt war kein Jäger und der Beschuldigte keine Beute. Der Beschuldigte ist ein Mensch, und das Wissen, dass eine Untersuchung gegen ihn geführt wurde, ist für ihn nur schwer zu ertragen. Das galt auch oder vielleicht gerade für einen Mann wie Joseph-Georg Müller, der es gewohnt war, das Gesetz des Handelns auf seiner Seite zu wissen und sein Leben selbst in die Hand zu nehmen. Dieser Charakterzug hatte seine Laufbahn und seine ganze Karriere bestimmt; er konnte ihn als Beschuldigter nicht einfach ablegen und die Ermittlungen erdulden, wie dies jeder halbwegs erfahrene Verteidiger riet und einfacher gelagerte Täter instinktiv taten. Jetzt wurde ihm diese Anlage zur Last. Müller kannte die Strategien des Strafprozesses genau, er wusste, welches Risiko er einging, als er in die Ermittlungen eingriff, trotzdem konnte er nicht anders. Wie lange musste er mit sich gerungen haben, bis er diesen Schritt zu seiner Verteidigung unternahm, bis er es einfach nicht mehr ertragen konnte, abzuwarten, zu welchem Punkt Margarethe in ihren Ermittlungen kommen würde?

Margarethe stand kurz davor, die Abschlussverfügung zu diktieren, mit der sie das Verfahren eingestellt hätte, als sie ein weiteres Schreiben erhielt, nur ein paar Tage nach dem Bescheid aus Sachsen-Anhalt. Es war der Brief einer Stuttgarter Anwaltskanzlei, die Müller mit seiner Verteidigung betraut hatte. Die Verteidiger beantragten Akteneinsicht und kündigten eine Stellungnahme an.

Dass Müller sich anwaltlich beraten und vertreten lassen würde, war nichts Auffälliges und mehr als verständlich war es, wenn er hierfür lieber die Hilfe einer Stuttgarter Kanzlei suchte. Es musste ihm daran gelegen sein, so wenig wie möglich über das Verfahren in die Freiburger Öffentlichkeit dringen zu lassen, und hierfür waren ortsansässige Anwälte nicht die richtige Adresse. Die Versuchung, Freunde und Kollegen beim vertraulichen Gespräch im Golfklub mit ein paar Details aus den Akten zu beeindrucken, war bei aller anwaltlicher Pflicht zur Verschwiegenheit einfach zu groß. Aber ungewöhnlich war die Bestimmtheit, mit der Müller mitteilen ließ, er werde sich zu den Vorwürfen äußern. Es kam dazu, dass Müller einen Anwalt mandatiert hatte, der zu den aggressivsten Vertretern seiner Zunft gehörte, die kennenzulernen ich je das zweifelhafte Vergnügen haben durfte, einen Dr. Mick, wuchtig im Umgang mit dem Säbel, hilflos mit dem Florett und daher völlig überfordert, wenn er im Laufe eines Prozesses feststellen musste, dass seine ursprüngliche Verteidigungsstrategie nicht aufging. Margarethe hatte mir die Verteidigungsanzeige gleich gezeigt, und wir wunderten uns beide über die schlechte Wahl, die Müller getroffen hatte.

Margarethe ließ die Akte am nächsten Tag verschicken und setzte dazu einen sehr verbindlichen Brief auf, in dem sie darauf hinwies, dass die Staatsanwaltschaft Freiburg der angekündigten Stellungnahme mit dem allergrößten Interesse entgegensehe.

Die Bedenken Müllers, das Verfahren könne in Freiburg bekannt werden, waren, wie sich schon wenige Tage später zeigte, nicht unberechtigt, und bestätigten sich, als ein Stadtredakteur der Badischen Zeitung bei unserem Pressesprecher anrief, erst ein wenig von diesem und jenem plauderte, um ihn schließlich ziemlich geradeheraus zu fragen, ob an den Gerüchten, die Staatsanwaltschaft ermittle gegen den Präsidenten des Oberlandesgerichts, etwas dran sei. Dr. Schmidt, unser Pressesprecher, räusperte sich, wie dies seine Art ist, wenn er um eine Antwort verlegen war und Zeit zu gewinnen versuchte, und griff dann zu einer seiner Standardentgegnungen, wonach er sich zu dieser Frage derzeit offiziell nicht äußern könne, woraus die Presse aber weder auf ein Dementi noch auf eine Bestätigung schließen durfte. Er versprach allerdings einen Rückruf. Obwohl es an jenem Tag empfindlich kühl war – der viel zu warme Mai war einem launischen und regnerischen Juni gewichen, Freiburg bereitete sich auf das Zeltmusikfestival vor, das wie jedes Jahr verregnet sein würde – stand dem armen Kerl der Schweiß auf der Stirn, wie er später bei einem Juristenstammtisch zum Amüsement seiner Kollegen berichtete. Noch am gleichen Tag ließ er sich von Thekla einen Termin bei Meißner geben, um mit ihm zu besprechen, ob und wie die Staatsanwaltschaft die Presse über das Verfahren informieren sollte. Aber auch Meißner wollte dies nicht allein entschieden und rief sofort den zuständigen Staatssekretär im Ministerium an, der ob dieser Anfrage vermutlich ebenso erschrak wie unser Pressesprecher, und seinerseits versprach, unverzüglich den Minister zu informieren. Von dort kam ein paar Tage später die Weisung, die Presse über das Verfahren zu unterrichten, allerdings so neutral wie möglich, ohne Partei zu ergreifen, und auch nur jeden Anschein einer Vorverurteilung zu vermeiden.

Das war leichter gesagt als getan. Was sollte unser armer Dr. Schmidt denn zu Papier bringen? Nach mehreren mehr oder weniger misslungenen Versuchen brachte er folgende Sätze zusammen, ließ sie sich von Meißner abzeichnen und gab sie mit einem Seufzer und einem Stoßgebet an die Presse.

> *Die Staatsanwaltschaft Freiburg bestätigt, dass sie derzeit ein Ermittlungsverfahren gegen den Präsidenten des Oberlandesgerichts Karlsruhe wegen des Verdachts der Rechtsbeugung führt. Hintergrund hierfür ist ein Zivilprozess eines früheren Mitglieds der Israelitischen Gemeinde Freiburgs, in dem die Rückgabe eines Hausgrundstücks geltend gemacht wurde, das dessen Vater 1938 kurz vor seiner Flucht aus Deutschland einem Geschäftsfreund übertragen hatte. Die Staatsanwaltschaft weist darauf hin, dass sie mit der Aufnahme der Ermittlungen lediglich eine Anzeige des Betroffenen überprüft und hiermit keinerlei Vorverurteilung verbunden ist.*

Egal, wie man es drehte oder wendete, und wie umständlich man es auch formulierte, die ersten beiden Sätze bargen Dynamit und dessen Sprengkraft war man sich bei der Badischen Zeitung augenscheinlich schnell bewusst. Die Redaktion veröffentlichte die Meldung daher ohne jede Änderung oder weitere Recherche, aber mit einem verquasten Kommentar, in welchem die Vorzüge der Unabhängigkeit der Justiz ebenso betont wurden, wie die Geltung der Unschuldsvermutung für prominente Bürger. Da sich der Kommentator dabei allerdings alle Mühe geben musste, möglichst keinem Mitglied der Jüdischen Gemeinde zu nahe zu treten und selbstverständlich auch nichts von dem Unrecht zu verharmlosen, das das Jüdische Volk in der Zeit von 1933 bis 1945 erlitten hatte, geriet der Beitrag so nichtssagend, als wäre er gar nicht geschrieben.

Andere Blätter berichteten weniger rücksichtsvoll. Die taz, die sich ungeachtet ihres Berliner Sitzes bester Beziehungen zu Freiburg rühmen kann, beschwor die Notwendigkeit der Selbstreinigung der Justiz und erinnerte an den Fall Filbinger. Die National-Zeitung schwadronierte etwas von überzogenen Forderungen angeblich verfolgter Juden, die FAZ mahnte in gewohnt staatstragender Manier zum Maßhalten, während Die Zeit das Verfahren zum Anlass eines Interviews mit Ingo Müller nutzte, der mit einer Untersuchung über ›Furchtbare Juristen‹ im Dritten Reich von sich reden gemacht hatte. In unserer Pressestelle stand das Telefon nicht mehr still und Dr. Schmidt bemühte seine Standardentgegnung nun beinahe im Zehnminutentakt. Aber das war natürlich nicht alles, ganz Freiburg schien in eine einzige große Voliere verwandelt, in der nur noch die Namen Margarethes, Müllers und die Worte Skandal gezwitschert wurden. In der

Badischen Zeitung folgten eine Vielzahl von Leserbriefen, von denen einige der Wahrheit um die Übertragung des Grundstücks von Stein an seinen untreuen Freund so nahe kamen, dass die Lokalredaktion sich genötigt sah, die Namen der Beteiligten aus den Texten zu streichen. Andere erinnerten an ähnliche Fälle …

Unter diesen Umständen konnten Demonstrationen der Freiburger Antifa nicht ausbleiben. Das war so etwas wie Ehrensache für die um die Grether'sche Fabrik und das Crash formierten Spontis, Anarchos und Punks. Sie fielen heftiger aus als erwartet, weil Müller kurz nach seinem Amtsantritt als Präsident des Oberlandesgerichts die Ungeschicklichkeit begangen hatte, in einem Interview mit der Badischen Zeitung vor rechtsfreien Räumen zu warnen, die er im Freiburger Sedanviertel auszumachen glaubte. Mit Hohn, Spott und dem Slogan ›lieber rechtsfrei als rechtsgebeugt‹ schlug die Freiburger Linke jetzt zurück und veranstaltete mit Trillerpfeifen, Tröten und Transparenten in der Salzstraße zwischen Landgericht und OLG ein ziemliches Theater. Es gelang den Demonstranten sogar, die Straßenbahn für zwei Stunden zu blockieren, was an dieser Stelle eine ziemliche Leistung ist, denn deren Fahrer sind den halbjährlich sich wiederholenden Tumult der Jurastudenten gewohnt, die zwischen den Justizgebäuden ihr gerade abgelegtes mündliches Examen feiern.

All das wäre aber nicht weiter interessant, wenn nicht irgendwann auch die Gegenbewegung eingesetzt hätte und nur drei Tage nach der letzten Demo der Linken plötzlich eine 20 Mann starke Abordnung der Burschenschaft Neo-Thüringia in vollem Wichs, mit Käppi, Rock, Stiefeln, Schärpe und Degen, Fahnen und Wimpeln durch die Kaiser-Joseph-Straße gezogen wäre, um ihre Solidarität mit ihrem Korpsbruder Joseph-Georg Müller zu bekunden. Die jungen Männer mit ihren braven Frisuren und glatten Wangen, die kaum einen Rasierapparat benötigten, aber vom Schmiss der letzten Mensur zeugten, schritten mit schwerem deutschen Schritt durch die Straßen, als wollten sie das Kaiserreich wieder ausrufen, und die Freiburger wussten nicht, vor wem sie sich nun mehr in Acht nehmen sollten, vor den Punks mit ihren räudigen Hunden und abgewetzten Jacken, die vor wenigen Tagen noch »nieder mit der Klassenjustiz« oder »Arbeit ist Scheiße« skandiert hatten, oder vor diesen wild gewordenen Bürgersöhnchen mit ihren bierseligen Träumen von einem Deutschen Reich in den Grenzen von 37.

Und auch ich wusste es nicht. Ich kam gerade aus einer Sitzung beim Landgericht und war auf dem Weg zum Büro, als mir diese Abordnung der Vergangenheit begegnete. Im ersten Moment musste ich lachen, denn mit ihren in schwarze Stiefelschäfte gezwängten engen Hosen und ihren mit Tressen und Ornamenten bestickten Gehröcken hatten die Burschen etwas von der Ranzengarde beim Fastnachtsmarsch durch die Mainzer Innenstadt. Aber der zwischen kindlichem Trotz und pubertärer Hochmut schwankende Ausdruck ihrer Gesichter rief andere Bilder in mir hervor, fernere und dunklere. Ich blieb stehen und staunte, wie selbstverständlich sie, weit ausschreitend mit ihren blank geputzten Stiefeln, durch die Straße zogen und von der Innenstadt Besitz ergriffen. Normalerweise blieben Korpsbrüder unter sich. Sie feierten ihre Trinkfeste und Paukabende in ihren Verbindungshäusern und gaben sich nach außen hin wenig zu erkennen. Jetzt marschierten sie mit einem Mal in ihren Prunkuniformen und verteilten auch noch Flugblätter, in denen sie auf die Verdienste Müllers in der Baden-Württembergischen Justiz verwiesen. Nie zuvor hatte eine Studentenverbindung in Freiburg so auf sich aufmerksam gemacht wie an diesem Nachmittag.

Ich traf Margarethe im Büro. Zwischen vielen Regenschauern hatte uns der Juni ausnahmsweise einen wärmeren Tag beschert und sie arbeitete bei geöffneter Tür.

»In welcher Burschenschaft ist eigentlich van Helsing?«, fragte ich sie einigermaßen unvermittelt.

»In der Neo-Thüringia, wieso?«, antwortete sie und warf mir dabei einen Blick zu, der mir zu verstehen gab, dass sie eher nicht in der Stimmung war, jetzt mit mir über van Helsing zu sprechen. Sie nahm derzeit wieder ab.

»Wusstest du, dass er ein Korpsbruder Müllers ist?«, sagte ich und zog mich in mein Arbeitszimmer zurück, trotzdem hörte ich die Antwort noch: »Ah …«

16

Als Martin Heidegger 1933 das Rektorat der Albert-Ludwigs-Universität übernahm und versuchte, auch an der Hochschule das Führerprinzip durchzusetzen, veranstaltete er einen Paukabend mit den Freiburger Burschenschaften, die durch die neue Bewegung entfesselt unter den wohlwollenden Augen des Führer-Rektors ihre Mensuren fochten. Der war damals ein Fixstern am Firmament des Geistes. ›Sein und Zeit‹ hielt die Welt der Philosophie in Atem, Sartre trug es noch während des Krieges im Tornister. Seine akademische Laufbahn verdankte Heidegger allerdings einem Juden, seinem Lehrer Edmund Husserl. Dass Heidegger nach der Machtergreifung sofort der NSDAP beitrat, irritierte jeden, der glaubte, aus seiner Stellung als Schüler müsse ein Minimum an Loyalität gegenüber dem Lehrer erwachsen, denn dies *ist* eine ungeschriebene Regel der wissenschaftlichen Zunft. Heidegger selbst glaubte das wohl nicht. Er ging zwei Jahre später nicht einmal zu Husserls Beerdigung. Nicht bekannt war damals, dass er in Hanna Arendt eine Jüdin geliebt hatte und wohl noch immer liebte; die Irritation des akademischen Freiburg über ihn wäre vermutlich noch ein wenig größer gewesen.

Es war schon acht Uhr, als Margarethe mich zu Hause anrief. Ich hatte mir gerade einen Aperitif eingeschenkt. Der Abend war mild und friedlich. Die Junisonne verabschiedete sich hinter den Vogesen und tauchte Freiburg in zärtliches Orange.

»Wie meinst du das, Müller ist ein Korpsbruder meines Freundes?«, fragte Margarethe, ohne mich auch nur zu begrüßen.

»So, wie ich es gesagt habe«, antwortete ich und erzählte ihr vom Zug der Prinzengarde durch die Freiburger Innenstadt. Margarethe hörte gespannt zu, atmete schwer und blieb einen Augenblick stumm, während ich, den Telefonhörer am Ohr, auf meinen Balkon trat, von dem aus man über das Rheintal blicken konnte, und in das Abendrot sah.

»Meinst du, er könnte mit Müller über die Ermittlungen gesprochen haben?«, fragte sie nach einer Weile. Die Frage allein war für sie bitter.

»Darauf antworte ich besser nicht«, erwiderte ich vorsichtig. »Aber vielleicht solltest du mit van Helsing in Zukunft nicht mehr über diesen Fall sprechen.«

Margarethe seufzte tief. Ich sah vor mir, wie sie sich auf die Lippen biss, bevor sie antwortete.

»Ich fürchte, du hast recht«, sagte sie. Es fiel ihr schwer, zugeben zu müssen, ihrem Freund nicht vertrauen zu können. Dann schwieg sie wieder eine Weile. Wäre nicht ihr schwerer Atem zu hören gewesen, hätte ich geglaubt, sie hätte aufgelegt.

»Die Karteikarte und das verschwundene Päckchen«, begann sie nach einer ganzen Weile, »meinst du, wir haben es da mit Korpsbrüdern bei der Staatsanwaltschaft zu tun?«

»Du meinst, einer von Müllers Freunden aus der Neo-Thüringia sitzt bei uns und versucht ihm zu helfen?«

»Genau das. Hältst du das für möglich?«

»Das weiß ich nicht«, antwortete ich aufrichtig. »Meine Kenntnisse des Innenlebens von Burschenschaften beschränken sich auf Heinrich Manns ›Untertan‹. Ich habe nicht die geringste Ahnung, wie weit sie sich gegenseitig helfen in so einer Verbindung. Natürlich bilden sie Seilschaften und unterstützen sich bei ihren Karrieren, aber so etwas … Ich meine, wir sind in Deutschland.«

Margarethe lachte. »Manchmal bist du naiv, lieber Antonio.«

»Findest du?«

»Ein wenig.«

»Mag sein. Vielleicht wäre es nicht schlecht, sich einmal eine Mitgliederliste der alten Herren zu besorgen und nachzusehen, ob nicht auch der ein oder andere Staatsanwalt dabei ist …«

Ich hatte, ich musste es gestehen, diesen letzten Satz eigentlich nur so dahergesagt; ich hätte besser den Mund gehalten. Aber das ist, wie ich fürchte, nicht immer meine größte Stärke.

»Nur liegen diese Listen leider nicht öffentlich aus …«, sagte Margarethe in einem Ton, der verriet, dass sie Witterung aufgenommen hatte.

»Du hast nicht vor, bei der Neo-Thüringia eine Hausdurchsuchung zu veranstalten?«, fragte ich besorgt.

»Und warum nicht?«, fragte Margarethe zurück.

»Weil wir überhaupt nichts gegen sie in der Hand haben! Noch nicht einmal den leisesten Verdacht, nichts!«, erwiderte ich und sah schon vor mir, wie sie mit einem halben Dutzend Polizisten laut brüllend das Verbindungshaus stürmte. »Du musst dich in Acht nehmen. Das sind die Söhne einflussreicher Leute, die haben Verbindungen!«, ergänzte ich beschwörend.

»Ist ja auch eine Verbindung …«, kalauerte Margarethe völlig gelassen, und da wusste ich, sie plante ihren Coup bereits.

»Wenn du es schon nicht lassen kannst, dann besorg dir wenigstens Rückendeckung bei Meißner!«, sagte ich und bereute, das Thema überhaupt angeschnitten zu haben.

»Mach ich«, log Margarethe und hängte ein.

Mein Aperitif schmeckte zwischenzeitlich schal; verärgert goss ich ihn weg und setzte mich auf meinen Balkon, aber weder die Aussicht noch der Sonnenuntergang wollten mir mehr gefallen.

Natürlich holte sie sich keine Rückendeckung; sie hätte keine bekommen und das wusste sie. Meißner hätte ihr das Gleiche gesagt wie ich. Weder gegen die Neo-Thüringia noch gegen irgendein Mitglied dieses exklusiven Vereins gab es den geringsten Verdacht. Das kümmerte sie nicht. Margarethe legte in aller Ruhe und Routine eine Ermittlungsakte gegen unbekannt wegen des Verdachts der Urkundenunterdrückung und des Diebstahls an, nahm darin einen Vermerk über die verschwundene Karteikarte und die vermisste Briefsendung aus Israel auf und formulierte aufs Geratewohl den vagen Verdacht einer Unterstützung Joseph-Georg Müllers durch einen Angehörigen der Staatsanwaltschaft, die durch eine gemeinsame Mitgliedschaft in der Burschenschaft Neo-Thüringia begründet sein könnte. Immerhin erfand sie keinen anonymen Hinweis, wie man ihn ansonsten wohl in der ein oder anderen Akte lesen könnte … Sie ließ ein paar hundert Seiten aus der Hauptakte kopieren, die zwischenzeitlich aus Stuttgart von Müllers Verteidiger zurückgekommen war, wartete eine Woche ab, bis eine ganz spezielle Amtsrichterin aus dem Urlaub zurückkam, und beantragte den Erlass eines Durchsuchungsbefehls. Die spezielle Richterin hätte den Unsinn aufhalten können und sollen, tat es aber nicht, wie Margarethe kühl vorhergesehen hatte. Ich weiß, die Dame versuchte sich später damit herauszureden, sie sei an dem Tag so überlastet gewesen, dass sie unmöglich die ganze dicke Akte habe durchsehen können, die ihr Margarethe vorgelegt habe, worauf ihre Kollegen beim Mittagstisch Verständnis heuchelten.

Tatsache aber ist, dass Durchsuchungsbefehle ohnehin beinahe ungeprüft erlassen werden, und gerade diese spezielle Richterin noch jedem Ersuchen der Staatsanwalt stattgegeben hatte, das nur auf ihren Schreibtisch gelangte, sei dies ein Durchsuchungs- oder auch ein Haftbefehl. Solcherlei Justizakte unterschrieb sie, ohne sie recht zu lesen, um sich dafür wieder umso interessierter ihren Modejournalen zu widmen.

In der Nacht vor der Durchsuchung hatte es geregnet, schwach, aber lange genug, um den Staub von den Blättern zu waschen und Wiesen und Sträucher zu benetzen. Am Morgen brach die Sonne durch ein paar körperlose Wolken und tauchte Freiburg in das klare Licht eines frischen Frühsommertages, vielversprechend wie ein begabtes Kind, aber ebenso gefährdet. Mit zwei Polizisten fuhr Margarethe vor dem Verbindungshaus der Neo-Thüringia vor, das wie ein kleines Schlösschen über den Reben des staatlichen Weinbauinstituts am Schlierberg thront, von wo es ein wenig ungehalten in das Heldenviertel genannte Quartier jenseits der Merzhauser Straße zu blicken scheint, das weniger privilegierte Kreise beherbergte. Der schwere und kräftige Bau, wie es sich für Freiburg gehörte ganz in rotem Sandstein und für Jahrhunderte errichtet, bot schon Generationen von Studenten günstiges Obdach, Kameradschaft und ein behütendes Netz von Freundschaften, so man nur vom gleichen Schlag war – oder zumindest so tat …

Margarethe klingelte und klopfte zugleich gegen die schwere Eichentür, die kurz darauf von einem ziemlich müden Erstsemestler mit wirren kurzen Haaren und biersaurem Mundgeruch geöffnet wurde.

»Staatsanwaltschaft Freiburg«, sagte Margarethe möglichst tough, wie sie das bei diesen Gelegenheiten immer tat, hielt dem Frischling den Durchsuchungsbefehl unter die Nase und drängte an ihm vorbei ins Vestibül.

»Wir müssen Ihre Büros durchsuchen, wo sind sie?«, fragte sie kühl, während sie sich umsah und ein flüchtiges Bild der von großen Bogenfenstern erleuchteten, mit Fahnen, Rüstungen und Wildtrophäen geschmückten Empfangshalle in sich aufnahm.

»Aber … aber … dürfen Sie das denn?«, stammelte der Student, dem in diesem Augenblick nichts Besseres einfiel, als irgendeinem armen Tropf aus der gegenüberliegenden Siedlung eingefallen wäre. Er folgte Margarethe und den Polizisten und hatte dann eine Idee, die ihn rettete. »Bitte warten Sie, ich hole unseren Verbindungssprecher.«

Margarethe nickte und gab einem der Beamten ein Zeichen, dem Jungen zu folgen, damit der keine Dummheiten anstellte. Das hatte der aber gar nicht im Sinn. Er wollte nur die Verantwortung wieder loswerden, die er sich durch Zufall aufgehalst hatte. Er ging so schnell wie möglich in den Speisesaal, der an die Empfangshalle anschloss, und in dem Margarethe ein Dutzend Studenten beim Frühstück ausmachen konnte. Der Frischling blieb in der Türe stehen, katzbuckelte, wie es vermutlich zum Ritual bei dieser Verbindung gehörte, und sagte etwas in den Raum, das Margarethe nicht verstand.

Gleich darauf erschien ein zweiter Student in der Tür, älter und einen halben Kopf größer als sein verschlafener Kollege. Die beiden wechselten ein paar Worte, der ältere nickte und ging Margarethe und dem zweiten Beamten entgegen.

»Mein Name ist Tobias Rademacher«, stellte er sich vor, wobei er eine militärisch anmutende kurze Verbeugung andeutete und die Hacken zusammenstieß. Er war ein schlanker blonder Mann mit markanten Zügen und klarem Blick – jeder amerikanische Regisseur hätte ihn unbedenklich mit der Rolle eines Leutnants der Wehrmacht besetzt, wenn er sich nur dafür beworben hätte. Rademacher trug eine beigefarbene Hose und ein flaschengrünes Poloshirt mit dem Label eines Reiters. »Ich bin der Sprecher der Neo-Thüringia, wie kann ich Ihnen helfen?«

»Wir müssen Ihre Büros durchsuchen«, antwortete Margarethe ein wenig freundlicher und reichte ihm den Durchsuchungsbefehl. Das sichere Auftreten des jungen Mannes ließ sie nicht ganz unbeeindruckt.

Rademacher las den Durchsuchungsbefehl sehr gründlich durch und gab ihn Margarethe mit einem Nicken zurück. »Ich verstehe, Sie suchen unsere Mitgliederlisten. Bitte folgen Sie mir.« Er führte Margarethe und die Polizisten über die breite Innentreppe in den ersten Stock, wo er in einen nur schwach beleuchteten, mit alten Fotografien, Urkunden und Bierseideln geschmückten Gang abbog, an dessen Ende er eine schwarze Tür öffnete. Margarethe und die Beamten traten in einen für studentische Verhältnisse außerordentlich geordneten Büroraum, der mit einem großen, von zwei Seiten zu nutzenden Schreibtisch, hohen Regalen, Telefon, Computer und Kopierer übersichtlich und funktionell eingerichtet war.

»Unser Büro«, bemerkte Rademacher sachlich und zeigte mit einer Geste, dass der Raum Margarethe und ihren Beamten zur Verfügung stand. »Sie gestatten, dass ich mit unserem Anwalt telefoniere?«, ergänzte er höflich.

»Nur zu«, antwortete Margarethe. »Das ist Ihr gutes Recht.«

Während die Polizisten die Regale abgingen, um sich einen Überblick über die dort aufgereihten Ordner zu verschaffen, wählte Rademacher flink eine über zehnstellige Nummer.

»Sie kennen die Nummer Ihres Anwalts auswendig?«, bemerke Margarethe ein wenig spitz, galt diese Fähigkeit in Kreisen von Justiz und Polizei doch als untrügliches Zeichen für einen Gewohnheitsverbrecher.

»Mein Vater«, entgegnete Rademacher ungerührt, während er darauf wartete, dass sein Gespräch angenommen wurde. »Tobias am Apparat!«, sprach er in den Hörer, nachdem dies ganz offenbar geschehen war, »ich brauche deinen Rat …«

Margarethe zog sich zurück, um das Gespräch nicht weiter zu stören, und wandte sich einem Glasschrank zu, in der abgegriffene Kladden und schwere, in Leinen und Leder gebundene Geschäftsbücher Rücken an Rücken standen, wie in einem traditionsreichen Kaufmannskontor.

»Ist gut, Papa, das werde ich tun«, hörte sie von Rademacher das Gespräch beenden. Sie drehte sich zu ihm und sah ihn mit einem Lächeln an.

»Mein Vater hat mir geraten, Ihnen die Mitgliederliste auszuhändigen«, erklärte der junge Mann. »Allerdings in einem verschlossenen Umschlag. Können wir es so machen? Mein Vater wird noch heute Beschwerde gegen die Durchsuchung einlegen.«

»So können wir es machen«, bestätigte Margarethe mit einem eisigen, speziell für solche Gelegenheiten reservierten Lächeln. Bei dem Gedanken an eine Beschwerde gegen die Durchsuchung war ihr nicht ganz wohl, und sie musste etwas daran setzen, Rademacher und seinen Vater nicht persönlich gegen sich aufzubringen.

Rademacher öffnete die Vitrine, vor der Margarethe stand, und zog ein Buch heraus. »Das ist unser Register«, erklärte der junge Mann, »es ist uns sehr wichtig, weil es die Namen und Anschriften unserer gesamten Mitglieder und Förderer enthält. Ich möchte Sie bitten, sehr sorgfältig damit umzugehen.«

»Aber natürlich«, sagte Margarethe und nahm ihm das Buch ab. Dabei öffnete sie es scheinbar beiläufig und überflog ein paar Seiten, las ein paar Namen, Anschriften, Daten.

»Nur um mich zu vergewissern, dass es auch das enthält, wonach wir fahnden«, erklärte sie Rademacher, der zum ersten Mal nervös zu werden schien.

»Natürlich«, antwortete er und ging zum Schreibtisch hinüber, um nach etwas zu suchen, in das er das Buch einpacken konnte. Er fand schließlich einen Umschlag und reichte ihn Margarethe, die die Liste in der Zwischenzeit ein wenig genauer in Augenschein genommen hatte.

»Wenn Sie so gut sein wollen?«, sagte er mit Nachdruck.

»Natürlich.« Margarethe ließ das Buch in den Umschlag gleiten und ihn von Rademacher verschließen. Dann fiel ihr Blick auf den Computer.

»Und darin speichern Sie keine Adressen?«, fragte sie, »ich dachte immer, genau dafür seien diese Dinger da.«

»Doch natürlich«, gab der junge Mann zu, »aber die Datenbank ist noch nicht vollständig.«

»Ich fürchte, ich werde ihn trotzdem mitnehmen müssen«, erklärte sie, nach wie vor mit dem gleichen kalten Lächeln bewaffnet.

»Ich könnte Ihnen eine Kopie der Datei mitgeben«, schlug von Rademacher vor – viel zu schnell wie Margarethe fand, viel zu schnell. Vielleicht gab es da etwas zu kaschieren. »Sie müssen verstehen, der Computer ist für uns ein wichtiges Arbeitsinstrument. Unsere gesamte Buchhaltung befindet sich darauf.«

»Aber die Adressdatenbank ist unvollständig?«, bemerkte Margarethe, während sie den Polizisten – einer von ihnen hat mir die ganze Szene später geschildert – bedeutete, dass sie den Computer demontieren und den Desktop-PC mitnehmen sollten. Rademacher zog es vor, nicht mehr zu antworten.

Es kam, wie es kommen musste: Rademacher senior arbeitete schnell. Nur drei Tage nach der Durchsuchung forderte das Landgericht die Strafakte an, und eine Woche später hob es den Durchsuchungsbefehl auf. Margarethe hatte sich zwar noch einmal redlich Mühe gegeben, alle Hinweise gegen die Neo-Thüringia zusammenzufassen, aber mehr als vage Vermutungen vermochte sie dabei nicht zu Papier zu bringen. Und genau das stellte das Gericht in seiner Entscheidung dann auch fest, klar und ohne Umschweife. Aber nicht nur das Landgericht verpasste Margarethe eine Ohrfeige, wie sie schallender nicht hätte sein können, ungewöhnlich heftig in der Wortwahl und bar jener zumindest vordergründigen Rücksichtnahme, die den Umgang zwischen Strafrichtern und Staatsanwälten normalerweise auszeichnet. Es lag vielleicht auch eine Warnung in dieser Entscheidung, ein wenig vorsichtiger zu sein, wenn bei ihren Ermittlungen gewisse Kreise involviert waren … Aber das war eine bloße Vermutung. Obwohl ich den ein oder anderen Richter am Landgericht und gerade auch in dieser Kammer gut kannte, bekam ich nie heraus, wieso sie Margarethe so angegangen waren. Selbst wenn man sie im Vertrauen ansprach, rückten sie nicht mit der Sprache heraus.

Kurz darauf erschien, angeführt durch Rademacher, eine vier Mann starke Abordnung der Neo-Thüringia in unserem Dienstgebäude in der Kaiser-Joseph-Straße, um Computer und Namensliste, die sie kurzfristig hatten entbehren müssen, wieder in Empfang zu nehmen. Mit einem Sinn für Würde begabt, den ich bei vielen unserer Kollegen vermisste, ließ Margarethe es sich nicht nehmen, den jungen Herren die Gegenstände persönlich zurückzugeben und sich den Empfang quittieren zu lassen. Rademacher verabschiedete sich mit einer förmlichen Verbeugung. Ich konnte die Szene beobachten, weil die Tür zu Margarethes Büro wie fast immer aufstand. Man hätte Rademacher wirklich in jedem Film als Leutnant besetzen können, und nicht als einen schlechten.

»Geht es dir gut?«, fragte ich meine Kollegin, nachdem die zukünftige Elite des Landes uns wieder verlassen hatte.

»Geht so«, antwortete sie. Sie saß an ihrem Schreibtisch, hatte den Kopf auf den Ellbogen gestützt und blickte leer und wie betäubt auf die Papiere, die vor ihr lagen.

Ich stellte mich in die offene Tür und sah sie eine Weile an. Sie wirkte müde und erschöpft, aber da war noch etwas anderes in ihrem Gesicht und ihrer ganzen Haltung: Enttäuschung.

»Hat dir Meißner den Kopf gewaschen?«, fragte ich nach einer Weile.

Margarethe nickte stumm.

»Kann ich etwas für dich tun?«

»Im Moment nicht, danke«, sagte sie, aber es klang nicht allzu sicher. Ich blieb stehen und wartete. Hörte die Uhr auf ihrem Schreibtisch ticken, Schritte durch das Gebäude gehen, Türen schlagen. Manchmal benötigten die Dinge einfach mehr Zeit, mehr Zeit, mehr Zeit.

»Hatte ich dir gesagt, dass ich das Namensregister kurz ansehen konnte, bevor dieser hübsche blonde Junge einen Umschlag gefunden hat?«

»Ich glaube, du hast so etwas erwähnt«, erwiderte ich, neidisch auf das Attribut, mit dem sie Rademacher bedacht hatte.

»Maier-Rolfs Name war nicht dabei, weder unter Maier noch unter Rolfs«, sagte Margarethe.

»Das ist doch eine gute Nachricht.«

»Ja, fand ich auch. Aber da gab es einen anderen Namen.«

»Du meinst bei M?«, fragte ich.

Margarethe nickte. »Ja, bei M«, sagte sie mit einem misstrauischen Zug um den Mund und formte mit ihren Lippen stumm den Namen Meißners.

»Ah …«, sagte ich.

17

Der Skandal ging nieder wie ein Gewitter. Irgendjemand hatte die Badische Zeitung informiert, wahrscheinlich derselbe, der bereits das Verfahren gegen Müller zum Gegenstand einer gezielten Indiskretion gemacht hatte. Diesmal war aber offensichtlich, dass er nicht auf Müller, sondern auf Margarethe zielte. Sie sollte unmöglich gemacht werden, daran bestand für mich kein Zweifel. Die Zeitung war nicht nur über alle Einzelheiten der missglückten Hausdurchsuchung unterrichtet, man hatte noch ein paar Details hinzugefügt, um ein möglichst schlechtes Bild von ihr zu zeichnen. Es hieß, sie habe einen Verdacht gegen Mitglieder der Neo-Thüringia herbeifantasiert und die Überlastung einer jungen Richterin beim Amtsgericht ausgenutzt, um sich einen Durchsuchungsbefehl zu erschwindeln. Der gleiche Redakteur, der die Staatsanwaltschaft vor zwei Wochen gelobt hatte, dass sie in der Lage sei, ein Verfahren gegen den Präsidenten des Oberlandesgerichts zu führen, hob nun in seinem Kommentar mahnend den Zeigefinger und warnte vor Übereifer und Missachtung der Bürgerrechte. Der BZ folgten die anderen, die Wochenberichte, Anzeigenblätter, Stadtteilzeitungen … Nur die taz schwieg diesmal, konnte sie sich doch offenbar nicht dazu entschließen, die Einhaltung der Strafprozessordnung auch zugunsten eines Mitglieds der herrschenden Klasse einzufordern. Die anderen Zeitschriften allerdings überboten sich. Da war von einer karriereversessenen Juristin die Rede, von einer Staatsanwältin, die jedes Maß verloren hatte und sich festbiss an einem unsinnigen Verdacht. Irgendein Käseblättchen war sich nicht zu schade, den wenig schmeichelhaften Juristenwitz zu zitieren, wonach man eine Staatsanwältin von einem Kampfhund nur durch den Lippenstift unterscheiden könne … Kein allzu freundlicher Witz, wie man wohl sagen muss.

Natürlich war vieles von dem, was da geschrieben wurde, nicht ganz falsch, wenn mir der behäbig-schulmeisterliche Ton der Herren, die ihr Leben damit verbrachten, fremde Entscheidungen zu kommentieren, ohne eigene zu treffen, auch gehörig auf die Nerven ging. Aber keiner von ihnen erwähnte, dass die Staatsanwaltschaft allen Grund zur Sorge haben musste, wenn bei ihr Unterlagen und Akten verschwanden, und sich die Justiz in dieser Sache eigentlich bewährt hatte, denn das Landgericht hatte den Durchsuchungsbefehl kassiert, was, wie Eingeweihte wussten, nicht allzu häufig geschah.

Am Tag nachdem der Artikel in der Badischen Zeitung erschienen war, kam Margarethe ins Büro, aber sie war angeschlagen wie ein Boxer, den der Gegner gerade auf die Bretter geschickt hatte.

»Ist alles o. k.?«, fragte ich sie noch auf dem Gang, wo ich sie abgepasst hatte.

Sie sah mich mit geröteten Augen an und zuckte mit den Schultern. Man sah, dass sie die Nacht über nicht geschlafen hatte, zermürbt zwischen van Helsings Vorhaltungen und den Vorwürfen, die sie sich selbst machte, wie ich vermutete.

»Du kannst es dir ja vorstellen«, antwortete sie. Ich nickte. Ich hätte ihr gerne meine Hilfe angeboten, brachte jedoch kein Wort heraus. Margarethe lächelte schmal und ging in ihr Büro. Sie hatte kaum ihre Tasche abgelegt, da klingelte das Telefon.

»Heymann?«, hörte ich sie antworten, dann bleib sie einen Moment still, um gleich darauf mit unbändiger Wut in den Apparat zu brüllen, wie ich das von ihr noch nie gehört hatte: »Ach, ja?! Das machst du, wenn du mich erwischst? Pass auf, dass ich dir nicht vorher die Eier abreiße, du blöder Arsch!« Und mit diesen wenig damenhaften Worten knallte sie den Hörer auf die Gabel.

»Was war denn das?«, fragte ich, nachdem ich vorsichtig in ihr Büro getreten war.

»Nichts Besonderes, vergiss es.«

»War das van Helsing?« Ich insistierte in der vagen Hoffnung, gerade das Ende dieser Mesalliance erlebt zu haben.

»Nein, natürlich nicht!«, erwiderte Margarethe – sehr zu meiner Enttäuschung.

»Dann mach doch nicht so ein Geheimnis draus!«

»Ein anonymer Anruf, das ist alles«, sagte Margarethe lapidar.

»Und was hat er gesagt?«, fragte ich besorgt. Margarethes Wutausbruch deutete nicht gerade darauf hin, dass der Anrufer nur einen Klingelstreich hatte machen wollen.

»Nichts Wichtiges, das Übliche«, entgegnete Margarethe immer noch ausweichend.

»Dann kannst du es mir doch sagen!«

»Also, wenn du es unbedingt wissen willst: Er hat gedroht, mich richtig ranzunehmen, nicht mit diesen Worten, aber doch sinngemäß«, antwortete sie, ihre Aufmerksamkeit ganz auf die Papiere gerichtet, die vor ihr auf dem Tisch lagen. »Ich nehme das nicht ernst. Ich habe nur gerade überreagiert.«

Ich trat vor sie und versuchte ihr ungeschickt über die Schulter zu streicheln, aber sie entzog sich.

»Seit wann bekommst du diese Anrufe?«, fragte ich.

»Ich weiß nicht, seit zwei oder drei Wochen vielleicht«, sagte Margarethe und sah mich endlich an.

»Meinst du, das ist irgendein alter Kunde von dir, oder gibt es einen Zusammenhang mit dem Verfahren gegen Müller?«

»Ich weiß es nicht – vielleicht beides.«

Am nächsten Tag sah ich sie nicht mehr. Ich hielt die Tür zu meinem Arbeitszimmer geöffnet und hörte auf jedes Geräusch, aber die vertrauten Schritte, mit denen Margarethe die Treppe herauf und an meinem Büro vorbei ging, blieben aus. Und so auch am nächsten und am übernächsten Tag, während draußen gerade die Schlacht der Anzeigenblättchen um den Rechtsstaat begann. Ein paar Mal rief ich bei ihr zu Hause an, aber es meldete sich immer nur der Anrufbeantworter mit dem dürren und mit der Zeit mehrfach gebrochenen Versprechen, sobald wie möglich zurückzurufen. Die Kollegen, die ich nach Margarethe fragte, zuckten mit den Schultern und blieben einsilbig. Keiner hatte sie mehr gesehen; keiner schien sich für sie zu interessieren. In zwei Wochen würden sie gar nicht mehr wissen, wer sie war. Dann hielt ich es nicht mehr aus; ich ging zu Thekla.

»Oh, Herr Tedeschi«, grüßte mich die Schwarze Witwe strahlend, »ich weiß nicht, ob Herr Meißner heute für Sie Zeit hat, aber ich kann es gern für Sie versuchen.« Eine Wolke billigen Parfüms hing im Vorzimmer, ein Strauß roter Rosen prangte auf dem Schreibtisch. Thekla stand an ihrem Aktenschrank und erfreute sich allerbester Laune – viel zu guter Laune, wie ich fand.

»Ich wollte gar nicht zu Herrn Meißner, ich wollte zu Ihnen, Frau Röseler«, antwortete ich und erhielt zum Dank das breiteste Lächeln, das man je sah im Gesicht einer Spinne.

»Das freut mich aber, Herr Tedeschi! Sie wissen, ich bin immer gern für Sie da. Wie kann ich Ihnen denn helfen?«, fragte Thekla und blickte mit der Allüre eines kleinen Mädchens zu Boden. Dabei trat sie erst von einem Fuß auf den anderen und ging dann ein paar Schritte auf mich zu.

»Ich vermisse Frau Heymann«, erwiderte ich, worauf Thekla in ihrer Bewegung abrupt innehielt. »Sie war jetzt schon seit vier Tagen nicht mehr im Büro. Wenn ich bei ihr zu Hause anrufe, meldet sich immer nur der Anrufbeantworter. Wissen Sie, was mit ihr ist?«

Margarethes Namen zu nennen, hatte genügt, und das Lächeln in Theklas Gesicht wich wie Luft aus einem Reifen. Mit verschrumpeltem Gesicht, heruntergezogenen Mundwinkeln und Galle im Blick stand sie vor mir.

»Wieso?«, fragte sie trocken, »was kümmert Sie denn Frau Heymann?«

»Frau Heymann ist meine Kollegin, Frau Röseler. Ich

mache mir Sorgen um sie. Sie hatte in letzter Zeit ziemlich viel Ärger.«

»Ärger?«, wiederholte Thekla, »na, das kann man wohl sagen! Aber den hat sie sich ja wohl selbst zuzuschreiben! Der arme Herr Meißner, was der sich täglich anhören muss!«

»Was muss er sich denn anhören?«

»Wenn Sie wüssten, Herr Tedeschi! Aber ich darf nichts sagen, das müssen Sie verstehen.«

»Bekommt er Anrufe?«

Thekla nickte verstohlen.

»Der Minister?«

»Nein!«, antwortete sie, »und bitte fragen Sie nicht weiter!«

»Also gut. Aber bitte sagen Sie mir, was mit Frau Heymann ist. Ich mache mir Sorgen!«

»Es tut mir leid, aber da kann ich Ihnen nicht helfen«, entgegnete Thekla spitz.

Ich bereute, mich mit meinem Kummer ausgerechnet an Margarethes größte Feindin gewandt zu haben, allerdings war Thekla nun einmal die Sekretärin des Chefs und als Einzige über alle Interna unterrichtet. Ich wollte schon wieder gehen, als plötzlich – unbestimmt und vage – ein Verdacht in mir keimte.

»Sagen Sie, Frau Röseler, Sie wissen nicht zufällig, wer die Presse über die verunglückte Hausdurchsuchung bei der Neo-Thüringia informiert hat?«, fragte ich und sah ihr in die Augen.

Thekla wich meinem Blick aus. »Natürlich nicht!«, sagte sie unsicher und ging zu ihrem Schreibtisch, wo sie sich aber nicht setzte, sondern mit zwei Fingern an der Tischplatte festhielt und mir den Rücken kehrte. Unschlüssig blieb sie eine Weile stehen, dann drehte sie sich wieder zu mir.

»Frau Heymann ist vom Dienst suspendiert«, sagte sie gegen ihren Willen. »Herr Meißner hat sie zu sich kommen lassen und ihr den Fall entzogen.«

»Entzogen?«, wiederholte ich ungläubig. »Aber warum denn das?«

Thekla zuckte mit den Schultern.

»Ist er angewiesen worden?«

»Nein«, antwortete sie, schon wieder ein wenig sicherer, »soviel ich weiß, war es allein seine Entscheidung.«

»Ich danke Ihnen, Frau Röseler«, sagte ich mit einer Verbeugung und ging zurück in mein Büro, um nachzudenken … lange nachzudenken.

Drei Tage später steckte Margarethe ihren Kopf wieder durch meine Tür.

»Ich bin wieder da!«, sagte sie mit frischer Stimme und strahlenden Augen. Sie sah nicht aus, als wäre sie vom Dienst suspendiert gewesen, eher so, als hätte sie ein Wellness-Wochenende im Schwarzwald verbracht.

»Freut mich, dich zu sehen«, sagte ich.

»Hast du schon gehört?«, fragte Margarethe und schloss die Tür hinter sich, damit uns niemand belauschen konnte.

»Dass du suspendiert bist? Ja, das habe ich gehört.«

»Dass ich suspendiert *war*, muss es heißen«, verbesserte sie mich. »Stell dir vor, Meißner hat mich angerufen, sich entschuldigt und mich wieder eingesetzt.«

»Er hat sich entschuldigt? Wie kam das denn?«

»Wenn ich es richtig verstanden habe, hat ihn der JuMi angerufen, weil er von den ganzen Zeitungsartikeln gehört hatte, die hier erschienen sind. Als Meißner ihm erzählte, er brauche sich keine Sorgen mehr zu machen, er habe mir den Fall entzogen, war er offenbar ungehalten und hat darauf bestanden, dass ich und niemand anderer die Ermittlungen fortsetze.«

»Der Justizminister?«

»Genau der!«, bestätigte Margarethe und – bildete ich mir das ein oder tat sie es wirklich? – blinzelte mir dabei zu.

»Und das hat Meißner dir erzählt?«

»Das hat er mir erzählt. Vielleicht nicht in allen Einzelheiten. Die musste ich zwischen den Zeilen lesen, aber sinngemäß. Nur eines: Meißner möchte nicht, dass sich so eine Panne wie bei der Neo-Thüringia wiederholt. Deswegen hat er mir einen Aufpasser an die Seite gestellt, mit dem ich alle wesentlichen Verfahrensschritte abstimmen muss.«

»Das kann man ihm nicht verdenken«, bemerkte ich, denn ja, Margarethes Übereifer ein wenig zu bremsen, war gewiss keine schlechte Idee. »Und wer ist der Glückliche?«

»Ach, weißt du das noch gar nicht?«, fragte sie verwundert.

»Nein«, sagte ich arglos, dabei hätte ich die Antwort eigentlich kennen müssen.

»Du natürlich!«, antwortete Margarethe. »Meißner hält große Stücke auf dich. Ich dachte, das hätte er schon längst mit dir abgesprochen.«

»Nein, hat er nicht«, sagte ich aufrichtig. Mir war nicht wohl bei der Idee, ab sofort die Anstandsdame für Margarethes Ermittlungen zu geben, aber es blieb mir nichts anderes übrig; das war wohl der Fluch der bösen Tat … »Habe ich eine Wahl?«, fragte ich halbherzig.

»Ich glaube nicht wirklich«, flötete Margarethe gut gelaunt.

»Na, dann können wir ja anfangen.«

»Genau das hatte ich vor«, sagte Margarethe.
»Und was genau hattest du vor?«
»Jetzt vernehmen wir Müller.«
»Ah.«

18

Margarethe pflanzte ein Lächeln in ihr Gesicht – so süß und so künstlich, als habe sie es eigens für eine Abendgesellschaft an der Seite van Helsings einstudiert. Sie legte es an wie ein Bajonett an ein Sturmgewehr, ging so, mit diesem Lächeln bewaffnet, in ihr Büro, öffnete die Akte, suchte Dr. Micks Vertretungsanzeige, fand sie und wählte die Nummer seiner Kanzlei in Stuttgart.

»Heymann, Staatsanwaltschaft Freiburg«, meldete sie sich, nachdem eine namenlose Sekretärin den Hörer am anderen Ende der Leitung abgenommen haben musste, »dürfte ich wohl Herrn Dr. Mick sprechen? Es geht um das Ermittlungsverfahren Müller.« Es folgte eine Pause, während der sie das Lächeln in ihrem Gesicht nicht verließ und Margarethe mir durch die geöffneten Türen unserer Büros bedeutete, dass ihr Anruf durchgestellt wurde.

»Heymann, Staatsanwaltschaft Freiburg«, wiederholte sie, als Mick ihren Anruf offenbar entgegengenommen hatte, »freut mich, dass ich Sie sofort erreiche, Herr Dr. Mick. Ich weiß, Sie sind ein viel beschäftigter Mann. Haben Sie gerade eine Minute Zeit oder besteht die Möglichkeit,

Sie später noch einmal anzurufen? Es geht? Oh, das ist aber freundlich von Ihnen. Ich mache es kurz. Es geht um die Stellungnahme, die Sie in unserem gemeinsamen Fall angekündigt hatten. Ich wollte Ihnen ein wenig Arbeit abnehmen. Eigentlich könnte ich die Ermittlungen ja schon einstellen, aber das Verfahren hat bekanntlich ein paar Wellen geschlagen. Deswegen dachte ich, ich warte ganz förmlich ab, bis Sie sich äußern konnten. Sie wissen, wenn ein Ermittlungsverfahren bekannt wird, bleibt in der Bevölkerung immer ein gewisser Eindruck, insbesondere, bei einem Beschuldigten in – wie soll ich mich ausdrücken? –, ja, ganz wie Sie sagen, in exponierter Stellung. Sie nehmen mir die Worte aus dem Mund. Aliquid semper haeret ... Sie haben ganz recht. Ich dachte mir, es würde vielleicht einen besonders guten Eindruck machen, wenn Dr. Müller in einem Gespräch noch einmal selbst alle Fragen beantworten könnte, die vielleicht noch offen sind. Nein, nein! Kein Verhör. Ich dachte an ein offenes Gespräch unter Fachkollegen. Natürlich soll das kein Verhör sein. Ich meine, um jeden Verdacht restlos zu zerstreuen. Ja natürlich, Herr Dr. Mick, ich weiß, das ist ungewöhnlich, aber Herr Dr. Müller ist ja auch kein gewöhnlicher Beschuldigter, nicht wahr? Auch ich würde an Ihrer Stelle niemandem raten, einer Vernehmung bei der Staatsanwaltschaft zuzustimmen. Das versteht sich von selbst. Aber dass Dr. Müller etwas sagen könnte, das ihn selbst belastet, kann man sich ja gar nicht vorstellen. Sie werden ihn fragen? Das ist nett. Wissen Sie, die Staatsanwaltschaft würde dann gegenüber der Presse und der Öffentlichkeit betonen, wie sehr Ihr Mandant kooperiert hat. Ich glaube, das ist gerade in diesem Fall besonders wichtig. Ich werde das persönlich veranlassen. Darauf gebe ich Ihnen mein Wort. Ich fühle mich in dieser Sache verantwortlich, auch für den Ruf Ihres Mandanten … Ich sage Ihnen das im Vertrauen, um dieses Verfahren habe ich mich nicht gerissen. Nein, mehr kann ich nicht sagen. Ich bitte … ja, ich wusste, dass Sie mich verstehen würden. Rufen Sie mich einfach zurück, wenn Sie mit Ihrem Mandanten gesprochen haben. Danke! Ja, Wiederhören, Herr Dr. Mick.« Margarethe legte auf und zeigte mir einen erhobenen Daumen. Sie hatte Mick um den Finger gewickelt, und er hatte nicht das Geringste bemerkt. Vor dem Lächeln einer Frau sind und bleiben wir allesamt machtlos; selbst am Telefon fallen wir darauf rein …

»Kompliment!«, sagte ich zu Margarethe hinüber.

»War ganz leicht …«, entgegnete sie mit dem unbescheidensten Ausdruck, den ich in ihrem Gesicht je gesehen hatte. Sie überlegte kurz, dann kam sie zu mir herüber.

»Ich verrate dir jetzt ein Geheimnis«, sagte sie ganz ernst, »der Fehler von euch Männern besteht regelmäßig darin, dass ihr uns Frauen unterschätzt.« Sagte es, machte kehrt und ging mit wiegenden Hüften in ihr Büro zurück.

»Ich werde es mir merken«, antwortete ich leise, während sie die Tür schloss. Ich glaube nicht, dass sie mich noch gehört hat.

Der Rückruf kam bereits am Abend. Margarethe hat mir gleich davon erzählt. Sobald sie die Stimme Micks am Telefon erkannte, setzte sie wieder ihr Schlangenlächeln auf und begrüßte den alten Gockel wie ihren besten Freund. Ja, sein Mandant sei bereit, für ein Gespräch zur Verfügung zu stehen, für ein Gespräch wohlgemerkt, nicht für eine Vernehmung. Gerne auch in Freiburg, aber nicht in den Räumen der Staatsanwaltschaft. Sondern wo?, fragte sie gleich und Mick antwortete, Dr. Müller verfüge in den Räumlichkeiten des Oberlandesgerichts in Freiburg über ein Büro, das er nutze, wenn er die Freiburger Zivilsenate des Gerichts besuche. Dort könne man sich treffen, um die lästige Angelegenheit ein für alle Mal aus der Welt zu schaffen, gerne schon nächste Woche, am 16., da sei Dr. Müller ohnehin dienstlich in Freiburg. Die weiteren Details des Treffens waren rasch geklärt.

»Ach, eines muss ich Ihnen noch beichten«, schloss Margarethe das Gespräch, »ich kann nicht alleine zu der Unterhaltung mit Ihnen und Dr. Müller kommen. Mein Chef hat mir einen Aufseher verpasst, der Kollege Tedeschi wird mich begleiten. Ja, genau, das ist der kleine Italiener. Genau der. Ja, das geht leider nicht anders, muss leider sein.«

Und so kam es, dass wir uns eine Woche später in den Räumen des Oberlandesgerichts in Freiburg in der Salzstraße einfanden, Dr. Mick und Dr. Müller, Margarethe und ich. Es war ein drückend heißer Frühsommertag. Schon morgens um zehn stieg die Quecksilbersäule des Thermometers über 24 Grad. Schwer und träge stand die Luft in den Straßen, unbewegt von jedem Windhauch. Obwohl ich einen leichten Sommeranzug trug, war ich schon verschwitzt, als ich nur beim OLG-Gebäude ankam. Margarethe dagegen schien die Hitze nichts anhaben zu können. Sie war allerdings auch gekleidet, als ginge sie zu einer Gartenparty, nicht zur Vernehmung eines der diensthöchsten Richter des Landes Baden-Württemberg. Sie trug ein helles Sommerkleid, das ihr kaum zu den Knien reichte, und die Umrisse ihres Körpers gerade noch so sehr verbarg, dass man sie den eigenen Eltern bei eben dieser Gartenparty als neue Freundin hätte vorstellen können, zumindest italienischen Eltern, die in diesen Dingen nicht so empfindlich sind. Ihre Füße steckten in weißen Riemchensandalen, ihre Zeh- und Fingernägel waren lackiert, das unbändige lockige Haar mit einem weißen Haarband im Nacken verknotet – mit Ausnahme einer einzelnen frechen Strähne, die ihr in die Stirn fiel.

Lächelnd und ein wenig verlegen reichte sie Mick und Müller die Hand und bedankte sich, dass die Herren Zeit für sie gefunden hatten. Mit einer kindlichen Geste strich sie sich die freie Haarsträhne aus der Stirn und hinter das Ohr, was mir Gelegenheit gab, mich vorzustellen. Ich fand aber kaum die Aufmerksamkeit und erst recht nicht die Gnade der beiden Herren, die mich kaum mehr als mit einem frostigen Nicken begrüßten, Margarethe dagegen breit und verbindlich anlächelten. Mick und Müller trugen graue, viel zu schwere Anzüge und dunkle Schuhe. Beiden standen Schweißperlen auf der Stirn. Nachdem wir einander begrüßt hatten, hieß Müller uns an einem Besprechungstisch Platz zu nehmen.

Das Büro war mit Blick auf den Augustinerplatz im dritten Stock des OLG-Gebäudes untergebracht und wurde augenscheinlich kaum benutzt. Es war schmucklos, wie eine Wohnung, die eingerichtet, aber noch nicht bezogen worden war. Es fehlte das Leben. An den weißen Wänden hing kein Bild, auf dem hellen Kiefernschreibtisch lag keine Akte, auf dem Fenstersims stand keine Pflanze. Dass wir die Ruhe dieses Stilllebens störten, hatte etwas Unwirkliches, als seien wir Schauspieler auf einer leeren Bühne.

»Für die Männer schlage ich heute Marscherleichterung vor!«, sagte Müller, kurz bevor wir uns gesetzt hatten, mit einem beim Militär geborgten und bei der Justiz geläufigen Ausdruck, mit dem den Anwälten vonseiten der Richterbank aus für gewöhnlich gestattet wurde, Robe und Jackett abzulegen, wobei er sich gleichzeitig seiner viel zu warmen Anzugjacke entledigte. Mick und ich folgten seinem Beispiel, während Margarethe nichts abzulegen brauchte. Gleich darauf saßen wir drei Männer in weißen Kurzarmhemden um den Besprechungstisch in einem leeren von den Strahlen der Morgensonne hell ausgeleuchteten Büro. Müller zog die Mundwinkel nach unten und sah Margarethe aufmerksam und auffordernd an, während Mick noch seine Akte auf dem Tisch ausbreitete. Margarethe strich sich die widerspenstige Locke zum zweiten Mal aus der Stirn und lächelte. Müller war der Hausherr, das Wort war an ihm.

»Ich denke, wir fangen jetzt an«, sagte er bestimmt und in dem Ton, in dem ein Vorsitzender Richter für gewöhnlich eine Verhandlung eröffnete. »Ich darf Sie alle in meinem Freiburger Büro begrüßen und gleichzeitig der Hoffnung Ausdruck verleihen, dass dieses Treffen und unser Gespräch dieser leidigen Angelegenheit, die die Ressourcen der Staatsanwaltschaft unnötig bindet und das Bild der Justiz in der Öffentlichkeit beschädigt, ein Ende bereiten. Bitte, Frau Heymann, Sie hatten mich um diese Unterhaltung gebeten!«

»Ganz kurz nur, Herr Dr. Müller!«, intervenierte Mick, ein knochiger, hässlicher Mann mit einem schmalen Gesicht und den Augen eines Nagetiers, die kurzsichtig und trübe hinter in eigentümlichen Prismen geschliffenen Brillengläsern hervorblinzelten. »Bevor wir unser eigentliches Gespräch beginnen, möchte ich festhalten, dass das hier keine Vernehmung ist. Mein Mandant, der Präsident des Oberlandesgerichts, Dr. Müller, hat sich aus freien Stücken zu diesem Gespräch mit der Staatsanwaltschaft bereitgefunden, um letzte Fragen zu klären, und alle Zweifel an seiner Unschuld zu zerstreuen, die gewisse Menschen haben könnten, weil sie ihn um seine vorbildliche Karriere beneiden. Ich nehme an, Sie beide wissen, von wem ich spreche«, ergänzte er sibyllinisch und zog die rechte Augenbraue nach oben, um seiner Abscheu vor solchen Neidern noch deutlicheren Ausdruck zu verleihen. »Ich möchte hier nicht ins Detail gehen, aber ich darf Sie beide«, und bei diesem Ausdruck warf er Margarethe und mir einen bedeutungsschweren, von den Prismen seiner Brille eigentümlich verzerrten Blick zu, »Sie beide warnen, sich hier nicht zu sehr von fremden Interessen leiten zu lassen, deren Hintergrund Sie aufgrund Ihres Alters vielleicht noch nicht ganz durchschauen.« Selbstzufrieden und entschlossen presste er die Lippen zusammen und lehnte sich zurück. An einer Laienbühne hätte man sich für so einen Auftritt geschämt. Mick aber sah zufrieden in die Runde, wie ein Kartenspieler, der seinen ersten Trumpf gespielt hat.

Margarethe lächelte, strich sich zum wohl vierten Mal die Locke aus der Stirn, die offenbar eigens nur deswegen nicht im Knoten ihrer Haare gefangen worden war, um fortlaufend aus der Stirn gestrichen zu werden, und begann mit zarter Stimme zu sprechen.

»Herr Dr. Müller, Herr Dr. Mick«, sagte sie und räusperte sich verlegen, »ich bin Ihnen sehr, sehr dankbar, dass Sie mir heute helfen wollen, um – na ja, wie Sie sagen, Herr Dr. Müller –, um diese unangenehme Angelegenheit zu einem Ende zu bringen. Ihnen als Kollegen darf ich es ja gestehen, dass ich mich nicht gerade darum gerissen habe, dieses Verfahren zu bearbeiten, aber Dienst ist bekanntlich Dienst. Das wissen Sie besser als ich. Vorab möchte ich mich aber bei Ihnen, Herr Dr. Müller, offiziell und in aller Form im Namen der Staatsanwaltschaft Freiburg entschuldigen, dass dieses Ermittlungsverfahren nun über ein

Jahrzehnt verschleppt wurde. Das ist unverzeihlich; das ist mir und der gesamten Staatsanwaltschaft vollkommen bewusst.« Sie legte eine kurze Pause ein und blickte Müller und dem hässlichen Mick erst kurz in die Augen, um gleich darauf den Blick niederzuschlagen, als sei sie wirklich sehr beschämt.

»Ich nehme an, Sie sind über die *Erkrankung* meines Dienstvorgängers informiert«, fuhr sie fort, wobei sie in das Wort Erkrankung so viel Verachtung legte, wie man einer jungen Dame gerade noch gestatten konnte.

»Das bin ich«, bestätige Müller mit der gleichen kalten Abscheu, und über die gemeinsame Missachtung des Kollegen, der nicht in der Lage gewesen war, seinen Pflichten pünktlich nachzukommen, wie sich das für deutsche Beamte nun einmal gehörte, schien zwischen Müller und Margarethe so etwas wie eine stille Übereinkunft zu entstehen.

»Ja, dann meine Fragen«, fuhr Margarethe mit ergebenem Lächeln fort, »lassen Sie es uns gleich hinter uns bringen: Ist es richtig, dass Sie in der Freiburger Burschenschaft Neo-Thüringia assoziiert sind oder waren?«

Müller nickte.

»Sind Ihnen Korpsbrüder bei der Staatsanwaltschaft in Freiburg bekannt?«

Müller nickte abermals.

»Würden Sie diese benennen?«

»Ihr Dienstvorgesetzter, der Leitende Oberstaatsanwalt Meißner«, entgegnete Müller knapp, während Mick vielsagend in die Runde sah – für den Fall, dass wir nicht schon verstanden hätten, auf wen er mit seiner einleitenden Bemerkung hatte anspielen wollen.

»Sonst niemand?«, fragte Margarethe.

»Sonst niemand«, bestätige Müller kurz und sachlich.

»Gut«, sagte Margarethe gedankenverloren und blätterte eine Weile in der Akte, als suchte sie eine bestimmte Seite, habe sich aber nicht richtig vorbereitet.

»Ah, da habe ich es ja!«, sagte sie schließlich und drehte die Akte so vor Dr. Müller, dass er das aufgeschlagene Blatt genau sehen konnte. »Das ist der privatschriftliche Vertrag, den Stelz und Stein geschlossen haben, bevor der Kaufmann Stein Deutschland verließ. Ich nehme an, das Dokument ist Ihnen bekannt?«

Dr. Müller blickte kurz auf das Blatt und wiegte unentschlossen den Kopf.

»Sie werden verstehen«, sagte Mick mit einem hässlichen Grinsen, bevor Müller sich äußern konnte, »dieser Prozess liegt für meinen Mandanten über ein Jahrzehnt zurück.«

»Aber natürlich«, sagte Margarethe.

»Ich habe eine verschwommene Erinnerung an dieses Dokument«, sagte Müller und schob die Akte von sich, als sei ihm das Papier unangenehm. Er sah Margarethe mit zusammengekniffenen Augenlidern an.

»Würde es Ihnen etwas ausmachen, den Vertrag kurz durchzulesen, bitte?«, fragte Margarethe und lächelte ihn weiter an, als flirtete … ja richtig, als flirtete sie mit ihm.

»Und aus welchem Grund?«, fragte Dr. Mick aggressiv. Sein Verteidigerinstinkt schien ihn zu warnen, dass ihm das Gespräch aus der Hand zu gleiten drohte, aber die Warnung kam zu spät. Er hätte früher daran denken müssen, dass Müller als Mandant kaum zu führen war. Er war zu selbstsicher und zu sehr Jurist, um sich vor jeder Antwort bei seinem Verteidiger rückzuversichern, und das machte den Verteidiger nun nervös.

»Nichts!«, antwortete Margarethe beschwichtigend, »ich wollte mit Dr. Müller nur kurz über den Text sprechen. Das ist alles.«

Müller zog die Akte wieder zu sich und las die handschriftlichen Zeilen ruhig und sehr genau. Seine mächtigen Kiefermuskeln ballten und lösten sich, als kaue er auf einem Stück Leder. Genau in dem Moment fing draußen auf dem Augustinerplatz jemand zu trommeln an, vermutlich irgendein verspäteter Hippie, wie man sie in Freiburg dutzendweise traf. Mit aller Macht schlug er in einem mehr oder weniger wilden afrikanischen Rhythmus auf zwei Bongos ein, deren Klang nun die ganze Nachbarschaft des Augustinerplatzes und damit auch die halbe Freiburger Justiz beglückte.

»Sie haben es gelesen?«, fragte Margarethe, nachdem Müller zu ihr aufgesehen hatte.

Er nickte.

»Wenn ich es richtig verstanden habe, dann konnte diese Klage nur Erfolg haben, wenn sich ein Rückübertragungsanspruch aus dem allgemeinen Zivilrecht ergeben hätte, weil die Fristen zur Rückabwicklung nach dem französischen Besatzungsrecht abgelaufen waren.«

»Das ist richtig«, sagte Müller.

»Ich bin keine gute Zivilrechtlerin«, begann Margarethe entschuldigend, »ich hatte in meinen BGB-Klausuren mit Glück gerade sieben und acht Punkte, aber eines ist mir an diesem Vertrag aufgefallen und da wollte ich Ihre Hilfe. Ich glaube, der Vertrag belegt ein Scheingeschäft. Sehen Sie hier den ersten Satz«, sagte sie und zeigte auf das Blatt. »›Wir, die Unterzeichneten Jakob Stein und Wolfgang Stelz, stimmen überein, dass der morgige Verkauf des Hausgrundstücks Münsterweg 7 nur auf Druck der politischen Verhältnisse und nur zum Schein erfolgt, um es im Fall der Flucht des Linksunterzeichneten dem Zugriff der Behörden zu entziehen …‹«, las sie vor, während die Bongos immer schneller geschlagen wurden. »Das heißt doch, es ist ein Scheingeschäft, oder?«

»So schnell kann man das gewiss nicht beurteilen«, antwortete Mick. »Das ist eine Frage der Auslegung …«

Müller sah sich das Blatt erneut an und las den einleitenden Satz ein zweites Mal. »Sie haben recht«, sagte er an Margarethe gewandt. Ich musste mir auf die Lippen beißen, um nicht zu lachen.

»Danke, danke für Ihre Hilfe«, erwiderte sie mit einem Seufzer der Erleichterung. »Ich hatte schon befürchtet, ich könnte hier völlig falsch liegen. Also, wenn das hier ein Beleg für ein Scheingeschäft ist, dann stellt sich als Nächstes die Frage, wieso hiervon im gesamten Urteil Ihrer Kammer nicht die Rede ist. Ich meine, die Entscheidung ist lang, ungewöhnlich gründlich und von geradezu bewundernswerter Klarheit, aber das Stichwort Scheingeschäft fällt an keiner Stelle. Sie können das Urteil gerne lesen, wenn Sie möchten. Ich habe es hier.«

Mit diesen Worten und ihrem immer gleichen kindlichen Lächeln reichte Margarethe Müller eine Abschrift des Urteils hinüber. Der machte aber nicht die geringsten Anstalten, es anzunehmen, geschweige denn zu lesen. Stattdessen griff Mick die fotokopierten Blätter und überflog sie mit halbem Auge, während er zugleich versuchte, die Szene, die sich in diesem klinischen Büro abspielte, nicht für einen Moment aus dem Blick zu verlieren. Draußen dröhnten die Bongos immer lauter, auch wenn man das nicht für möglich gehalten hätte. Ihr rhythmisches Stakkato zerrte an unseren Nerven.

»Ich meine, ich bin wirklich nur eine reichlich durchschnittliche Juristin«, fuhr Margarethe unschuldig fort, »aber ich hatte den Gedanken an ein Scheingeschäft nur zwei Tage, nachdem ich diese Vereinbarung gelesen hatte. Sie, Dr. Müller, hatten das beste Examen Ihres Jahrgangs, Ihre damaligen Beisitzer von Kempf und Meinrad galten gleichfalls als außerordentlich befähigt. Hatten Sie diesen Gedanken denn nicht?«

Mick sah Müller warnend an. Bei jedem anderen Mandanten hätte er interveniert und daran erinnert, dass er die an ihn gerichteten Fragen nicht beantworten müsse und das Recht habe, zu schweigen, aber wer würde es wagen, den Präsidenten des Oberlandesgerichts an seine Rechte zu erinnern? Müller saß vor uns wie versteinert. Sein Rücken war kerzengerade aufgerichtet, seine Mundwinkel heruntergezogen, die Arme vor der Brust verschränkt. Er sah aus wie eine sitzende Statue, ein moderner Buddha der Bürokratie. Draußen trommelten die Bongos und stieg die Sonne über die Dächer. Es wurde zunehmend wärmer.

Müller sah Margarethe und mich durch seine dicke, schwarzumrandete Brille streng an. Es war der gleiche Blick, mit dem er mich beim Empfang im historischen Kaufhaus fixiert hatte, ein Blick, kalt und unbeirrt.

Er hätte nur sagen müssen, dass ihm und seinen Kollegen vor Jahren der Gedanke einfach nicht gekommen war, vielleicht weil man sich zu sehr mit den anderen schwierigen Problemen des Falles beschäftigt hatte. Daher hätten weder er noch seine Kollegen noch die an dem Verfahren beteiligten Anwälte den Gedanken an ein Scheingeschäft gefasst, so nahe liegend er jetzt vielleicht schien. Mit dieser Erklärung wäre die Angelegenheit für ihn erledigt gewesen, ein für alle Mal, endgültig. Jeder machte Fehler, auch der begabteste Richter des Landes. Wer wollte den Stab über ihn brechen?

Aber dann hätte er einen Fehler zugeben, eine intellektuelle Schwäche offenbaren müssen, und das vermochte er nicht. Und genau das war es, was Margarethe gefühlt, geahnt, vorhergesehen hatte, als sie um das Gespräch bat, und bei dem sie nun ihre Fragen stellte. Sie hatte es vorhergesehen, wie ein guter Schachspieler die Züge seines Gegners vorhersah. Und Müller sagte es nicht. Er konnte es nicht. Seine Eitelkeit verbot es ihm. Er sah uns weiter kalt an und antwortete stattdessen: »Ich bin überstimmt worden.« Und gerade in dem Moment verstummten die Trommeln, und es war für einen Augenblick still, ganz still, in dem Büro, in dem wir saßen, auf dem Flur, im ganzen Stock, im ganzen Gebäude und auf dem Augustinerplatz.

»Wie bitte?«, wiederholte Margarethe die Stille brechend. Diese Antwort hatte sie nicht vorhergesehen. Von allen Entschuldigungen, Ausflüchten oder Erklärungen, die Müller hätte vorbringen können, war dies die überraschendste.

»Ich bin überstimmt worden!«, bekräftigte Müller, diesmal sicherer und in der gewohnten, keinen Widerspruch duldenden Art. »Sie können sich vorstellen, wie unangenehm mir dies ist, noch dazu in diesem Verfahren, und es ist mir während meiner ganzen Laufbahn als Richter weder vorher noch nachher je wieder untergekommen. Aber in diesem Prozess, bei dieser Entscheidung, wurde ich von den beisitzenden Richtern überstimmt.«

»Wenn ich Sie richtig verstehe«, begann Margarethe vorsichtig, »bitte korrigieren Sie mich, falls ich mich irre …, dann haben Sie erkannt, dass es sich bei der Vereinbarung zwischen – wie hießen die Herren doch gleich – ach ja,

Stelz und Stein … dass es sich bei der Vereinbarung um ein Scheingeschäft handelte und die Klage an sich erfolgreich sein müsste, von Kempf und Meinrad dagegen waren anderer Auffassung und haben Sie überstimmt?«

Müller nickte, während Mick sich nun ganz in das Urteil zu vertiefen schien, und sich dabei den Anschein gab, als sei er gar nicht mehr da.

»Genau so war es«, bekräftigte Müller.

Margarethe blieb einen Augenblick sprachlos. Ich meinte sogar, sie würde für einen Moment den Kopf schütteln, aber sie behielt sich unter Kontrolle. Es war erstaunlich, wie sehr sie sich verändert hatte, seitdem Meißner ihr den Fall hatte entziehen wollen.

»Wissen sie noch, mit welchem Argument Ihre Beisitzer ihre Auffassung verteidigten?«, hakte sie endlich nach. Sie stellte die Frage rein mechanisch. Margarethe blieb von Müllers Einlassung ebenso überrascht wie wir anderen und brauchte Zeit, um sich auf die neue Situation einzustellen.

»Soweit ich mich erinnere, meinte von Kempf, es diene dem Rechtsfrieden, die Klage abzuweisen.«

»Ich verstehe nicht«, sagte Margarethe, deren Lächeln aus ihrem Gesicht gewichen war. »Wieso sollte es dem Rechtsfrieden dienen, eine Klage abzuweisen, der stattzugeben war?«

Müller antwortete nicht sofort. Ich sah, wie sich die Muskeln in seinem Kiefer anspannten, als presste er die Zähne zusammen. In seiner Schläfe pochte sichtbar eine Ader. Ich fragte mich, wie weit er noch gehen würde. Vielleicht fragte er sich selbst, wie weit er noch gehen würde, noch gehen musste.

»Fürchtete er weitere Restitutionsklagen?«, fragte Margarethe. »Ich meine, fürchtete er, dass noch mehr Klagen von jüdischen Bürgern eingereicht würden, um Eigentum zurückzufordern, das sie in den Jahren 1933 bis 1945 verloren hatten?«

»Ich glaube, ja«, sprach Müller leise.

»Ah …«, sagte Margarethe, wie sie es immer sagte und gleißendes Sonnenlicht fiel in das klinisch saubere Büro.

19

Wir glaubten ihm nicht, weder Margarethe noch ich. Natürlich kam es vor, dass ein Vorsitzender von seiner Kammer überstimmt wurde. Es kam sogar vor, dass Schöffenrichter die Berufsrichter überstimmten, denen dann nichts anderes übrig blieb, als ein Urteil zu verkünden, abzufassen und zu unterzeichnen, das sie nicht tragen konnten und mit der Wissenschaft, die sie erlernt hatten, wenig zu tun hatte. Aber dies war selten und wenn, dann waren es die schwachen Richter, die so vorgeführt wurden, Kollegen, die sich nicht durchzusetzen vermochten, nicht intellektuell, nicht aufgrund der bloßen Autorität ihres Amtes und nicht aufgrund des mächtigsten Instruments, das ihnen zur Disziplinierung ihrer Beisitzer zur Verfügung stand: dem Recht, deren Leistungen zu beurteilen, und damit über deren Karriere zu entscheiden. Es war dieses kleine Privileg, das die Vorsitzenden an den deutschen Gerichten so mächtig machte, das ihnen die Möglichkeit bot, die Rechtsprechung einer Kammer maßgeblich und nach eigenem Wunsch zu prägen, und die Beisitzer gleichsam entmachtete, wenn sie nicht zu jener raren Spezies gehörten, denen ihre Karriere gleichgültig war. Wenn einmal ein Vorsitzender überstimmt wurde, war dies so unerhört, dass es innerhalb der Justiz sehr schnell bekannt wurde, Beratungsgeheimnis hin oder her. Es gab Berufsrichter, die sogar durchsickern ließen, dass sie überstimmt worden seien und absichtlich Fehler in das von ihnen gegen ihren Willen verkündete Urteil schmuggelten, um seine Aufhebung durch das nächsthöhere Gericht zu erleichtern. Müller aber war alles andere als ein Richter, der Führungsschwäche zeigte, geschweige denn, einem juristischen Streit aus dem Wege ging – eher würde er ihn mit seinem intellektuellen Hochmut ersticken. Und ein Mann wie er sollte überstimmt worden sein? Niemals, nicht in hundert Jahren. Wir waren sicher, dass er log. Aber wie sollten wir das beweisen? Von Kempf war vor Jahren gestorben und Meinrad hatte zur Wahrung des Beratungsgeheimnisses keine Aussagegenehmigung erhalten. Was also konnten wir tun?

»Wir fahren nach Halle!«, verkündete Margarethe ein paar Tage nach dem Gespräch mit Müller.

»Nach Halle?«, fragte ich kleinlaut. Ich ahnte, was sie vorhatte, besaß aber nicht die Energie, um ihr irgendetwas entgegenzusetzen. »Was willst du denn in Halle?«

»Das weißt du ganz genau!«, antwortete sie trocken. »Wir sprechen mit Meinrad.«

»Aber Meinrad darf uns nichts sagen! Er hat keine Aussagegenehmigung!«, entgegnete ich halbherzig und in der vagen Hoffnung, so eine Förmlichkeit könnte sie irgendwie beeindrucken.

»Richtig!«, trällerte sie und zwinkerte mir zu.

»Und selbst wenn du Meinrad dazu bringst, dir etwas zu sagen, weil du wieder ein leichtes Sommerkleid anziehst und ihn genauso anlächelst wie diese beiden alten Säcke. Hast du dir vielleicht irgendwelche Gedanken darüber gemacht, wie du die Aussage verwerten willst? Entschuldige, wenn ich dich daran erinnere, aber Meinrad müsste hierher nach Freiburg kommen und seine Angaben im Prozess wiederholen, damit wir irgendetwas damit anfangen können – und das ohne Aussagegenehmigung. So knapp kann dein Sommerkleid gar nicht sein, dass du einen deutschen Richter dazu bringen würdest«, sagte ich ebenso aufgebracht wie machtlos.

»Und einen italienischen Richter würde ich vielleicht dazu bringen?«, fragte sie lachend.

»Wenn er ein Idiot ist wie ich vielleicht schon«, brummelte ich.

»Antonio, bist du eifersüchtig?«, fragte sie zart.

»Warum sollte ich denn eifersüchtig sein?«, antwortete ich leise und brachte es nicht fertig, sie dabei anzusehen.

»Ich meine wegen meines Sommerkleids?«

»Aber nein«, log ich.

»Also, fahren wir nach Halle«, sagte sie bestimmt.

Und so fuhren wir.

20

Die nächsten Tage blieben drückend heiß. Über Freiburg hing eine Glocke von aus Dunst gesättigter Luft – beinahe so wie in einer Diskothek im Sommer, wenn die Lüftungsanlage den Schweiß der Tanzenden nicht mehr umzulegen vermag. Wir bereiteten unsere Fahrt nach Halle vor; ich fragte mich, was uns dort erwarten würde. Die Mauer war vor etwas mehr als zwei Jahren gefallen. Ich war noch nie im Osten der neuen Republik gewesen. Das Deutschland, das hinter der Mauer erwachsen war und jetzt sein Gesicht zeigte, war mir fremd und unheimlich. Das ging mir als Italiener mit deutschem Pass nicht anders als den meisten anderen Westdeutschen, die ich kannte. Die Montagsdemonstrationen in Leipzig hatten uns elektrisiert, die Menschen, die sich Stasi, Staatsmacht und Volkspolizei entgegenstellten, begeistert; was dann aber nach dem Fall der Mauer zum Vorschein kam, waren nicht die Helden der friedlichen Revolution – die schienen mit einem Mal abgesetzt –, sondern rasierte sich den Kopf zu Glatzen, jagte Asylanten durch die Städte und zündete Ausländerwohnheime an, wo Menschen in den Flammen starben. Es war dunkel in Hoyerswerda und anderswo, dunkel wie im Nebel vergessener Zeit.

Margarethe und ich überlegten kurz, mit dem Auto zu fahren, aber die Aussicht, 650 Kilometer bei brütender Hitze über die immer viel zu vollen deutschen Autobahnen zu stottern, hielt uns davon ab. Stattdessen lösten wir Tickets für einen Zug, der versprach, uns in nur sieben Stunden nach Halle zu bringen, und stiegen an einem späten Vormittag auf Gleis 1 des Freiburger Hauptbahnhofs in einen brandneuen ICE, der geradezu dafür bestimmt schien, die beiden Teile Deutschlands einander wieder näher zu bringen.

Wir setzten uns in ein Großraumabteil der zweiten Klasse und sahen zum Fenster hinaus, wie der Zug Fahrt aufnahm und vertraute Häuser, vertraute Straßen und vertraute Umgebung immer schneller an uns vorüberzogen, bis er seine Endgeschwindigkeit erreichte und wie ein gewaltiges Geschoss auf Schienen durch das Rheintal flog, schnell, mühelos, unaufhaltsam.

»Weiß Meinrad, dass wir kommen?«, fragte ich Margarethe nach einer Weile. »Oder stehen wir morgen in seinem Büro und rufen: Überraschung!«

Margarethe lächelte. »Keine Sorge, Antonio. Er weiß, dass wir kommen.«

»Und was ist jetzt mit seiner Aussagegenehmigung?«, fragte ich weiter. »Hat es sich das Ministerium anders überlegt?«

»Nein«, antwortete Margarethe.

»Das heißt, wir haben keine?«

»Genau.«

»Und wie, Teuerste, hattest du vor, mit diesem Detail umzugehen?«

»Vertrau mir«, sagte Margarethe und schloss die Augen.

»Ich glaube nicht, dass das eine gute Idee ist«, sagte ich, aber da schlief sie schon, in den Schlaf gewiegt vom ewig gleichen Rattern der Gleise.

Ich seufzte und suchte in meiner Reisetasche nach dem Buch, das ich mir für die Fahrt mitgenommen hatte. Vor rund einem Jahr hatte ich den festen Vorsatz gefasst, an meinem Italienisch zu arbeiten und daher einen Krimi von Fruttero und Lucentini eingepackt. Ich las ein paar Seiten, bis ich zu meinem Ärger feststellen musste, dass das kultivierte Italienisch, das diese Autoren pflegten, für mich zu anspruchsvoll war. Ich hatte zwar ein Wörterbuch eingesteckt, mit dem ich meine Lücken zu füllen hoffte, als ich aber bei der Lektüre eines einzigen Satzes gleich drei Begriffe nachschlagen musste, von denen zwei noch nicht einmal in Langenscheidts Kompaktwörterbuch gelistet waren, klappte ich den Roman entnervt zu. ›Die Sprache ist das Haus des Seins‹, sagt Heidegger, und ich war in meiner Muttersprache nicht zu Hause.

Margarethe atmete gleichmäßig, ihre Gesichtszüge waren entspannt. Ihr zart geschwungener Mund lächelte ein wenig, so als amüsierte sie der Traum, den sie gerade träumte. Auf ihrer Oberlippe stand eine kleine silbern blitzende Schweißperle. Draußen flog Deutschland an uns vorbei.

Der Krimi lag noch immer vor mir. Aus Langeweile nahm ich ihn ein zweites Mal in die Hand und ließ dabei das Lesezeichen fallen. Es war eine Postkarte mit dem Abbild Padre Pios. Ein Mitreisender – er saß mir im Abteil schräg gegenüber – quittierte den Anblick dieses Padre, der in Italien wie ein Heiliger verehrt wird, mit einem nachsichtigen Lächeln, aus dem man die gesamte Geschichte des Protestantismus und die halbe der Aufklärung hätte lesen können. Ich war versucht zu erklären, dass ich die Karte nur deswegen bei mir trug, weil sie von meinem zehnjährigen Lieblingsneffen stammte, konnte diesem unwürdigen Impuls allerdings gerade noch widerstehen. Dann hatte ich eben eine Postkarte mit Padre Pio bei mir, na und? Stattdessen drehte ich sie um und las, ich wusste nicht zum wievielten Mal, die wenigen Zeilen, die mein Neffe mir gewidmet hatte. ›Caro zio‹, stand da, ›qui tutto bene ma fa troppo caldo. Vieni presto! Pino.‹ – Lieber Onkel, hier ist alles in Ordnung, aber es ist viel zu heiß. Komm bald! Pino. – Es war ein Wunder, dass die Postkarte überhaupt angekommen war. ›Her Statzanwalte Tedeschi Antonio, 7800 Friburgo, Germania‹, hatte der arme Junge sie adressiert, vermutlich, weil die Visitenkarte, die ich ihm gegeben hatte, irgendwo in den Untiefen seiner mit Panini-Stickern gefüllten Schubladen verschollen war und er sich einfach nicht mehr an den für ihn unaussprechlichen Namen der Straße erinnern konnte, in der ich wohnte. Trotzdem hatte die Postkarte ihren Weg zu mir gefunden und wartete eines Morgens in meinem Briefkasten auf mich … »Her Statzanwalte Tedeschi Antonio, 7800 Friburgo« … Deutsche Post eben.

Ich nahm mir wieder meinen Roman vor und mühte mich ein paar Sätze weiter, konnte mich aber heute einfach nicht auf das Buch konzentrieren. Aus irgendeinem Grund kehrten meine Gedanken immer wieder zu dieser Postkarte zurück, allerdings nicht wegen meines Neffen und erst recht nicht wegen des vermutlich nicht ganz so heiligen Heiligen auf ihrer Vorderseite, sondern wegen … der Adresse. Es war schon merkwürdig, woran der Geist sich manchmal hing.

Ab Mannheim wurde Deutschland grauer. Mit jedem Kilometer schien die Umgebung dichter besiedelt, industrieller, trauriger. Das Grün der Blätter und Wiesen war wie von Staub bedeckt, die Wasser von Rhein und Main, an denen wir entlangfuhren, flossen braun und träge, während sich ein dunkler Himmel darin spiegelte. Bei Frankfurt öffnete Margarethe die Augen, streckte sich und lächelte mich an.

»Entschuldige, Antonio«, sagte sie, »ich habe heute Nacht viel zu wenig geschlafen.«

»Es war schön, dir beim Schlafen zuzusehen«, gestand ich, bereute diese Offenheit jedoch gleich.

»Ah …«, sagte sie und schmunzelte.

»Hast du van Helsing eigentlich davon erzählt, dass du nach Halle fährst?«, fragte ich nach einer Weile.

»Natürlich«, antwortete Margarethe.

»Und weiß er auch, dass ich dich begleite?«

»Ich glaube … nein.«

In Fulda stiegen wir um in einen Intercity Richtung Erfurt und Halle. Vorbei am Kulturbahnhof Weimar fuhren wir durch Thüringen, dessen Wälder mich an den Schwarzwald, dessen Felder mich aber an die Landschaften Frankreichs erinnerten, weit, menschenleer und still.

Wir sprachen wenig während der Fahrt. Margarethe sah die meiste Zeit aus dem Fenster. Ich vermochte nicht zu sagen, ob sie die Bilder der Landschaften in sich aufnahm, oder in Gedanken irgendwo anders war, bei der für Morgen geplanten Vernehmung Meinrads vielleicht, bei dem Gespräch mit Müller oder doch vielleicht – bei ihrem Vater.

Es musste am Wochenende vor unserer Fahrt nach Halle gewesen sein, vielleicht auch in jenen Tagen, als sie vom Dienst suspendiert war, dass sie nach Konstanz gefahren war, wo ihre Mutter lebte, seit Margarethe das Haus in Meßkirch verlassen hatte. Sie wollte die alte Dame besuchen und dabei über den Vater reden, diesen fremden Mann, von dem sie so wenig wusste und um dessen Gedächtnis ihre Gedanken doch kreisten wie Raben um einen Turm; wollte reden über ihn und sich diesmal nicht abweisen lassen wie früher, als sie noch jung war und die stets wohlinszenierte Verletzlichkeit der Mutter genügte, um das Kind einlenken zu lassen und das Thema ›auf Angenehmeres‹ zu lenken.

Die Mutter hatte sich gefreut über Margarethes nur kurz vorher angekündigten Besuch – »Du kommst ja so selten Kind!« – gefreut und sich trotzdem den Vorwurf, immer vernachlässigt zu werden, nicht verkneifen können. Gefreut, Kuchen gebacken, Kaffee gekocht und serviert im besten Geschirr – »Kind, iss ruhig, du bist ja so mager« –, gefreut, aber geschwiegen, als Margarethe auf den Vater zu sprechen kam, geschwiegen, wie immer, wie schon in Margarethes Kindheit und Jugend und jungem Erwachsenenleben, geschwiegen und zu Boden gesehen, mit einem trockenen und verletzten Gesicht, immer nur einen Satz wiederholend, einmal, zweimal, dreimal. »Kind, ich weiß auch nicht, wieso dein Vater so war, glaub mir!«

Margarethe glaubte ihr nicht, aber die Mutter war alt, war vor allem die Mutter und daher nicht zu verhören wie eine Angeklagte. Doch irgendwann brach die Mauer ein wenig ein. Nicht die des Schweigens, nein, die war zu fest gefügt, aber doch die Mauer des Widerstands gegen die Fragen der Tochter und die Erinnerung an den Mann, der der Vater dieser Tochter war und daher mit beiden für alle Zeiten verbunden blieb, so sehr man ihn auch zu vergessen suchte. Da stand die alte Dame auf mit ihren krummen Beinen, ging zu einer dunklen Kommode und kramte eine Schatulle heraus, aus Nussbaum, kleiner als eine Schuhschachtel, größer als eine Zigarrenkiste, und in dieser Schatulle war alles sorgsam verwahrt, was an Erinnerung an diesen Mann die alte Dame ihrem trockenen Herzen versagte, waren Briefe – grüne Tinte, geübte Schrift – Fotografien, sepia, vergilbt im Zug der Zeit –, ein alter Ausweis, ein Zeugnis der Lessingschule in Freiburg – war ein Band, vielleicht ein, vielleicht eineinhalb Meter lang mit zwei eingeflochtenen Kästchen, das Margarethe um ihre Arme wand und lange betrachtete, dessen Sinn und Zweck sie aber nicht verstand und von dem weder sie noch die Mutter wussten, was es sein mochte und wozu es nütze war.

21

Als wir am frühen Abend in Halle ankamen und aus dem Zug stiegen, glaubte ich, nicht etwa von der einen Hälfte Deutschlands in die andere gefahren zu sein, sondern von den Neunzigerjahren zurück in die frühen Fünfziger. Wir liefen über den Bahnsteig und fanden uns im Deutschland der Nachkriegsjahre wieder, als wären wir nicht mit einem ICE, sondern mit einer Zeitmaschine gereist, und als hätten dabei auch die Farben gewechselt. Alles war grau, der Bahnhof, die Bahnhofshalle, die Wände und Mauern der Häuser, die Straßen, Bürgersteige, Türen, Erker, Schaufenster, die Gesichter, die Haare und sogar die Kleidung der Menschen. Nur die Zigarettenwerbung war bunt, viel zu bunt, und schien sich wie wir aus der Neuzeit hierher verirrt zu haben. Der Marlboro-Mann sah uns an, als wollte er wissen, wie um alles in der Welt es ihn nur in diese Gegend habe verschlagen können. Wo war das Grün? Wo waren die Prärien? Wieso sollte man sich hier eine Zigarette anstecken wollen? War die Luft nicht schon schlecht genug? Doch, das war sie. Es roch nach Benzin und Öl, jeder Atemzug schmeckte metallisch. Man meinte, die Abgase der Autos nicht nur riechen, sondern schmecken und sogar sehen zu können. Zugleich war es drückend heiß und das Kopfsteinpflaster der Straßen glänzte vom Abrieb der Reifen.

Margarethe hatte uns ein Hotel in der Nähe des Bahnhofs reserviert. Stumm folgten wir dem Weg, den uns ein Taxifahrer mit zwei Worten und einer gelangweilten Geste gezeigt hatte, trugen unsere Koffer und beugten unsere Rücken, so sehr bedrückte uns der Verfall, dem diese Stadt offensichtlich über Jahrzehnte schutzlos ausgesetzt gewesen war. Um uns blätterte der Putz von den Wänden, klafften Löcher im Gemäuer, waren Fenster mit Brettern vernagelt und Türen zugemauert. Sogar Einschusslöcher von Maschinengewehrsalven sah man noch – in lichter Höhe über unseren Köpfen, dort, wo man die Wände nur mit einem Gerüst hätte erreichen und neu verputzen können –, als habe die Rote Armee die Stadt eben erst genommen. Man konnte das ›dawei, dawei‹ der russischen Soldaten förmlich durch die Straßen hallen hören. Krieg, Niederlage und Zerstörung waren hier noch nah und lebten als gespenstische Erinnerungen der Mauern, sie wisperten den Passanten den Schrecken zu, den Menschen hier erlebt und Menschen Menschen angetan hatten.

Ich wollte hier nicht sein; ich wollte mich in dieser Stadt nicht aufhalten, keinen Tag, keine Stunde lang und um keinen Preis.

Wir bogen in eine Straße, in der sich der Verkehr staute, ohne dass man dafür den Grund sofort erkannt hätte. Wir mussten eine ganze Weile an den blockierten Fahrzeugen mit ihren laufenden Motoren und rußenden Auspuffrohren entlanggehen, bis Margarethe endlich stehen blieb und auf ein frisch renoviertes Haus vor uns zeigte.

»Da sind wir«, sagte Margarethe, »das ist unser Hotel.«

Wir stiegen eine rot ausgelegte Treppe in den ersten Stock zur Lobby hinauf. Der Aufgang war dunkel und still, eine dicke Eichentür hielt Hitze und Lärm der Straße zurück. An der Rezeption saß eine weißhaarige Frau und musterte uns über ihre Lesebrille hinweg aus alterssichtigen Augen. Als wir näher kamen, sah ich vor ihr eine Reihe Tarotkarten. Sie hatte sich gerade eine Patience gelegt.

»Heymann, mein Name«, sagte Margarethe, »ich hatte für heute zwei Einzelzimmer reserviert.«

»Heymann«, wiederholte die Alte tonlos und blickte dabei gleichgültig auf einen Computerbildschirm, der neben ihr stand. »Heymann, Heymann ... mit Y? Ja, da hab ich Sie, Kindchen. Aber zwei Zimmer kann ich hier nicht entdecken. Hier steht, Sie hätten ein Doppelzimmer gebucht.«

»Das muss ein Irrtum sein«, antwortete Margarethe. »Ich habe ganz deutlich zwei Einzelzimmer bestellt.«

»Haben Sie eine Buchungsbestätigung?«, fragte die Alte.

»Nein, die junge Frau, mit der ich gesprochen habe, hat mir nichts von einer Buchungsbestätigung gesagt.«

»Hm«, sagte die Alte und zog die Augenbrauen hoch. »Das muss Olga gewesen sein. Tut mir leid. Sie ist eine Polin. Sie verstehen?«

Nein, wir verstanden nicht, hatten aber auch nicht die Absicht, das Gespräch zu vertiefen.

»Haben Sie vielleicht trotzdem zwei Einzelzimmer frei?«, mischte ich mich in die Unterhaltung ein.

»Tut mir leid«, sagte die Rezeptionistin. »Ich würde

Ihnen gerne zwei Einzelzimmer geben, aber wir sind ausgebucht. Ich habe nur noch das Doppelzimmer für Sie.« Sie lächelte mitleidig und zeigte uns dabei eine Reihe langer, schlecht versorgter Zähne.

Margarethe sah mich ohne jede Spur der Verlegenheit an. »Stört es dich, wenn wir ein Zimmer teilen?«

»Kein Problem.«

»Also nehmen wir das Zimmer«, sagte Margarethe der Alten, die geschäftsmäßig nickte, aufstand und zwei Formulare vor uns auf den Tresen legte.

»Bitte tragen Sie Namen und Ihre Adresse ein«, sagte sie kühl.

Während wir unsere Meldeformulare ausfüllten, musterte sie uns lange und völlig ungerührt. Wir gaben ihr unsere Personalausweise und sie runzelte die Stirn.

»Sie sind nicht verheiratet?«, stellte sie fest.

»Nein«, sagte Margarethe. »Deswegen hatte ich ja auch zwei Einzelzimmer bestellt. Ist das ein Problem?«

»Nein«, antwortete die Alte, »natürlich nicht.« Dann widmete sie sich meinem Ausweis.

»Tede*sch*i«, sagte sie mit breitem SCH und sah mich einen Moment an. Sie gab sich keine Mühe, ihre Antipathie zu verbergen.

»Ski«, sagte ich. »Es spricht sich Tede*ski*. C und h stehen im Italienischen für k, ein Buchstabe, der im italienischen Alphabet fehlt.«

»Sie sind Italiener?«, sagte die Alte, die mir zunehmend unangenehmer wurde.

»Ursprünglich«, erwiderte ich knapp. »Jetzt bin ich Deutscher, wie Sie an meinem Ausweis sehen können.«

»Gut«, sagte die Alte und reichte mir meinen Personalausweis zurück. Dann gab sie uns einen Schlüssel. »Sie haben das Zimmer 307. Links vor dem Treppenhaus finden Sie einen Aufzug.«

Das waren die längsten zusammenhängenden Sätze, die sie mit uns bis dato gewechselt hatte. Als ob ihr daran gelegen wäre, möglichst jeden Eindruck von Freundlichkeit zu beseitigen, der dadurch entstanden sein mochte, widmete sie sich sofort wieder ihren Tarotkarten und würdigte uns keines Blickes mehr.

»Und was sagen die Karten?«, fragte ich provozierend.

»Du triffst zwei Unbekannte«, gab sie trocken zurück. Neben mir konnte sich Margarethe das Lachen gerade noch verkneifen.

Wir stiegen in den Aufzug. Sobald sich die Tür hinter uns geschlossen hatte, gab Margarethe den Widerstand auf und fing laut zu lachen an.

»Ich weiß gar nicht, was daran so komisch sein soll«, sagte ich.

»Gib zu, der Spruch, ›du triffst zwei Unbekannte‹, war nicht schlecht ... ich meine in einem Hotel.«

»Geht so ...«, antwortete ich.

»Du mochtest sie nicht!«

»Überhaupt nicht!«

»Und warum?«

»Na, weil sie so unfreundlich war. Ich hasse es, wenn Leute unfreundlich sind, und ich hasse es, wenn sie kurz angebunden sind. Ich finde, das ist eine Zumutung.«

»Ach, fandest du, sie war unfreundlich? Ich fand sie eher rau, aber herzlich«, meinte Margarethe. Ich zuckte mit den Achseln. Dann öffnete sich die Aufzugtüre und gab uns frei.

Zimmer 307 erwartete uns am Ende des Ganges. Es war eines jener nichtssagenden Hotelzimmer, an die man jede

Erinnerung verliert, sobald man sie nur wieder verlassen hat. Gewiss gab es Bett, Stühle und einen Schrank, aber ob sie nun aus heller Fichte oder dunkler Eiche waren? Ich weiß es nicht mehr.

›Willkommen, Herr und Frau Heymann! Wir wünschen Ihnen einen schönen Aufenthalt im Komforthotel Halle‹, begrüßte uns der Hotelfernseher mit dicken Lettern. Margarethe lachte wieder los.

»Hallo, Herr Heymann«, sagte sie, »sehr erfreut!«

»Langsam glaube ich, du hast das alles geplant«, sagte ich, während ich meinen Koffer auspackte. »So wie in diesem alten Film mit Doris Day und Rock Hudson. Er lädt sie übers Wochenende in ein Hotel ein und als sie einchecken wollen, gibt es nur noch ein Doppelzimmer.«

»Ich glaube, der ist mir Cary Grant«, entgegnete Margarethe. »Ein Pyjama für zwei …«

Ich errötete wohl in dem Moment, denn Margarethe hörte zu lachen auf.

»Was ist denn?«, fragte sie.

»Ach, es ist nur wegen des Pyjamas«, antwortete ich verlegen. »Ich habe keinen dabei. Normalerweise schlafe ich … ohne Pyjama. Ich meine, im Sommer. Also, wenn es dich nicht stört, schlafe ich in Unterwäsche und T-Shirt.«

»Aber warum sollte mich das stören?«, fragte Margarethe und zwinkerte mir kokett zu, »genauso hatte ich es geplant.«

Nachdem wir ausgepackt und uns frisch gemacht hatten, machte sich bei mir der Hunger bemerkbar.

»Meinst du, wir bekommen an diesem gottverlassenen Ort irgendetwas zu essen?«, fragte ich, nicht ahnend, welche Ereignisse ich damit auslösen würde.

»Na ja«, antwortete Margarethe, »irgendwas haben die

Leute ja sogar zu DDR-Zeiten gegessen, wenn vielleicht auch keine Bananen. Wir werden schon etwas finden. Wir suchen uns eine Pizzeria!«

»Glaubst du, hier gibt es irgendwo eine Pizzeria?«, fragte ich ehrlich erstaunt.

»Also komm, deine Landsleute findet man überall. Die schrecken vor nichts zurück.«

»Na, vor manchem vielleicht schon«, erwiderte ich in Erinnerung an die grauen und stickigen Straßen dieser Stadt.

Als wir im Aufzug wieder nach unten fuhren, fanden wir Lobby und Rezeption still und verwaist. Wir hätten den Hotelschlüssel mit seinem schweren und unförmigen Anhänger gerne abgegeben und uns nach einem guten Restaurant erkundigt, daher blieben wir stehen und tippten erst vorsichtig, dann ein wenig entschlossener auf die Rezeptionsklingel, um die grauhaarige Tarotspielerin herzurufen. Aber die Glockentöne verhallten ungehört in den dunklen, mit schweren Teppichen ausgelegten Fluren, und die Rezeptionistin zeigte sich nicht, obwohl mich das Gefühl nicht verließ, sie stehe hinter irgendeiner Ecke und beobachtete uns.

»Ist ja wie in Psycho …«, murmelte ich nach einer Weile, aber Margarethe lachte mich aus.

»Komm, wir finden auch ohne die Hilfe deiner Freundin ein nettes Lokal«, sagte sie. Ich sah mich ein letztes Mal um, dann folgte ich ihr. Auf dem Weg bis zur Eingangstür hinunter fühlte ich Blicke in meinem Rücken.

Kaum hatten wir das schwere Hotelportal geöffnet, empfingen uns Hitze, Lärm und Gestank als Vorboten eines unheilvollen Abends. Auf der Straße staute sich der Verkehr nach wie vor. Erst jetzt fiel mir auf, dass sicher mehr als die Hälfte der Fahrzeuge, die sich so blockiert fanden, aus dem Westen stammte.

Wie konnte man den Kaufrausch am Vorabend der Wiedervereinigung vergessen? Kaum war die D-Mark als gemeinsame Währung für die – zunächst noch – beiden deutschen Staaten eingeführt, setzte sich eine Karawane westdeutscher Gebrauchtwagenhändler in Richtung Osten in Bewegung: in ihrem Angebot alles, was vier Räder hatte, und wurde es auch nur noch vom Lack zusammengehalten. Und im Osten kauften sie auf Teufel komm raus. Das Westauto musste her, egal, wie es zu bezahlen war, mit dem ersten DM-Lohn, dem Ersparten oder dem ersten DM-Kredit; es musste her, weil es die erste und vielleicht auch wichtigste Etappe auf dem Weg zu Status und Wohlstand markierte. Natürlich galten Autos auch im Westen viel und so manche Familie aß Margarine statt Butter, nur damit sie sich den Wagen in der Garage leisten konnte. Aber im Osten verhieß das Auto ein wenig mehr; es schien, als wollten die Menschen mit dem Westauto zugleich Herkunft und Vergangenheit hinter sich lassen. Als ob der wesentliche Unterschied der beiden deutschen Staaten nicht etwa in Freiheit, Demokratie und Marktwirtschaft bestanden hätte, sondern darin, dass man in dem einen Staat einen VW Golf und in dem anderen einen Trabant fuhr, auf den man zehn Jahre hatte warten müssen …

Wir folgten der Straße zum Ursprung des Staus und kamen an eine Baustelle, wo das Kopfsteinpflaster aufgerissen war und armdicke, schwarze Kabel verlegt wurden. Ein Baustellenschild klärte uns darüber auf, dass die Deutsche Bundespost hier in Zusammenarbeit mit der Bundesrepublik Deutschland das neue Breitbandkabelnetz für künftige Informationstechnologien verlegte. So sollte zusammenwachsen, was zusammengehört.

»Entschuldigen Sie«, hörte ich Margarethe einen Herrn in mittleren Jahren ansprechen, »entschuldigen Sie, könnten Sie mir vielleicht sagen, wo wir hier eine Pizzeria oder irgendein anderes nettes Lokal finden?«

Der Angesprochene blieb stehen und strich sich über das Kinn. Er hatte ein breites, zur Hälfte von einer monströsen Brille eingenommenes Gesicht und kleine Knopfaugen, die sich hinter dicken Gläsern verbargen.

»Pizzeria?«, erwiderte er nach einigem Grübeln, »nee Mädchen, eine Pizzeria kenne ich in ganz Halle nicht ... und Lokal? Ich glaube, da hinten, 500 Meter die Straße runter, gibt es eines, aber ob man da gut essen kann, weiß ich nicht. Ich war da noch nie drin.«

Wir folgten dem beschriebenen Weg, bis wir vor einer unscheinbaren Gaststätte standen. Zwei leere schmutzige Tische auf dem Bürgersteig vor dem Lokal hätten uns Warnung genug sein sollen. Wir schlugen sie in den Wind, traten ein und gerieten an einen Ort, unwirklicher und unwirtlicher als ich es selbst hier vermutet hätte: Von Neonröhren beschienene Resopaltische, an den Wänden Geweihe und Wimpel, hinter einer Sperrholz-Theke ein unbeweglicher Wirt, drei Gäste, die bis zu unserem Eintritt Karten gespielt hatten, jedoch mitten in der Bewegung innehielten und uns aus leeren Gesichtern anglotzten. Es war wie in einem dieser Westernfilme, wenn der Neue zum ersten Mal den Saloon betrat und ein Glas Milch bestellt.

»Willst du hier wirklich bleiben?«, fragte ich Margarethe leise.

»Ja, komm schon, Antonio, hier sind wir beim Volk ... ist sicher halb so wild.«

Wir setzten uns an einen Tisch unter einem Fenster. Die Speise- und Getränkekarte lag als ein in Plastik verschweißtes DIN-A4-Blatt vor uns. An Getränken gab es im Wesentlichen Bier, Wasser und Cola, zu essen eine Auswahl diverser Schnitzel von ›Jäger‹ über ›Wiener‹ bis zu ›Zigeuner Art‹, Wurstsalat und den obligatorischen Toast ›Strammer Max‹.

Es dauerte viel zu lang, bis der Wirt an unserem Tisch erschien. Damit war eigentlich das deutliche Signal verbunden, dass wir als Gäste in diesem Haus nicht willkommen waren. Und um das zu unterstreichen, begrüßte er uns mit einem einsilbigen Laut, der sich von einem heiseren Bellen wenig unterschied. Ich bestellte ein Wiener Schnitzel und ein Hasseröder Pils, Margarethe das Gleiche. Draußen wurde es allmählich dunkel. Ein wenig Abkühlung würde der Stadt guttun.

Sie kamen, gerade als uns der Wirt die Schnitzel servierte. Vier Männer, viel zu groß, viel zu schwer, rasierte Schädel, Springerstiefel, weiße Schnürsenkel.

»Hey, Oskar, mach mal vier Pils klar!«, rief einer von ihnen noch von der Eingangstür aus. Sie gingen polternd an uns vorbei, streiften uns mit einem Blick aus den Augenwinkeln, grüßten die Stammtischler »hi, Willy, alter Suffkopp, alles klar?« und fläzten sich hin, zwei Tische weiter.

Wir aßen schneller – ohne ein Wort.

Zunächst blieben wir unbeachtet, zumindest schien es so. Die vier Skins ließen sich Karten bringen, tranken ihr Bier, ohne die Gläser abzusetzen, und droschen ihre Stiche auf den Tisch. Wenn sie sprachen, dann über die neueste CD der Böhsen Onkelz und über Fußball. Aber das hielt nicht lange. Bald begannen die Andeutungen. Zunächst fiel eine Bemerkung über schwarze und blonde Locken, dann über Ausländer, die hinter deutschen Frauen her seien, plötzlich war vom Zigeunern und ihren blonden deutschen Freundinnen die Rede, denen man früher oder später eine Lektion erteilen müsste. »Lieber früher als später.«

»Wir müssen hier weg!«, stellte Margarethe fest und winkte dem Wirt, der wieder hinter dem Tresen stand und Margarethes Handzeichen übersah.

»Zahlen!«, rief ich.

»Da haben wir ja mal was ganz Neues«, bemerkte einer der Skins. »Ein Kanake, der zahlen will!«

Ich verkniff mir mühsam eine Antwort. Margarethe warf 20 Mark auf den Tisch, nahm meine Hand und zog mich hinter sich her. So schnell wir aus dem Lokal heraus waren, so schnell waren sie hinter uns – ein Instinkt von Flucht und Jagd, so alt wie die Menschheit selbst. Wären wir langsamer gegangen, hätten sie sich vermutlich ebenfalls Zeit gelassen. Jetzt aber hatten wir das Tempo vorgegeben und mussten es halten. Wir wandten uns nach links und begannen zu laufen, so schnell wir konnten. Es war die falsche Richtung. In unserem Rücken hörten wir Stimmen: »Los, da lang, die hauen ab!«

Wir bogen in eine Seitenstraße. Hinter uns hallten schwere Schritte. Ich sah mich um. Sie waren nur noch zu zweit und verfolgten uns im Laufschritt. Im Schein der Straßenlaternen sah ich ihre verzerrten Gesichter. Sie waren nicht in Form, sie würden uns nicht lange verfolgen können. Schon wurde der Abstand zwischen uns und ihnen größer. Ich dachte fast, wir hätten es geschafft, als ich plötzlich mit einem von ihnen zusammenprallte. Es war, als wäre ich gegen eine Mauer gelaufen. Die beiden anderen Skins hatten sich uns in den Weg gestellt wie Verteidiger beim American Football. Zwei Hände groß wie Bratpfannen hielten mich fest. Sie hatten uns den Weg abgeschnitten, und wir waren ihnen geradewegs in die Arme gelaufen.

»Na, wohin denn so schnell, ihr zwei Turteltäubchen?«, sagte der Wortführer, der mich festhielt. Sein Kumpel grinste uns breit an, während unsere Verfolger von hinten angelaufen kamen, sodass sie uns jeden Fluchtweg versperrten. »Wir wollen uns doch nur ein wenig unterhalten.«

»Genau, unterhalten!«, echote sein offenbar minderbemittelter Kumpel neben ihm, ein Koloss von mehr als 120 Kilo, mit vorstehendem Bauch und kleinen Augen. Er befand sich jetzt links von Margarethe und atmete wie ein Walross.

»Was bist du denn für einer, Araber?«, fragte der Anführer der Gang und stieß mich an.

»Araber?«, wiederholte der Kretin.

»Ne, Itaker, du Arschloch!«, antwortete Margarethe mit hochrotem Kopf und einem Ausdruck von so wildem Zorn, wie ich ihn noch nie an ihr gesehen hatte. Böse funkelten ihre Augen, während sie sich zwischen mich und den Skin stellte, der mehr als einen Kopf größer war als sie und mindestens 40 Kilo schwerer. »Ich weiß nicht, ob du das Land kennst, Italien!«, herrschte Margarethe ihn an.

»Die Kleine ist ganz schön frech!«, sagte einer der Skins, die hinter uns standen, und darin klang fast so etwas wie Anerkennung.

»Ganz schön frech«, wiederholte der dümmliche Koloss neben Margarethe. Dabei blieb sein dickes Gesicht unbeweglich und unbeteiligt; es schien diesem Gesicht überhaupt nur dieser eine unbewegte Ausdruck zur Verfügung zu stehen. Er würde sicher den gleichen Ausdruck zeigen, wenn er mit seinen Springerstiefeln auf einen Gegner eintrat, der längst zu Boden gegangen war, und ihm dabei den Schädel brach. Was folgte, war ein Moment eigentümlicher Ruhe. Die vier waren aus dem Konzept gebracht. Sie starrten uns an und wussten nicht wirklich weiter. Margarethe nahm mich wieder am Arm und versuchte, mich aus dem Kreis zu ziehen, aber die Glatzen schlossen die Reihen und ließen uns nicht gehen.

»Wieso bist du denn mit so einem und nicht mit einem anständigen Deutschen zusammen?«, fragte sie der Anführer. Er lispelte, jetzt bemerkte ich es. Beim Sprechen stieß seine Zunge gegen die Zähne. Gleichzeitig schoss ihm bei jedem Zischlaut ein wenig Speichel durch die Lippen. Trotzdem, es wirkte wie echte Neugier, was sich da hinter der Frage verbarg.

»Kennst du den Unterschied zwischen einem Itaker und einem Ossi?«, antwortete ich anstelle Margarethes, um die Aufmerksamkeit der Skins wieder auf mich zu lenken. Blöde sah mich der Anführer an, sein Kiefer klappte herunter. Ich hatte schon Ochsen gesehen, die einen intelligenteren Gesichtsausdruck hatten. »Ganz einfach!«, sagte ich und begann zu lispeln, »der Itaker sieht besser aus, kann Deutsss und hat Arbeit!«

Es war klar, dass der Skin diese Beleidigung nicht auf sich sitzen lassen konnte. Er hätte sonst das Gesicht verloren, ein für alle Mal. Er ließ mich los, zog die Rechte zurück und schlug gerade und direkt, hart, aber langsam und ohne jede Deckung. Wie ich es in meiner Jugend immer wieder geübt hatte – manche Dinge verlernt man zum Glück nicht – wich ich nicht zurück, sondern tauchte unter dem Schlag durch, sodass ich einen halben Schritt näher an den Skin herankam, genau unter sein Gesicht. Kaum seinem Schlag ausgewichen, schnellte ich hoch und verlängerte meine Bewegung in einem rechten Haken – direkt auf sein Kinn. Sein Kiefer und seine Zähne stießen hart zusammen, sein Kopf flog in den Nacken. Ich wusste, er hatte genau jetzt das Gefühl, als schlage sein Gehirn oder das, was er dafür halten mochte, inwendig gegen die hintere Schädeldecke. Knock-out.

Der Skin fiel zu Boden wie ein gefällter Baum, mit seinen ganzen 110 Kilo auf einen Meter neunzig, mit seinem rasierten Kopf, mit dem Geruch nach Schweiß und Bier, der ihn umgab, mit der ganzen Rohheit und Brutalität, die sich in sein abstoßendes Gesicht gegraben hatten. Gleichzeitig und noch ehe seine Kumpels begreifen konnten, was vor sich ging, löste sich Margarethe aus der Gruppe und brach dem Kretin, der neben ihr stand, zum Abschied mit einem gezielten Ellenbogen-Check das Nasenbein. Schon sprengten, flohen wir die Straße hinunter, rannten und sprangen atemlos, ohne uns umzusehen, angetrieben von Euphorie und Panik, stolperten mehr als einmal, drohten zu fallen mehr als einmal, retteten uns wieder und kamen schließlich an dem spärlich beleuchteten Hoteleingang, der uns sichere Zuflucht schien, zum Stehen. Wir drückten uns lachend und weinend, umarmten uns und kreischten dabei wie die Kinder vor Glück, bis sich in Margarethes Rücken ein Schatten von der Mauer löste wie ein Geist, hinter uns trat mit finsteren Augen und tiefster Verachtung im Blick und, »also, Margarethe ich muss schon sehr bitten!«, sagte, im Ton schärfster Empörung.

»Eckhard!«, rief Margarethe überrascht und schlug die Hände vor den Mund. »Was, was, was machst du denn hier?«

Oh, Scheiße, dachte ich, van Helsing.

22

Einen Monat später stand ich, wie so oft, in ihrem Büro, eine Tasse Espresso für sie, eine Tasse für mich in der Hand. Es war jetzt Anfang September, die Sommerferien lagen hinter uns. Die Trennung von van Helsing, so sehr sie sein Verrat anfangs auch verletzt hatte, begann ihr gutzutun. Sie blühte auf, wie nur irgendeine Frau aufblühen konnte, die die Last einer unglücklichen Liebe abgestreift hatte. Ihr Haar war leuchtender, ihre Augen waren klarer, ihr Mund war voller und roter als noch vor einigen Wochen, und ich bemerkte, wie sie bei den Kollegen im Haus zunehmend eine gewisse Unruhe auslöste, wenn sie an ihnen vorbeiging, lächelte und grüßte, während Theklas Stimmung täglich finsterer wurde.

Damit keine Missverständnisse entstehen: Die Trennung hatte nichts, aber auch gar nichts mit mir oder den Ereignissen jener Nacht in Halle zu tun, als van Helsing glaubte, uns in flagranti ertappt zu haben. Es war … Meine italienische Verwandtschaft würde sagen, die Trennung sei Padre Pio geschuldet, damit also gleichsam wunderbehafteten Ursprungs, und sie hätte dabei in gewisser Weise recht … aber ich greife vor.

»Was ist das wohl?«, fragte sie, nachdem sie einen Schluck Kaffee getrunken hatte, und zeigte auf die kleinen, an einem langen Lederriemen befestigten Kästchen, die sie bei den Sachen ihres Vaters gefunden hatte. Ich nahm die Schatullen auf und besah sie genauer. Aus dunklem Holz geschnitzt und sorgfältig mit blauschwarzem Samt ausgekleidet, schienen sie ein Behältnis für einen Ring, eine Brosche oder ein anderes Schmuckstück zu sein, nur blieb mir der Sinn des Riemens, an dem sie befestigt waren, ganz und gar dunkel.

»Ich weiß es nicht«, antwortete ich. »Ich hab so etwas noch nie gesehen. Eine Art Schmuckkästchen vielleicht.«

»Vielleicht«, wiederholte Margarethe und nahm die Schatullen wieder an sich. Betrachtete sie weiter, öffnete sie, schloss sie, wickelte die Lederriemen um ihre Arme.

»Ich glaube, mit den Riemen befestigt man sie irgendwie«, sagte sie.

»Scheint so, ja«, gab ich zurück. »Aber warum?«

Margarethe zuckte mit den Schultern. Sie wusste es ebenso wenig wie ich.

Eine Szene auf offener Straße hatte van Helsing Margarethe nicht gemacht. Dafür war er zu beherrscht; er war kein Marktweib und kein Italiener. Stattdessen stand er da, das kalte Gesicht vom Licht der Hotellampen spärlich beschienen, und zog die rechte Augenbraue nach oben.

»Um eine Erklärung darf ich wohl bitten!«, sagte er in schneidendem Ton.

»Eckhard, ich bitte dich, es ist gar nichts«, antwortete Margarethe ganz außer Atem. »Stell dir vor, wir sind von Skinheads überfallen worden! Wir konnten uns gerade noch retten. Antonio hat ihren Anführer k. o. geschlagen. Du hättest ihn sehen sollen!«

Ich nickte zustimmend und versuchte, ihn zu beruhigen. »Herr von Hansen, ich versichere Ihnen, es gibt keinen Grund …«

»Schweigen Sie, mit Ihnen spreche ich nicht«, herrschte er mich an.

»Eckhard, das ist mein Arbeitskollege, wie benimmst du dich?«, fragte Margarethe empört.

»Schlimm genug!«, entgegnete er hochmütig.

»Was soll das heißen?«, fragte ich und stieß van Helsing vor die Brust … so wie früher auf dem Schulhof, wenn man etwas zu klären hatte mit einem anderen Jungen, weil es nun einmal etwas zu klären gab … und das war natürlich unkultiviert, aber es fühlte sich trotzdem gut an. Mein Blut war noch heiß von dem gerade bestandenen Kampf. Wenn es nach mir ginge, durfte es gerne weitergehen, um etwas zu erledigen, was nun einmal anstand, ein für alle Mal erledigt zu werden. Mi sta sul cazzo, dachte ich, weil sich manche Dinge auf Italienisch einfach viel besser denken ließen, mi sta sul cazzo e adesso gli spacco la faccia.

Van Helsing zuckte zurück und sah mich an. Seine Haltung war weiterhin hochmütig, aber von dem Moment an, da ich ihn vor die Brust gestoßen hatte, war noch ein anderer Ausdruck in sein Gesicht getreten: Angst. Sein Blick wurde unruhig, sein Atem ging schneller. Van Helsing fürchtete sich, und er fürchtete sich vor mir. Ich musste lachen.

»Antonio, bitte!«, sagte Margarethe und trat zwischen uns, um uns zu trennen. Und ich? Ich folgte ihr … so, wie ich es nun einmal immer tat. Kaum hatte ich mich abgewandt und van Helsing aus dem Blick gelassen, geschah, was immer geschieht, wenn man einem Feigling den Rücken kehrt: Er schlug zu. Seine Faust traf mich seitlich ins Gesicht. Meine Zähne bohrten sich in die Wangen und augenblicklich schmeckte ich Blut, aber der Schlag warf mich nicht um.

»Eckard, was tust du?«, rief Margarethe und hielt ihn fest – der Scheißtyp hatte schon wieder aufgezogen. »Wie kannst du nur?«

Einen Moment überlegte ich zurückzuschlagen. Van Helsing war untrainiert und hatte keinerlei Deckung, ein

Schlag auf sein Kinn würde ihn genauso fällen, wie er den Skin gefällt hatte. Aber dann sah ich die Bitte in Margarethes Blick. Ich ließ den Moment vergehen, drehte mich um und ging zum Eingang. Ich hörte wie Margarethe auf van Helsing einredete, um ihn zur Vernunft zu bringen, drehte mich wieder um, sah, wie sie ihn festhielt und beschwor aufzuhören, und ging durch die Tür, allein … und blieb es.

Margarethe erwartete mich am nächsten Morgen in der Halle, um mir beim Frühstück zu erklären, was ich schon verstanden hatte. Sie hatte van Helsing wohl erzählt, dass sie nach Halle fahren wollte, um einen Richter aus Müllers früheren Kammer zu vernehmen, ihm jedoch nicht gesagt, dass ich sie begleiten würde. Das hatte ihm dann irgendein nettes Vögelchen aus dem Büro zugetragen, und ich wusste sehr genau, wer das war. Als er ungläubig im Hotel anrief und man ihm sagte, Herr und Frau Heymann würden im Laufe des Tages erwartet, hatte er sämtliche Termine abgesagt und sich verrückt vor Eifersucht ins Auto gesetzt. Und so weit konnte ich ihn sogar verstehen. Er war ja fast ein Mensch, dachte ich, während Margarethe mir all das zu erklären versuchte.

»Es tut mir leid, Antonio«, schloss sie ihren Bericht, »und Eckhard tut es auch leid. Ich habe ihm gesagt, dass du nichts dafür kannst. Er bittet dich um Entschuldigung.«

Ich musste lachen.

»Warum lachst du?«, fragte Margarethe irritiert.

»Ich glaube dir ja alles, was du sagst«, antwortete ich, »aber dass van Helsing sich bei mir entschuldigen würde, das glaube ich dir in diesem Leben nicht.«

»Ah …«, sagte Margarethe schuldbewusst und schwieg.

Ich beendete mein Frühstück und ging noch einmal nach oben, um meinen Koffer zu packen. Das Doppelbett, das für einen Augenblick Qual und Verzückung einer Nacht an Margarethes Seite verheißen, die Verheißung aber nicht gehalten hatte, war ungemacht und fremd, fremd, wie das unpersönliche Zimmer und das sterile Bad, in dem ich mir die Zähne putzte. Meine rechte Hand war rot und ein wenig geschwollen; ich lächelte bei dem Gedanken an den riesigen Skin, der mit der ganzen Wucht seiner 110 Kilo auf das Pflaster aufgeklatscht war, und bedauerte es, van Helsing verschont zu haben. Dass sehr bald ein blaues Auge sein hochmütiges Gesicht zieren würde, das ihm jemand anderer schlagen sollte, konnte ich an dem Morgen leider nicht vorhersehen. Der Gedanke hätte meine Laune deutlich gehoben.

Ich müsste wieder anfangen zu trainieren, dachte ich. Das würde mir und meiner Kleidergröße guttun.

Aus Furcht uns wieder zu verlaufen und vielleicht auch vor einer weiteren Begegnung mit noch nicht ganz in der Demokratie angekommenen kurzhaarigen Einheimischen ließen wir uns von einem Taxi zum Landgericht fahren. Unser Fahrer war ein leutseliger Sachse, der uns erst fragte, wo wir her seien – »Wessis, ni?« – und uns dann gleich erklärte, dass das Landgericht in einem der schönsten Gebäude der Stadt untergebracht sei, wobei ihm der Anblick des viergeschossigen Sandsteingebäudes mit seiner durch zwei Türme bewehrten Fassade, zu dem er uns brachte, auch vollkommen recht gab.

»Dobbeldurmfassade!«, sagte der Taxifahrer wie ein routinierter Fremdenführer, als er mein verblüfftes Gesicht sah, »schön, ni?«

»Ja, wirklich sehr schön«, antwortete ich, während ich ausstieg, um Margarethe zum Eingang zu folgen.

»Und drin is och schön«, rief er mir in seinem breiten Sächsisch nach, in dem sich Vokale und Konsonanten mischten wie Bäche in einem behäbig dahinfließenden Fluss.

Und wirklich, er hatte recht, drin war och schön, empfing uns doch dieses Drinnen mit einer riesigen kreisrunden Kuppelhalle, in der unsere Schritte zur Decke hallten. Über eine Doppelwendeltreppe stiegen wir in die Beletage des Gerichts.

»Is och schön, ni?«, sagte ich zu Margarethe.

»Ja, ni, gänwerfleisch en Foto von machen!«, antwortete sie.

»Oh nehhh! Isch hab den Farbfilm verjessen«, sagte ich, und »mein, Michael!«, antwortete sie.

Der Vizepräsident des Landgerichts Halle und – wie man hörte – designierte Präsident des OLG Naumburg, Dr. Thomas Meinrad, empfing uns in einem großen, mit neuesten Möbeln eingerichteten Arbeitszimmer – kein Vergleich zu den mit abgewetzten Sperrholztischen ausgestatteten Diensträumen der Staatsanwaltschaft Freiburg, kein Vergleich auch mit dem dunklen Sechzigerjahre-Charme der Büros des Freiburger Landgerichts.

»Ah, Sie sind bestimmt die Kollegen aus Freiburg«, begrüßte uns Meinrad jovial, während er von seinem Schreibtisch aufstand und auf uns zu trat, um uns die Hand zu geben. Meinrad war ein kleiner grauhaariger Mann mit wachen Augen und einem etwas zu aufrechten Gang – eine Haltung vieler kleiner Männer, die für vorzeitige Rückenbeschwerden wie für einen etwas prätentiösen Ausdruck gleichermaßen verantwortlich war, wie ich aus eigener Erfahrung leider allzu gut wusste.

»Wie geht es denn meinem alten Freiburg?«, fragte er mit demonstrativ guter Laune, während er uns mit einer eleganten Geste in einer ledernen Sitzgarnitur Platz zu nehmen bat.

»Gut«, antwortete Margarethe lächelnd, »wenn auch vielleicht nicht ganz so gut wie Halle«, und zeigte dabei anerkennend auf dieses Büro, nach dem man sich in Freiburg und in der ganzen südbadischen Justiz die Finger lecken würde.

»Ja, liebe Kollegen, da sehen Sie doch sehr eindrücklich, wofür Sie so freudig Ihren Solidaritätsbeitrag leisten, nicht wahr?«, antwortete Meinrad und lachte. »Aber keine Sorge, liebe Brüder und Schwestern aus dem Westen, den Solidaritätsbeitrag leistet auch der Osten.« Mit diesen Worten ging er zum Telefon, nahm den Hörer ab und bat seine Sekretärin, uns Kaffee zu bringen.

»Glasfasertechnik!«, erklärte er stolz und hielt das Telefon in die Höhe. »Die gesamte Telekommunikation im Osten wird auf neueste Glasfasertechnik umgestellt. Ein Milliardenprojekt. Überhaupt die ganze Infrastruktur, die wir hier bekommen werden – vom Feinsten!«

»Genau den Eindruck hat man«, sagte Margarethe.

Ich nickte unwillkürlich, ich glaube, der Mund stand mir offen.

»Da denken die Leute, wir gehen wegen der Karrieren in den Osten«, begann Meinrad zu räsonieren, während er sich zu uns setzte, »oder wegen der paar Mark Zulage – Buschzulage, wie man sie im Westen so schön nennt. Und für ein paar Kollegen stimmt das vielleicht auch, aber für die meisten von uns geht es doch darum, bei diesem großartigen Wiederaufbau dabei zu sein!« Er hielt kurz inne, wie um zu überlegen, ob er das nun Folgende noch anfügen dürfe. Er kannte uns nicht und konnte nicht einschätzen, wie wir auf seine Statements reagieren würden, aber offenbar siegte die Begeisterung über die Vorsicht: »Deutschland erlebt große Zeiten!«, sagte er, »und wir hier im Osten, wir sind dabei – wir gestalten sie.«

Und wir im Westen bezahlten es, dachte ich, zog es jedoch vor, zu schweigen.

»Freiburg ist schön«, setzte Meinrad seinen Monolog fort, »ich hatte dort ein paar großartige Jahre, die ich nicht missen will – um kein Geld der Welt. Aber es liegt eben doch ein bisschen im Windschatten der Republik, nicht wahr?«

»Da haben sie sicher recht«, antwortete Margarethe lächelnd. Sie hatte schon begonnen, sich auf ihn einzustimmen.

Die Tür ging auf, und eine zu allem Unglück ausgemacht hübsche Sekretärin brachte uns ein Tablett mit drei Tassen Kaffee. Ihr Anblick brachte mich so sehr in Verwirrung, dass ich mich ernsthaft fragte, ob ich mich nicht auch an diesem großen Projekt des Wiederaufbaus beteiligen sollte. Vielleicht wäre das besser, als die nächsten zehn Jahre damit zu verbringen, im ebenso schönen wie ereignislosen Freiburg darauf zu warten, dass die nächste Planstelle frei würde. Ich war sicher, in Sachsen wäre ich innerhalb kürzester Zeit Oberstaatsanwalt, in ein paar Jahren vielleicht schon Leitender, während ich in Freiburg damit rechnen musste, bis zu meiner Pensionierung nicht befördert zu werden. Es gab gute und engagierte Richter und Staatsanwälte, die ihr ganzes Leben auf einer Planstelle saßen und langsam verdorrten wie die Gummibäume in ihren Büros. ›Ich bin R1, ich bleib R1, ich geh' um eins.‹

»In Freiburg sagt man, es gäbe eigentlich nur zwei Arten von Juristen«, hörte ich mich mit einem Mal tönen, vermutlich um die Verwirrung zu überspielen, in der ich mich befand, vielleicht auch, weil mich der überhebliche Tonfall Meinrads reizte, »diejenigen, die in Freiburg arbeiten, und diejenigen, die in Freiburg arbeiten *wollen*.«

Meinrad lachte gönnerhaft, vielleicht ein wenig zu gönnerhaft, aber immerhin, er lachte.

»Ja, so habe ich das früher wohl auch gesehen«, sagte er und nickte durchaus freundlich dabei.

Zum Glück hatte ich es mir nicht verscherzt mit meiner ein wenig spitzen Bemerkung.

»Aber das war, bevor die Mauer fiel und die Ereignisse mich riefen.«

Ich zog es vor, nicht mehr zu antworten. Kleine Männer waren empfindlich – auch das wusste ich leider aus eigener Erfahrung.

»Sie sind Italiener, nicht?«, fragte mich Meinrad unvermittelt.

»Das war ich einmal«, antwortete ich, »ich habe die deutsche Staatsangehörigkeit angenommen und die italienische aufgegeben.«

»Das meinte ich«, erklärte Meinrad und klang mir nun entschieden zu jovial. »Sie müssen wissen, ich war lange genug in Freiburg, um die Berufung des ersten Staatsanwalts mit Migrationshintergrund noch mitzuerleben … Was ich sagen wollte: Ist es nicht interessant, dass wir Deutschen nach nun über 40 Jahren staatlicher Trennung zur nationalen Einheit zurückfinden, während Italien ungeachtet seiner über hundertjährigen staatlichen Einheit national gerade zerbricht?«

»Sie meinen die Lega Nord?«, stellte ich mehr fest, als dass ich fragte.

»Ja«, antwortete er, »ich meine die Lega Nord. Könnten Sie sich in Deutschland eine Partei vorstellen, deren Mitglieder ernsthaft für die staatliche Teilung eintreten und öffentlich die deutsche Fahne verbrennen?«

»Nein, das kann ich nicht«, gab ich kleinlaut zu, »aber ich würde die Lega auch nicht allzu ernst nehmen. Die Italiener jedenfalls tun es nicht.«

»Das sollten Sie aber, das sollten Sie …«, sagte Meinrad sibyllinisch. »Bei den letzten Wahlen hatte die Lega landesweit über acht Prozent.«

»Sie sind gut informiert«, musste ich zugeben.

»Ich bin einfach nur interessiert.«

Margarethe hatte unser Gespräch schweigend verfolgt. Ihr Gesicht schien aufmerksam, aber undurchdringlich. Jetzt sah sie mich an und deutete mir mit einem Lächeln zu schweigen.

»Wir wollen Ihre kostbare Zeit nicht über Gebühr in Anspruch nehmen …«, begann sie vorsichtig.

»Ja, natürlich Frau Kollegin, Sie haben völlig recht«, sagte Meinrad sofort und sah Margarethe an. Sie gefiel ihm, das erkannte ich sofort. »Je schneller wir diese unangenehme Sache hinter uns haben, desto besser. Sie wissen, dass ich eigentlich nicht mit Ihnen sprechen darf. Das Ministerium hat mir keine Aussagegenehmigung erteilt. Aber als Sie, liebe Kollegin, mich neulich angerufen und über den Stand des Verfahrens unterrichtet und mich um meine Hilfe gebeten haben … Da konnte ich nicht länger an mich halten. Ein Mann ist doch immer auch ein Mann und kein Bürokrat, nicht wahr?«

Margarethe lächelte dankbar, und ich schüttelte innerlich den Kopf, denn ich hatte verstanden, wie Margarethe Meinrad dazu gebracht hatte, uns zu empfangen. Unglaublich, was Männer auf sich nahmen, wenn sie von einer netten Frau um Hilfe gebeten wurden, und unglaublich, wie Margarethe das ausnutzte.

»Ich habe Ihr Wort, dass meine Aussage nicht zur Akte kommt und auch nicht vom Hörensagen in den Prozess eingeführt wird?«

»Sie haben mein Wort«, bestätigte Margarethe.

»Und das Ihre habe ich auch?«, fragte Meinrad und sah nun zu mir herüber.

»Selbstverständlich!«, antwortete ich fast mechanisch und mit Neid in der Seele; Neid auf diese deutsche Selbstsicherheit, die dieser kleine Mann da ausstrahlte, Neid auf die Gewissheit dieses Volkes, in ein paar Jahrzehnten sogar so etwas wie eine Wiedervereinigung zu stemmen – wenn auch schlecht angezogen und mit weißen Socken – während mehr als ein Jahrhundert staatlicher Einheit nicht genügt hatte, um den Norden und den Süden Italiens zu versöhnen.

»Also, wenn ich unser Gespräch richtig in Erinnerung habe, dann hat mein alter Vorsitzender Müller behauptet, er sei in diesem Verfahren überstimmt worden, nicht? Ich meine den Prozess des jüdischen Kaufmanns gegen seinen Prokuristen.«

»Es war der Sohn des Kaufmanns, aber ansonsten, ja«, sagte Margarethe.

»Nun, Sie haben Müller kennengelernt … Glauben Sie ihm kein Wort. Er ist nicht die Art von Vorsitzendem, den man überstimmt, wenn Sie verstehen, was ich meine.«

Margarethe nickte. »Ja, das kann ich mir nur allzu gut vorstellen! Und Sie sind sich definitiv sicher, dass er nicht überstimmt wurde?«

»Definitiv«, antwortete Meinrad.

»Dann lügt er«, stellte Margarethe fest.

»Ja«, sagte Meinrad knapp. »Er lügt. Müller ist nie irgendwo überstimmt worden.«

»Ich war mir sicher, dass es so war«, meinte Margarethe, um dann zu einer Frage zu kommen, die sie genauso beschäftigte. »Für uns wäre noch wichtig, wie das mit dem Scheingeschäft war. Haben Sie damals das Problem des Scheingeschäfts diskutiert?«, fragte Margarethe.

»Scheingeschäft?«, wiederholte Meinrad. »Ich kann mich nicht erinnern, dass der Gedanke je auftauchte. Als Sie mich am Telefon darauf ansprachen, fiel ich aus allen Wolken. Ich habe kein Scheingeschäft gesehen. Von Kempf auch nicht, jedenfalls soviel ich weiß. Dabei ist der Gedanke nahe liegend.«

»Wie kann das sein?«, fragte Margarethe verwundert.

»Weder von Kempf noch ich waren Berichterstatter. Müller selbst hatte das übernommen. Deswegen kannten wir die Akte nicht so gut, dass uns dieser Gedanke gekommen wäre. Wir haben uns auf das Problem des Formmangels konzentriert und den Rest vergessen. Es gab da diese alte französische Besatzungsordnung, die die Rückgewähransprüche von Verfolgten des Naziregimes regelte, aber die mussten sehr schnell geltend gemacht werden. Das Verhältnis dieser Verordnung zum normalen Zivilrecht war problematisch, das weiß ich noch. Über diese Fragen haben wir zigfach beraten, wir haben uns die Köpfe heißgeredet, hin und her. Aber wir kamen nicht auf die Idee, dieses Schreiben, das die beiden aufgesetzt hatten, könnte beweisen, dass der Verkauf ein Scheingeschäft war. Wenn Müller behauptet, dass er das durchschaut hatte, war es nur ihm klar.«

»Sie sind sich sicher?«, fragte Margarethe.

»Ich bin mir sicher, leider. Absolut sicher«, antwortete Meinrad und verzog das Gesicht zu einem traurigen Lächeln. »Und ich schäme mich dafür. Ich hätte diesem Israeli damals so gerne geholfen! Ich war es, der dafür plädierte, das Gesetz Gesetz sein zu lassen und dem Mann sein Haus zurückzugeben. Wir Richter sind an Gesetz und Recht gebunden«, sagte er mit der Betonung auf Recht. »Für mich war es eine Frage der Gerechtigkeit, dass das Haus rückübertragen würde. Von Kempf dagegen war schwankend. Ich sehe ihn heute noch vor mir, wie er immer wieder sagte: ›Gesetz ist Gesetz, der Richter ist kein Gesetzgeber.‹ Am Ende hat er sich Müller angeschlossen. Damit war die Entscheidung klar.«

»Und Müller selbst?«, fragte Margarethe.

»Müller? Wissen Sie, was er sagte? Was damals Recht war, kann heute nicht Unrecht sein. Mit ihm war nicht zu diskutieren in diesem Fall.«

»Das Zitat kommt mir bekannt vor …«, sagte Margarethe mit Ironie in der Stimme.

»Nicht wahr?«

Wir nickten fast gleichzeitig, dann schwiegen wir einen Moment.

»Gut«, sagte Margarethe nach einer Weile, »dann lassen sie uns noch kurz über etwas anderes sprechen. Es gibt da ein Gerücht, dass Müller bei seiner Beförderung zum Vorsitzenden am Oberlandesgericht einen Konkurrenten auf unfeine Art aus dem Rennen gedrängt habe. Wissen Sie etwas davon? Das ist natürlich alles sehr lange her.«

Meinrad schüttelte den Kopf, sehr langsam, sehr bedächtig. »Ich wüsste nicht …«, antwortete er erst, um schließlich doch zu nicken. Vielleicht wollte er sich die Gelegenheit nicht entgehen lassen, seinem alten Vorsitzenden eins auszuwischen. »Doch, da war was. Es gab da ein Gerede über irgendeine Frauengeschichte eines Richters, aber ich kann mich nicht mehr genau erinnern. Sie müssen wissen, es waren strenge Zeiten damals bei der Justiz in Baden-

Württemberg. Schon die Scheidung eines Richters wurde nicht gerne gesehen und konnte eine Karriere beenden, und außereheliche Kontakte … Sie können es sich sicher vorstellen.«

»War wohl ein bisschen wie bei der katholischen Kirche …«, bemerkte Margarethe.

»Oh ja, ein bisschen wie bei der katholischen Kirche«, bestätigte Meinrad.

»Und da gab es einen außerehelichen Kontakt, ich meine bei diesem Konkurrenten?«, fragte Margarethe.

»So wollten es damals zumindest die Kaffeetischgespräche«, antwortete Meinrad.

»Können Sie sich erinnern, wie der Mann hieß?«

»Bühler, ich meine, er hieß Bühler. Er war damals Vorsitzender am Landgericht, ein guter Mann. Ich mochte ihn.«

»Ah …«, sagte Margarethe.

23

Wir waren auf der Heimfahrt, als Padre Pio wundersam in Margarethes Leben eingriff. Es war schon dunkel und im ganzen Abteilwagen sprach niemand ein Wort. Monoton ratterte der Zug im immer gleichen metallischen Wiegenlied der Gleise, das den Reisenden mit sanfter Gewalt in den Schlaf zwingt. Müde gab ich meinen dritten Versuch auf, mich in das gebildete Italienisch Frutteros und Lucentinis einzufinden. Ich hatte von dem Buch, das ich las, nur eine vage Ahnung und kaum verstanden, dass sich dort gerade eine Liebesgeschichte zwischen einer reichen italienischen Kunsthändlerin und einem englischen Reisebegleiter entspannte, der wundersamerweise jede erdenkliche Sprache fehlerfrei zu sprechen schien – ausgerechnet ein Engländer.

Als ich das Buch neben mich legte, streckte Margarethe ihren Arm danach aus, um einen Blick hineinzuwerfen, und entdeckte dabei natürlich die Ansichtskarte mit dem Abbild des populären Padre. Margarethe sah mich schmunzelnd an und drehte die Karte neugierig um. Meine liebste Arbeitskollegin und beste Freundin glaubte sich von jeher dazu berechtigt, alle an mich adressierten Karten zu lesen, ohne sich lange damit aufzuhalten, um Erlaubnis zu fragen. Sie lächelte gerührt, nachdem sie die Nachricht entziffert und entschlüsselt hatte, dann aber, von einem Moment auf den anderen, veränderte sich ihr Ausdruck. Erst verschwand nur das Lächeln und ihr Gesicht wurde ernst. Anschließend runzelte sie die Stirn, als dachte sie nach, als versuchte sie, sich mühsam an etwas zu erinnern, was sehr wichtig war und ihr trotzdem beinahe entfallen sein musste. Danach traten zwei steile Falten zwischen ihre Augenbrauen. So blieb sie eine Weile und überlegte, überlegte lange.

»Was ist mit dir?«, fragte ich endlich.

»Nichts …«, log sie mit verkniffenem Mund, »nichts.«

Ich kannte sie gut genug, um zu wissen, dass es sinnlos war, weiter in sie zu dringen. Ich musste ein wenig warten, bis sie sich offenbarte. Ich sah Margarethe an, sah die Karte in ihrer Hand, mit der sie sich nervös Luft zuzufächeln begann, sah ihr besorgtes Gesicht und wartete.

»Wie hat dich diese Karte eigentlich erreicht?«, fragte sie nach einer Weile.

»Wie meinst du?«, antwortete ich von dem förmlichen Ton überrascht, den sie anschlug.

»Ich meine, kam die Karte ins Büro oder zu dir nach Hause?«

»Nach Hause, natürlich nach Hause, warum?«

»Weil die Straße fehlt!«

»Ich kann dir heute, glaube ich, nicht folgen. Was meinst du damit› die Straße fehlt?«

»Bei der Adresse. Hier steht ›Her Statzanwalte Tedeschi Antonio, 7800 Friburgo, Germania‹. Es fehlt die Straße.«

»Und? Die Post hat mich trotzdem gefunden.«

»Genau, aber zu Hause, nicht bei der Staatsanwaltschaft.«

»Ja, und?«

»Nichts …«, sagte sie und beeilte sich, aus dem Fenster zu blicken, damit ich nicht das Blitzen der kleinen Träne entdeckte, die da plötzlich in ihr Auge trat.

Ich verstand erst, nachdem mich Margarethe mitten in der Nacht aus dem Bett geklingelt hatte – *Sturm geklingelt hatte*.

Wir hatten uns gegen neun Uhr abends am Freiburger Bahnhof getrennt. Margarethe fand kaum die Zeit, sich zu verabschieden, wie sie überhaupt während der gesamten Zugfahrt so gut wie nicht mehr gesprochen hatte, so sehr waren ihre Gedanken von einer Sorge gefangen, die aus irgendeinem Grund durch diese Postkarte ausgelöst worden war.

»Wir sehen uns morgen, ich muss los«, sagte sie kurz angebunden, während sie sich zum Ausgang wandte.

Mitten in der Nacht klingelte es dann, einmal, zweimal, dreimal, viermal, bis ich wach wurde. Ich sah auf meinen Wecker, es war halb drei.

»Was ist denn los?«, murmelte ich schlaftrunken, obwohl ich allein war und mich natürlich niemand hören konnte, am allerwenigsten der nächtliche Störenfried. Ich stand auf und ging zur Tür, während es noch einmal klingelte und noch einmal.

»Was ist denn los?«, sagte ich in die Gegensprechanlage.

»Antonio! Ich bin es, bitte mach auf!«

Margarethe.

Ich drückte auf den Türöffner und nutzte die Zeit, die sie brauchen würde, die drei Stockwerke zu meinem Apartment hinaufzusteigen, um mir etwas anzuziehen. Schon stand sie in der Tür. Sie war völlig aufgelöst.

»Mein Gott, wie siehst du denn aus?«, sagte ich und zog sie herein. Sie konnte die Berührung kaum ertragen. Sie zitterte, nein, sie bebte am ganzen Körper.

»Was ist denn passiert?«, fragte ich.

»Es war van Helsing!«, antwortete sie und ballte die Fäuste. Ich verstand kein Wort.

»Was war van Helsing?«

»Du glaubst nicht …«, sagte sie und begann in meinem Wohnzimmer auf und ab zu gehen, als stehe sie unter einem Zwang.

»Was war van Helsing?«, wiederholte ich meine Frage ganz ruhig.

Sie drehte noch zwei, drei Kreise, dann blieb sie stehen und sah mich an. Sie war Wut und Zorn.

»Die Unterlagen«, antwortete sie endlich, »du weißt doch, die Unterlagen aus Israel, nach denen wir so lange gesucht haben. Er hatte sie, und er hat sie weggeworfen!«

»Moment, ganz langsam: Ich muss mich erst einmal setzen, sonst kippe ich um«, sagte ich, suchte mir einen Platz und versuchte währenddessen zu verstehen, was sie mir da gerade gesagt hatte. »Jetzt noch mal. Von welchen Unterlagen sprichst du?«

»Von dem Brief, den mir Stein aus Israel geschickt hat. Du weißt doch, die Prozessunterlagen, von denen er keine Kopien hatte.« Auch Margarethe setzte sich, hielt es allerdings nicht lange aus. Sie war sofort wieder auf ihren Beinen.

»O. k. Ich glaube, ich habe verstanden«, sagte ich, nachdem mein schläfriges Gehirn verarbeitet hatte, was sie mir gerade berichtete. »Aber wie um alles in der Welt ist er an die Papiere herangekommen?« Mir war schwindelig. Margarethe hatte mich aus dem Tiefschlaf gerissen.

»Erinnerst du dich an die Karte deines Neffen?«

»Ja, natürlich.«

»Obwohl keine Straße angegeben war, kam sie zu dir nach Hause. Mit dem Brief aus Israel war es genauso. Die Post hat ihn nicht bei der Staatsanwaltschaft zugestellt, sondern bei mir daheim. Und dort war Eckhard. Er hat den Empfang quittiert, gesehen, dass der Umschlag aus Israel kam, hat ihn aufgemacht, gelesen … und alles vernichtet.«

»Das ist …« Ich konnte nicht weitersprechen, mir versagte die Stimme.

»Das ist ungeheuerlich!«, schnaubte sie und ihr Gesicht war gezeichnet von Erbitterung und Enttäuschung über diesen Verrat, der Anblick einer Megäre hätte nicht schrecklicher sein können.

Gleich nachdem wir uns am Bahnhof getrennt hatten, war sie nach Hause gegangen, um van Helsing zur Rede zu stellen. Der hatte offenbar nur auf sie gewartet, um den Streit vom Vortag fortzusetzen, und ihr noch einmal vorzuwerfen, dass sie mit mir nach Halle gefahren war, ohne es ihm zu sagen. Aber Margarethe schnitt ihm das Wort ab, stellte sich vor ihn hin, stemmte die Fäuste in die Hüften und fragte, wo der Brief sei.

»Welcher Brief?«, reagierte van Helsing ausweichend, wagte jedoch nicht mehr, Margarethe in die Augen zu sehen. Groß und blöd, wie er war.

»Du weißt genau, welcher Brief«, antwortete Margarethe schneidend, »der Brief aus Israel. Die Post hat ihn hier zugestellt. Komm nicht auf die Idee, zu leugnen.«

Und er leugnete nicht. Er nickte und rechtfertigte sich großspurig. »Es war nur zu deinem Schutz!«, sagte er in gespielter Fürsorge. »Du hast dich ja verrannt in diesen Fall … Einer musste dich ja zur Vernunft bringen!«

»Zur Vernunft bringen?!«, schrie sie entgeistert. »Zur Vernunft bringen!«

»Schtt!, nicht so laut«, zischte van Helsing, »die Nachbarn …«

Das war zu viel … ›Schtt!‹ und ›die Nachbarn‹ hätte er einfach nicht mehr sagen dürfen, nicht nach diesem Verrat an ihr, nicht nach diesem Betrug, nicht nach dieser Heimtücke. Margarethe hob die Fäuste, schrie »wehr dich!« und schlug eine schulmäßige links-rechts-links Kombination, so schnell und so hart, dass ihre gesamte Damenboxriege unter Einschluss des Trainers und Mannis, Boxschlumpf und Maskottchen, stolz auf sie gewesen wären. Der erste Schlag traf die Nase, die rechte Gerade das Auge, die linke abschließende Gerade die Stirn. Van Helsing taumelte; er fühlte Blut aus der Nase treten und gleichzeitig das Auge anschwellen.

»Oh, Scheiße«, sagte er, »ich hab morgen doch Verhandlung«, schüttelte noch kurz den Kopf, wie um eine Mücke von der Nase zu vertreiben, spürte, wie ihm plötzlich schwindelig wurde, obwohl die Schläge beinahe gar nicht wehgetan hatten, versuchte Halt zu finden, fand ihn aber nicht, versuchte sich zu setzen, konnte es nicht, und fiel stattdessen vornüber, ohne auch nur Kopf und Gesicht zu schützen.

K. O.

Es war aber auch Zeit ...

Margarethe blieb die Nacht über bei mir. Nachdem sie mir alles erzählt hatte, war es, als fielen der gesamte Hass, alle Wut und aller Zorn von ihr ab, und sie wurde müde wie ein Stein. Sie bat mich um ein langes T-Shirt, das sie als Nachthemd nutzen konnte, und legte sich ohne großes Aufheben in mein Bett. Dort sagte sie noch ein, zwei Sätze, von denen ich den letzten schon nicht mehr verstand, und schlief ein, in meinem französischen Bett, während ein warmer Wind von Südwesten her kam und der Mond beinahe voll zu meinen Fenstern hereinsah. Sie schlief ruhig und tief, war warm, wie nur irgendein geliebtes Wesen, und duftete. Ich legte mich neben sie, beobachtete sie stumm, streichelte und liebkoste sie mit meinem bloßen Blick, war glücklich und bekam die ganze Nacht kein Auge mehr zu.

Ich sah van Helsing zufällig ein paar Tage später in der Markthalle. Er trug eine große dunkle Sonnenbrille, um das Veilchen zu kaschieren, das sein Ohrfeigengesicht zierte, doch die genügte nicht. Das Auge war geschwollen und groß wie ein halber Tennisball. Es wechselte gerade die Farbe von dunklem Blau zu Violett. Es war ein Anblick für die Götter, und ich schwor, demnächst ins Münster zu gehen, um Padre Pio eine Kerze zu stiften.

Es sollte allerdings nicht das letzte Mal bleiben, dass sich unsere Wege kreuzten.

24

Nachdem Margarethe ihn und seine Keller wieder verlassen hatte, muss dem Archivar das Leben grauer erschienen sein als je zuvor, ein Leben zwischen Akten, Aktennummern, Aktendeckeln, den badischen Aktenknoten und dem Staub, der dieses graue Aktenreich bedeckte. Wie sehr mag sich der Maulwurf danach zurückgesehnt haben, endlich wieder ein wenig von dieser weiblichen Aufmerksamkeit zu bekommen, die sein Dasein für einen kurzen Moment versüßt hatte, wie Most einen allzu sauren Wein. Tag für Tag Arbeit und Akten, Akten und Arbeit … und dann plötzlich, er wusste nicht, wie es ihm geschah, fand er etwas, das wieder Margarethes Nähe und Teilnahme verhieß, jetzt, da sie jeden Tag strahlte und immer mehr erblühte und man allgemein munkelte, sie sei wieder – frei. Wachtmeister Imbery hatte so etwas gesagt: »Unsere schöne Staatsanwältin ist wieder Singular …«

»Was?«, hatte der Archivar nachgefragt.

»Sie isch wieder Singular. Sie hat ihrem Freund de Laufpass gäh.«

»Ah …«, hatte der Archivar erwidert, in Erinnerung an Margarethe. Imbery hat mir davon erzählt, ein paar Tage nach dem denkwürdigen Gespräch, als er mir – der Sommer ging zu Ende – die ersten Flaschen neuen Süßen brachte.

Ich erinnere mich nicht, den Herren der Archive je in einem der oberen Stockwerke der Staatsanwaltschaft gesehen zu haben. Ich erinnere mich auch nicht, ihn je rennen, ja die Treppen hinaufstürmen gesehen zu haben, und dann – den 20. ging Lenz durch's Gebirg – geschah genau das.

»Frau Heymann, Frau Heymann, ich muss Sie dringend sprechen!«, hörte ich ihn rufen schon von Weitem, während er, wie Margarethe es auch manchmal tat, zwei Stufen auf einmal nahm, das Fundstück in der Hand, aber verborgen in einer dieser vermaledeiten Akten, die unser Leben bestimmen. Atemlos und aufgeregt betrat er ihr Büro … und schloss die Tür.

Ich hätte eine große Anklageschrift diktieren sollen, doch an Arbeit war nicht zu denken. Was mochte denn so wichtig sein, dass der kurzsichtige Maulwurf sein Reich verließ, um in die Sonne zu treten? Ich stand auf und war versucht zu lauschen, widerstand jedoch in der Hoffnung, dass Margarethe doch gleich angestürmt kommen würde, um mich über die eigentümlichen Neuigkeiten zu unterrichten, die der Archivar nach oben gebracht hatte. Also setzte ich mich wieder, las in der Akte vor mir, stand wieder auf, drehte noch eine Runde durchs Büro, kochte einen Espresso, trank den Espresso, setzte mich, wartete, stand auf, öffnete das Fenster, sah über die Dächer, schloss das Fenster. Endlich wurde die Tür geöffnet.

»Vielen Dank, Georg!«, hörte ich Margarethe sagen – sie mussten zum Du gekommen sein in der Zwischenzeit – und er antwortete: »Hab ich doch gerne gemacht, Margarethe!«, und man hätte auf einer Schleimspur ausrutschen können, so sehr versuchte er, seiner staubtrockenen Stimme so etwas wie ein warmes Timbre zu verleihen.

Kaum war er im Treppenhaus verschwunden – sein Schritt war fröhlich, ja beschwingt –, stand Margarethe neben mir. In ihrer Hand eine Karteikarte, nein, nicht eine Karteikarte, *die* Karteikarte. Sie zog die Tür hinter sich zu.

»Wo hast du die her?«, fragte ich ungläubig, obwohl ich die Antwort natürlich kannte.

»Georg hat sie mir gerade gebracht …«, sagte sie; ich unterbrach sie jäh. »Georg? Seit wann duzt ihr euch denn?«

Margarethe sah mich an, als käme ich von einem fremden Stern. »Seit gerade eben. Ich hab ihm das Du angeboten … Aber sag mal, tickst du noch ganz richtig? Seit wann kümmert es dich, wen ich duze?«

»Kümmert mich gar nicht«, log ich, »es geht mich ja auch nichts an.«

»Genau«, sagte sie und wedelte mit der Karteikarte in ihrer Hand. »Rate mal, wo Georg die gefunden hat.«

»Keine Ahnung, wo *Georg* die gefunden hat …«

»In einer abgelegten Akte«, sagte sie triumphierend.

»Toll …«

»Sag mal, interessiert es dich gar nicht, wo sie herkommt?«

»Doch, doch, natürlich – brennend!«

»Dann zeig doch mal ein bisschen Interesse!«

»O. k., ich gebe mir Mühe«, sagte ich beleidigt. »Und in was für einer abgelegten Akte? Das interessiert mich wirklich sehr.«

Margarethe kam ganz nah zu mir, so nah, dass kaum noch die Breite einer Hand unsere Gesichter trennte.

»Die Strafsache Eilert – du weißt, der Pfarrer, der die Ministranten nackt fotografiert hat.«

»Aber das ist doch …«

»Eines von Meißners Verfahren«, flüsterte sie, kaum vernehmlich.

»Meißner«, wiederholte ich.

»Meißner«, sagte sie leise und in ihren Augen stand Unruhe.

Meißner …

»Und wie ist sie da reingekommen?«, fragte ich.

»Das wissen wir nicht«, antwortete Margarethe. »Das

Einzige, was wir wissen, ist, dass die Karteikarte nicht einfach nur in die Akte hineingerutscht ist, sie war eingeheftet, fein säuberlich.«

Fein säuberlich … das bedeutete, jemand hatte die Karteikarte genommen, in der Hand gehalten, mit dem badischen Aktenlocher gelocht und zwei schmale Schnurenden durchgezogen. Das geschah nicht einfach so, zufällig. Jemand wollte die Karte verschwinden lassen, aber unter keinen Umständen vernichten. Daher hatte er sie absichtlich in eine Akte geheftet.

»Das Verfahren Eilert ist doch gerade erst abgeschlossen worden«, sagte ich nachdenklich.

»Du hast völlig recht«, antwortete Margarethe. »Die Akte wurde gerade erst abgelegt.«

Ich schüttelte den Kopf. Diese Neuigkeit kam unerwartet, allzu unerwartet. Was sollte Meißner mit dieser Karteikarte zu schaffen haben? Ich konnte den Gedanken gar nicht zu Ende denken, so abwegig schien er mir. Sicher, sein Name war bei unseren Ermittlungen das ein oder andere Mal gefallen. Er war ebenso Alter Herr in der Neo-Thüringia wie Müller, und Mick hatte auf irgendeine alte Geschichte angespielt, die sich zwischen den beiden abgespielt hatte, aber wenn Meißner und Müller wirklich noch eine Rechnung offen hatten, dann war das gerade kein Grund, die Karteikarte des Verfahrens verschwinden zu lassen, ganz im Gegenteil. Er hatte Müller dadurch geholfen …

»Ich verstehe das nicht«, sagte ich zu Margarethe.

»Ich verstehe das auch nicht«, gestand sie mir. »Es ergibt überhaupt keinen Sinn, aber eines ist klar. Wir müssen noch vorsichtiger sein als bisher, auch ihm gegenüber, sehr vorsichtig.«

»Es ergibt keinen Sinn«, wiederholte ich.

Margarethe hatte ihrem Helfer Georg eingebläut, niemandem etwas von seinem Fund zu berichten, und wir beschlossen, es ebenso handzuhaben. Wenn wir weiterkommen wollten, mussten wir herausbekommen, was Meißner und Müller verband, oder, wenn man der Anspielung Micks glauben wollte, was sie entzweite. Nur, wie sollten wir das herausbekommen, ohne daran zu rühren?

»Ich könnte Mick anrufen«, meinte Margarethe.

»Ich glaube, das ist keine gute Idee. Er ist Müllers Verteidiger. Er wird dich auf die falsche Fährte locken. Ich glaube sowieso, dass er das mit seiner Anspielung auf die alte Affäre, von der wir nichts wissen können, von Anfang an vorhatte.«

»Du hast recht.« Margarethe nickte. »Aber wie sollen wir es sonst rauskriegen?«

»Wir müssten jemanden fragen, der Meißner schon lange kennt, und nicht sofort zu ihm rennt, um ihm davon zu erzählen.«

»Damit scheidet Thekla aus.«

»Eindeutig!«

»Maier-Rolfs vielleicht«, überlegte Margarethe.

»Ja, warum nicht.«

»Und du?«

»Ich?«

»Ja, du sollst mich doch unterstützen. Weisung von Meißner.«

»Ich könnte ja mal mit dem Konkurrenten sprechen, den Müller ausgestochen hat, als es um den Vorsitz am OLG ging.«

»Ah …«, sagte Margarethe, »gute Idee.«

25

Landgerichtsrat a. D., Dr. Arnold Bühler, hatte etwa fünf Jahre nach seiner Pensionierung und drei Jahre nach dem Tod seiner Frau zwei Zimmer im Freiburger St.-Anna-Stift am Rande der Innenstadt bezogen, von wo aus er jeden Morgen, nachdem er mit den anderen Heimbewohnern das Frühstück eingenommen hatte, einen ausgedehnten Spaziergang ›über die Plätze‹ unternahm, wie er mir am Telefon erklärt hatte. Vom Stift aus ging es rechts über den stillen und verträumten Adelhauser-Klosterplatz, weiter durch die Gerberau zum belebten Augustinerplatz bis er schließlich nach mühsamem Aufstieg den auf dem Schlossberg gelegenen Kanonenplatz erreichte. Dort gönnte er sich eine Pause, während er über Freiburg und das Rheintal sah und einen Zigarillo rauchte, den er sich als Pensionär nach Jahren der Nikotinabstinenz wieder gönnte, weil man ja schließlich an etwas sterben musste. Der Rückweg führte ihn über den hässlichen Karls- und den dafür umso hübscheren Münsterplatz wieder nach Hause.

Dr. Bühler war ein großer, ein schöner Mann. Seine blauen Augen leuchteten lebhaft, als er mich begrüßte und mir die Hand schüttelte. Ein weißes Menjoubärtchen zierte seine Oberlippe, seine weißen, leicht gewellten Haare waren voll und glänzten im Licht der Mittagssonne, das durch sein Dachfenster hereinfiel. Er bot mir einen Tee an, den er selbst zubereiten wollte, und führte mich von der kleinen Wohnküche seines Apartments in eine Art Wohn- und Schlafzimmer, wo er mich in einer Sitzecke Platz zu nehmen bat, bis er fertig war. Es war der am sorgfältigsten eingerichtete Raum, den ich je gesehen hatte. Die Möbel aus dunklem polierten Nussbaum, eine antike Kredenz mit silbernen Tassen, Bechern und Figurinen, ein Bücherregal, von dem aus mir nur Leinen- und Lederrückbände mit goldenen Lettern entgegenblickten, auf dem Boden ein fein geknüpfter Seidenteppich; es war, als wäre ich in ein ebenso teures wie gepflegtes Antiquitätengeschäft getreten, eines, in dem man für gewöhnlich Angst hatte, sich nach den Preisen der Ausstellungsstücke zu erkundigen.

»So, geht es dem alten Halunken jetzt endlich an den Kragen«, sagte oder fragte – so genau war der Unterschied nicht festzustellen – der alte Landgerichtsrat ziemlich laut und ziemlich vergnügt, als er mit einem Tablett, einer schlanken Teekanne aus chinesischem Porzellan und zwei feinen Tassen in das Zimmer trat. »Sie können sich gar nicht vorstellen, wie lange und wie sehr ich auf diesen Moment gewartet habe!«

»Sie machen aus Ihrem Herzen keine Mördergrube«, bemerkte ich anerkennend angesichts dieser für ältere Juristen ganz und gar untypischen Offenheit, die mir da begegnete. Statt mit Worten antwortete Dr. Bühler mit einem Lächeln, das ebenso maliziös wie charmant war.

Der alte Herr servierte den Tee und ließ es sich nicht nehmen, ihn nicht nur einzugießen, sondern auch zu zuckern und umzurühren. Wie er sich über den Tisch beugte, bemerkte ich einen Hauch Eau de Cologne an ihm. Ich hätte gerne nach einem Tropfen Milch gefragt, fürchtete jedoch, Bühler würde das für barbarisch halten und unterdrückte den Impuls. Als er sich mir gegenüber setzte und die Beine übereinanderschlug, bemerkte ich, dass er unter seiner beigefarbenen Cordhose lange rote Strümpfe trug. Amüsiert folgte Dr. Bühler meinem Blick und erklärte mir weltmännisch: »Ich kaufe sie in Rom. In der Nähe des Pantheon gibt es ein Geschäft, in dem sich die römischen Priester, Bischöfe und Kardinäle einkleiden. Sartoria per Ecclesiastici. Vielleicht haben Sie schon davon gehört.«

»Nein, tut mir leid«, entgegnete ich verunsichert und mit trockenem Mund. Ich muss gestehen, dass mich kaum jemand mehr in Verlegenheit bringen kann, als ein großer eleganter Mann; vermutlich deswegen, weil ich selbst es kaum über einen Meter siebzig bringe und man über meinen gedrungenen Köper viel sagen kann, nur nicht, dass er elegant sei.

Bühler lächelte freundlich. Ich wüsste nicht zu unterscheiden, ob er meine Verlegenheit nicht bemerkte oder sie galant überging.

»Und weswegen genau sind Sie nun hier?«, fragte er nach einer kleinen Pause. »Sie hatten da am Telefon so etwas angedeutet …«

»Ja, natürlich«, antwortete ich hastig und gewiss viel zu schnell. »Sie haben sicher in der Zeitung schon gelesen, dass wir gegen den Präsidenten des Oberlandesgerichts Karlsruhe Dr …«

»Joseph-Georg Müller«, unterbrach er mich ganz ruhig und jeden Teil des Namens langsam und genussvoll intonierend. »Sprechen Sie den Namen Ihrer Gegner immer langsam aus.«

»Joseph-Georg Müller, richtig; dass wir gegen ihn eine Ermittlung führen?«

»Gewiss«, antwortete Bühler mit gleichbleibend freundlichem Lächeln und sah mir dabei in die Augen.

»Wir sind bei unseren Ermittlungen auf Ihren Namen gestoßen. Es gibt da ein Gerücht, er habe Sie mit nicht sehr feinen Mitteln dazu gebracht, Ihre Bewerbung um den Vorsitz bei einem OLG-Senat zurückzuziehen. Er hatte sich wohl um die gleiche Stelle beworben.«

Dr. Bühler zog die rechte Augenbraue empor und lachte. »Das ist kein Gerücht«, sagte er bestimmt. »Müller hat mich erpresst, klar, rundheraus und ohne jeden Skrupel.«

»Oh«, sagte ich, immer noch verlegen. »Darf ich Sie fragen, womit? Ich meine, womit er sie erpresst hat?«

Bühler holte tief Luft, bevor er antwortete. Vielleicht überlegte er einen Moment, ob er sich mir offenbaren oder die alte Geschichte für immer ruhen lassen sollte. Dann begann er zu sprechen, und er tat es ohne jede Spur von Verlegenheit. »Ich hatte eine außereheliche Beziehung damals«, sagte er sachlich, ganz Jurist, der er war. »Meine Frau hat davon gewusst und mich gewähren lassen, aber wenn die Justizverwaltung davon Wind bekommen hätte, wäre meine Karriere beendet gewesen, und nicht nur meine, sondern vermutlich auch diejenige – wie soll ich sagen – meiner damaligen Liebe. Müller hat Wind davon bekommen, ich weiß bis heute nicht wie, denn wir waren sehr diskret damals, und stellte mich vor die Wahl. Entweder ich nehme die Bewerbung zurück, oder er würde das Ministerium informieren. Er war da sehr klar in seiner Ankündigung. Was sollte ich tun? Ich zog zurück und blieb beim Landgericht, Müller erhielt den Vorsitz des neunten Senats. Das war einer seiner größten Schritte auf seiner noch sehr weit nach oben reichenden Karriereleiter.«

»War die Justiz in Baden-Württemberg denn so streng damals?«, fragte ich ein wenig naiv. »Ich meine, man kann sich aus heutiger Sicht gar nicht vorstellen, dass eine bloße – wie soll ich mich ausdrücken –, eine bloße außereheliche Beziehung das Karriereende bedeutete.«

»Es kam wohl auch ein wenig auf die Art der außerehelichen Beziehung an«, bemerkte Bühler mit einem schalkhaften Blitzen in seinen Augen, ein wenig so, als hätte er die Frau des damaligen Landgerichtspräsidenten verführt.

»Welche Art von außerehelicher Beziehung war es denn, wenn ich mir diese Offenheit erlauben darf?«, fragte ich.

Bühler antwortete nicht sofort. Stattdessen sah er mich an und schenkte mir ein feines, elegantes Lächeln.

»Ich möchte nicht indiskret sein«, entschuldigte ich mich. »Ich fürchte nur, wir brauchen diese Information für unsere Ermittlungen.«

»Ich bitte Sie«, entgegnete er, »ich dachte nur, Sie hätten vielleicht verstanden. Ich meine, da Sie doch aus dem Mittelmeerraum kommen …«

»Es tut mir sehr leid, ich fürchte ich bin doch ein wenig …« Naiv wollte ich sagen, aber just in dem Augenblick verstand ich eben doch, was er mir mit seinem feinen Lächeln, den etwas aufgeworfenen Lippen und den blitzenden Augen sagen wollte. Ich verstand, was die elegante Einrichtung, die roten Seidenstrümpfe und der Hauch Eau de Cologne, der ihn umgab, zu bedeuten hatten. Dr. Bühler ließ mich nicht aus den Augen, bis ich nickte und den Blick niederschlug.

»Es freut mich, dass Sie verstanden haben und mich nicht zwingen, so profane Dinge auszusprechen«, sagte er schließlich.

»Ich bitte Sie«, antwortete ich und empfand mit einem Mal ungeheure Sympathie für diesen Mann. Im Nachkriegsdeutschland ein Leben als Homosexueller zu führen, konnte nicht leicht gewesen sein. Lange galt die Liebe unter Männern als Straftat. Mir fiel der berühmte Freiburger Strafrechtsprofessor Hans-Heinrich Jescheck ein, der

Ende der Sechzigerjahre dazu befragt wurde, ob man den damaligen § 175 StGB abschaffen und die geschlechtliche Beziehung zweier Männer nicht straffrei stellen sollte. Jescheck lehnte empört ab. Die Vorschrift, meinte er, sollte unbedingt beibehalten werden. Sie diene der Manneszucht …

»Noch ein wenig Tee?«, fragte Bühler und schickte sich an, mir einzuschenken.

»Ja, gerne«, erwiderte ich.

Wir blieben eine Weile schweigsam sitzen. Er schien in seine Erinnerungen vertieft; ich überlegte mir, wie ich das Gespräch fortsetzen konnte, ohne allzu indiskret, allzu grob zu wirken.

»Mit wem waren Sie zusammen damals?«, nahm ich die Unterhaltung wohl nicht allzu geschickt wieder auf. »Sie sagten, er war bei der Justiz?«

»Bei der Justiz, ja«, antwortete Bühler. »Aber ich fürchte, ich möchte Ihnen den Namen nicht nennen. Ich bin zu altmodisch dafür. Zu meiner Zeit war man in diesen Dingen sehr, sehr verschwiegen. Auch Müller wusste nicht, wem meine Zuneigung galt.«

»Ich verstehe«, sagte ich und erhob mich. Was ich heute hatte erfahren können, glaubte ich erfahren zu haben, aber ich sollte mich irren. Er gab mir sein Geheimnis noch preis, allerdings unfreiwillig. Bühler stand gleichfalls auf, um mich zu begleiten, und zeigte mit einer eleganten Geste zur Tür.

»Ich darf Sie nach draußen bringen«, sagte er sehr freundlich, sehr liebenswürdig.

»Gerne«, antwortete ich und schenkte dem alten Beau nun meinerseits ein Lächeln, so breit und offen, wie ich es nur zustande brachte. Wenn Margarethe ihren Charme bei älteren Herren spielen lassen durfte, um ihnen die ein oder andere Information zu entlocken, dann konnte ich das ja vielleicht auch.

»Was für ein hübsches Lächeln Sie haben«, sagte Bühler so charmant, dass ich augenblicklich errötete. Ich glaube, es war das erste Mal, dass ein Mann mit mir zu flirten begann, zumindest das erste Mal, dass ich es bemerkte.

Und plötzlich sah ich sie. Sie stand in einem Winkel des Regals, ein wenig verborgen, obwohl sie einen Ehrenplatz verdient hätte, schlank und elegant, graziös und anmutig, wie sie war. Der ephebenhafte Körper schmal und nackt, das Schwert in der Rechten, lange Locken, die unter einem breiten Hut hervorquollen, ein Fuß auf des Riesen abgeschlagenem Haupt …

»Er ist einzigartig, nicht?«, sagte Bühler, der bemerkt hatte, wie sehr ich die bronzene Statue bewunderte.

»Wunderschön«, bestätigte ich, »eine wirklich großartige Kopie.«

»Ja, ich bin auch wirklich stolz auf sie«, sagte er und schien gerührt dabei. »Die meisten Menschen denken ja, alle Kopien seien gleich, aber es gibt ungeheure Unterschiede. Ich hab sie aus Florenz aus …«

»Einer kleinen Werkstatt in einem Keller zwischen Palazzo Pitti und Arno«, vervollständigte ich seinen Satz beinahe flüsternd.

Bühler sah mich einen Moment an, dann senkte er traurig den Blick. »Woher wissen Sie?«, fragte er tonlos.

Ich musste nicht antworten, er verstand von selbst.

»Das wollte ich nicht«, sagte er.

»Ich weiß. Machen Sie sich keine Vorwürfe. Wir werden diskret sein«, versprach ich.

»Ich danke Ihnen«, antwortete er.

26

Das Rektorat Heideggers, das er mit so viel Pomp angetreten hatte, währte gerade einmal ein Jahr, dann verließ er das Amt und zog sich vom politischen Geschehen zurück. Keiner wusste recht warum. Die Legende will, dass ihn ein Kollege der Universität, Altphilologe seines Zeichens, im Mai 34 in der Straßenbahn getroffen, ihn eine Weile beobachtet und dann ironisch nachgefragt habe, ob er nun zurückgekehrt sei aus Syrakus. Die Legende verrät uns leider nicht, wie Heidegger reagierte, und ob er die Anspielung gleich verstand, die ihn daran erinnern sollte, dass alle Bemühungen der Philosophen, Diktatoren zu erziehen, zum Scheitern verurteilt sein mussten. Das stand fest, seit Platon versucht hatte, den Tyrannen von Syrakus zu unterrichten, bis der ihn entnervt in die Sklaverei verkaufte, seit Seneca sich auf Neros Befehl hin entleibte und Voltaire aus Friedrichs Preußen floh. Wie hätte Heidegger die Nationalsozialisten auch belehren können und womit? Mit der Frage nach dem Wesen und dem Sinn vom Sein?

Obwohl er als Rektor gescheitert war und niemand seinen Vorschlag hatte ernst nehmen wollen, alle deutschen Hochschuldozenten zentral an einer einzigen deutschen Akademie und Kaderschmiede zu unterrichten, um sie mithilfe der Philosophie auf ihre erzieherische Mission vorzubereiten, blieb Heidegger Mitglied der NSDAP – bis zum bitteren Ende.

27

»Ich hab etwas herausbekommen«, sagte Margarethe, als ich sie am nächsten Tag im Büro traf, und lächelte vielsagend.

»Ich auch«, antwortete ich in der sicheren Gewissheit, dass meine Nachricht die überraschendere sein würde.

»Du zuerst!«, sagte Margarethe.

»Du zuerst.«

»Dann in deinem Büro und du machst einen Espresso.«

»So wird es gemacht«, entgegnete ich und bat sie mit derselben eleganten und vielleicht etwas manierierten Geste in mein Arbeitszimmer, mit der Bühler mir gestern den Vortritt gewährt hatte. Ich nahm die Bialetti, schraubte sie auseinander, ließ ausreichend Wasser in das Kannenunterteil, gab Kaffeepulver in den Trichter und drückte es sorgfältig fest. Dann schraubte ich die Maschine wieder zusammen und stellte sie auf meine mobile Herdplatte. Ich drehte mich um und sah Margarethe erwartungsvoll an.

»Also, ich war doch gestern noch einmal bei Maier-Rolfs. Der Mann wird zwar immer wunderlicher und sieht bei jedem zweiten Satz hinter sich, um sich zu vergewissern, dass ihn auch wirklich niemand belauscht, aber über unseren Chef und unseren verehrten Beschuldigten Dr. Joseph-Georg Müller wusste er etwas zu berichten.«

»Ja?«

»Stell dir vor, kurz bevor Müller zum OLG kam, war er Meißners Vorsitzender! Meißner war damals ein paar Jahre am Landgericht tätig, offenbar war er in die Zivilgerichtsbarkeit abgeordnet. Kurze Zeit bevor Müller wechselte, soll es einen heftigen Streit zwischen den beiden gegeben haben. Böse Zungen behaupten, es hätte etwas mit einer Frau zu tun.«

»Mit einer Frau?«, fragte ich ehrlich überrascht, denn dieses Steinchen wollte nun so gar nicht mehr in das Mosaik passen, das seit meinem Besuch bei Bühler vor meinem inneren Auge erstanden war. »Eine Frau?!«, wiederholte ich denn auch ziemlich begriffsstutzig.

»Natürlich eine Frau«, antwortete Margarethe und sah dabei aus, als fragte sie sich, ob ich vielleicht etwas getrunken hatte. »Worum geht es denn, wenn ihr Männer euch streitet? Toujours la femme, oder?«

Ich schüttelte den Kopf. »Ich glaube nicht, dass es dabei um eine Frau ging«, sagte ich sicher. »Eher um einen Mann.«

»Um einen Mann? Du sprichst in Rätseln«, bemerkte Margarethe und schien sich nun sicher, dass ich getrunken hatte.

»Na, dann setz dich mal hin«, forderte ich sie auf, nahm die Bialetti, in der der Espresso brodelte, vom Herd und schenkte uns ein.

»Nein!«, sagte Margarethe, nachdem ich ihr von meinem Besuch bei Bühler erzählt hatte. »Meißner schwu … ich trau mich gar nicht, das Wort auszusprechen. Mir ist nie etwas aufgefallen, dir etwa?«

»Nein, überhaupt nichts, gar nichts«, erwiderte ich. »Aber es gibt auch keine Zweifel. Bühler und Meißner waren ein Paar. Müller hat von Bühlers Homosexualität erfahren und ihn erpresst, als es um den Vorsitz am OLG ging. Und genau deswegen hat Meißner sich mit Müller überworfen. Das hat mit einer Frau gar nichts zu tun. Das Einzige, was wir nicht wissen, ist, wie Müller damals von Bühlers Neigung erfahren hat.«

Margarethe wiegte nachdenklich den Kopf. »Von Meißner wusste er nichts, sagst du?«

»Nein, offenbar nicht. Müller wusste wohl, dass Bühler mit jemandem aus der Justiz ein Verhältnis hatte, aber nicht mit wem.«

»Ich denke, ich habe da eine Vorstellung«, sagte sie, mehr an sich selbst gewandt als an mich.

»Und?«, fragte ich.

»Frauengeschichte«, sagte sie in einem eigentümlich uneindeutigen Ton, dessen Bedeutung mir nicht klar wurde.

Kein Wunder, dass die Sphinx einen Frauenkopf trägt, dachte ich. Kein Mann wäre in der Lage, ein einziges Wort so auszusprechen, als klängen darin zugleich zehn Rätsel und keine Lösung. Margarethe aber ahnte wohl genau in dem Moment, dass sie jetzt den Schlüssel in der Hand hielt, der ihr die Wahrheit über diesen Fall, die Wahrheit über Meißner und Müller und schließlich auch die Wahrheit über sie selbst eröffnen würde.

»Und?«, fragte ich ein weiteres Mal.

»Frauengeschichte!«, wiederholte sie und schüttelte den Kopf. »Ich muss noch etwas überprüfen, es ist noch zu früh.«

»Ah …«, entgegnete ich, während sie aufstand und mich wieder einmal sitzen ließ, ohne dass ich irgendetwas begriff.

Ich wusste nicht genau, was sie in den nächsten Tagen gemacht hat. Ich wusste, sie war am Landgericht in den Verwaltungsarchiven, zu denen ihr der Vizepräsident – die Präsidentenstelle war noch nicht wieder besetzt – erst nach einigem Zögern Zutritt gewährt hatte, um alte Geschäftsverteilungspläne, Organigramme, Zuständigkeitsverordnungen und andere Dokumente zu sichten, bei deren bloßem Anblick ein Normalsterblicher vor Langeweile augenblicklich in hundertjährigen Schlaf fiel. Währenddessen arbeitete ich meinen Schreibtisch ab, schrieb Anklagen und Vermerke und fühlte mich, nachdem Margarethe meine Hilfe nicht benötigte, gänzlich nutzlos.

Der Oktober schenkte uns zwei letzte schöne Tage, die wie ein Abschied waren. In der Buchhandlung zum Wetzstein stand wie jedes Jahr Rilkes Gedicht vom Herbsttag ausgestellt, in jener wunderschönen Schrift, von der die einen sagen, sie gehöre dem Buchhändler selbst, während andere behaupten, sie sei einem professionellen Grafiker geschuldet. Ich ging allein zum Mittagessen, allein durch die Straßen, allein nach Hause. Wieder war ein Sommer verweht, wieder neigte sich ein Jahr dem Ende. Und ich wurde älter.

Am dritten Tag stand nur noch eine bleiche, kraftlose Sonne hinter einem tiefen, von Wolken verhangenen Himmel. Es war Samstag, ich hatte frei. Es war der Tag, an dem ich nach Meßkirch fuhr, um auf Margarethes und auch ein wenig auf Martins Spuren zu wandeln.

28

Der Leitende Oberstaatsanwalt Meißner empfing uns zu Hause, zu dem ersten Gespräch oder vielleicht auch Verhör, das wir mit ihm führen mussten. Er hatte von Bühler längst erfahren, dass der sich verraten hatte, und bat Margarethe darum, möglichst jedes Aufsehen zu vermeiden, und ihn privat zu besuchen, wenn wir mit ihm sprechen wollten.

Meißner wohnte in einem kleinen Häuschen in Wittnau bei Freiburg. Der Ort war kaum zehn Kilometer von der Stadt entfernt und doch so ländlich und idyllisch, wie das Märklin-Modell eines Schwarzwalddorfes. Umgeben von satten Wiesen und vor einem Wald aus dunklem Tann lag Meißners Haus auf einer Anhöhe mit Blick ins Hexental. Von seinem Garten aus sah man in der Nachbarschaft die Kühe grasen; irgendwo plätscherte sogar ein Bach.

»Sie haben es schön hier«, sagte Margarethe, nachdem Meißner uns hereingebeten und in sein Wohnzimmer geführt hatte. Mir schien, sie sagte es, halb um das Eis zu brechen, halb um ihrer Bewunderung für die geschmackvollen Antiquitäten zu bekennen, die in diesem Haus mit sicherer Hand zusammengetragen waren. Schränke aus poliertem Nussbaum, eine Anrichte mit feinstem chinesischen Porzellan, am Boden ein Teppich, den man kaum zu betreten wagte, jedes Möbelstück in diesem Haus zeugte von dem gleichen Sinn für Schönheit, der mir schon in der Wohnung Dr. Bühlers begegnet war, und der einer der Gründe für die Liebe zwischen diesen Männern gewesen sein mochte.

»Bitte setzen Sie sich doch!«, sagte Meißner in der ihm eigenen, etwas steifen Höflichkeit. Wir setzten uns und sahen einander an: Meißner Margarethe, ich Meißner, Meißner mich, Margarethe Meißner, bis wir drei wegen des Schauspiels unserer hin und her zuckenden Köpfe zu kichern anfingen wie Kinder. Damit war das Eis dann wirklich gebrochen.

»Ich weiß, dass Sie bei Arnold waren; ich meine natürlich bei Herrn Landgerichtsrat a. D. Dr. Arnold Bühler. Wir waren eine Zeit lang sehr befreundet und stehen uns immer noch sehr nah. Wie Arnold mir sagte, haben Sie die Art unserer Beziehung durchschaut«, sagte Meißner.

»Antonio hat so etwas angedeutet«, sagte Margarethe mit einem zerstreuten Lächeln, das Meißner zeigen sollte, wie unwichtig ihr seine sexuelle Orientierung war.

»Wie kann ich Ihnen also helfen?«, fragte er.

»Einige der Kollegen, die wir befragt haben, berichteten von einem Streit zwischen Müller und Ihnen«, fing Margarethe vorsichtig an. »Können Sie das bestätigen?«

»Ja, das kann ich«, antwortete Meißner gelassen. »Sie wissen ja zwischenzeitlich, wie Müller es erreicht hat, dass Arnold seine Bewerbung um den Vorsitz am OLG zurückzog. Das hat mich nicht sehr amüsiert. Um genauer zu sein, es hat unser Verhältnis vollkommen zerrüttet.«

»Wie lange arbeiteten Sie damals bereits zusammen?«

»Das weiß ich nicht mehr genau. Zwei oder drei Jahre vielleicht, aber wir kannten uns sicher schon ein Jahrzehnt. Wir waren in der gleichen Studentenverbindung, müssen Sie wissen.«

»Und wie hat Müller darauf reagiert? Ich meine auf diese Streitigkeiten«, fragte Margarethe.

»Sie waren ihm vollständig gleichgültig. Er blieb völlig ungerührt.«

»Das ist ungewöhnlich, nicht?«, meinte Margarethe.

»Nicht für einen Metzger«, antwortete Meißner spitz.

»Metzger?«, wiederholte Margarethe.

»Müllers Vater war Metzger in irgendeiner badischen Kleinstadt«, antwortete Meißner. »Er hat uns einmal davon erzählt, wie er seinem Vater als Junge dabei geholfen hatte,

Kälber zu schlachten. Sie können sich nicht vorstellen, wie er es beschrieb: die Kälber, die in den Schlachthof trotten und ihn mit ihren großen, ruhigen Augen ansehen; der Moment, da er ihnen das Bolzenschussgerät an die Stirn setzt, der Schuss, der Ausdruck des Tieres, wenn der Blick bricht und das Leben aus ihm weicht … Er schilderte es präzise und vollkommen kalt, ohne jede Regung. Damals bekam ich eine Ahnung davon, wozu dieser Mann im Stande war. Als er Arnold erpresst hat, war er für ihn nichts anderes als irgendein warmer Bruder, den man früher eingesperrt hätte, nicht mehr wert als so ein Kalb. Eher weniger.«

»Hat er das gesagt?«

Meißner nickte. »Einige Male! Aber das war vor der Sache mit Arnold. Sie kennen ja diese Abende in den Verbindungshäusern bei zu viel Bier.«

»Kennen wäre zu viel gesagt, ich habe davon gehört«, sagte Margarethe.

Meißner lächelte. »Natürlich, entschuldigen Sie. Es gehört wohl zu den Privilegien ihres Geschlechts, dass einem manche Erfahrung erspart bleibt.«

»Die Kollegen, mit denen ich gesprochen habe, vermuten eine Frauengeschichte hinter den Streitigkeiten«, bemerkte Margarethe, ohne weiter auf Meißners Bemerkung einzugehen. Natürlich blieben ihr als Frau einige Erfahrungen erspart, hätte sie sonst geantwortet, andere wiederum gerade nicht.

Meißner zuckte mit den Schultern. »Ja, das war mein Glück. Sie wussten ja nichts von Arnold, Müller selbst wusste nicht, wieso er sich mich zum Feind gemacht hat. Die Justiz war damals nicht sehr tolerant. Wenn man erfahren hätte, dass …« Meißner legte eine Pause ein und lächelte verlegen. Wir schrieben das Jahr 1992, trotzdem war es Meißner peinlich weiterzusprechen. »Dass ich schwul bin« – die Vervollständigung des Satzes kostete ihn die gleiche körperliche Anstrengung, die ein Stotterer benötigt, um eine Wortblockade zu überwinden –, »dann wäre meine Karriere mit großer Wahrscheinlichkeit beendet gewesen.«

»Wie kam es zu dem Gerücht einer Frauengeschichte?«, fragte Margarethe.

Meißner lachte erleichtert. Es war ihm offenbar ganz recht, das Thema zu wechseln.

»Das schulde ich unserer allseits beliebten Frau Röseler«, antwortete Meißner. »Sie war damals schon meine Sekretärin, aber sie himmelte Müller an. Sie können sich gar nicht vorstellen, was sie alles für ihn tat. Sie brachte ihm jeden Morgen einen Kaffee, sie stellte frische Blumen auf seinen Tisch. Jedes Mal, wenn sie in sein Büro ging, zog sie sich den Lippenstift nach und legte links und rechts hinter die Ohren einen Tropfen Parfüm auf. Und da unsere Röseler ja eigentlich *meine* Sekretärin war, nahmen die Kollegen an, ich sei eifersüchtig und hätte mich ihretwegen mit Müller überworfen. Offen gestanden, war mir das recht. Ich habe deswegen auch gar nichts unternommen, um diesen Gerüchten irgendwie entgegenzuwirken – eher im Gegenteil. Besser ein verlassener Liebhaber als ein …«, wieder machte Meißner eine kleine Pause, wieder musste er alle Kraft zusammennehmen, um weiterzusprechen, »ein … ein Schwuler!«, brach es endlich aus ihm heraus. »Nachdem Frau Röseler ihn dann sogar zum OLG begleitete, um dort für ihn zu arbeiten, galt die Sache als abgemacht, und ich als der verlassene Trottel.«

»Thekla hat für Müller gearbeitet?«, fragte Margarethe scheinbar überrascht. In Wirklichkeit wusste sie es längst.

»Ja, fast fünf Jahre lang, glaube ich. Irgendwann kam sie aber wieder zur Staatsanwaltschaft zurück.«

»Warum das?«

»Ich habe sie nicht weiter gefragt«, antwortete Meißner ganz Gentleman, der er war. »Ich glaube, sie fand die Arbeit bei der Staatsanwaltschaft am Ende einfach spannender als beim OLG. Zu wenig Verbrechen … Sie verstehen.«

Margarethe sah mich kurz an, unwillkürlich und mit einem Ausdruck, den ich damals nicht zu deuten wusste. Heute ist mir klar, dass sie in genau dem Augenblick die Gewissheit hatte, dass das Mosaik nun vollständig war, das sie so lange und mühsam zusammengefügt hatte.

»Haben Sie je in Erfahrung gebracht, wie Müller von Dr. Bühlers Homosexualität erfahren haben könnte?«

»Nein, nie«, antwortete Meißner. »Wir waren sehr vorsichtig, sehr diskret …«

»Wir wissen«, unterbrach ihn Margarethe ein wenig schroff, »dass Müller Dr. Bühler erpresst hat, damit er seine Bewerbung um den Vorsitz am OLG zurückzieht. Was ich noch wissen muss, ist, ob er je auch Druck auf Sie ausgeübt hat, um irgendetwas zu erreichen.«

»In welchem Sinne, etwas zu erreichen?«, fragte Meißner irritiert.

»Ich bitte um Entschuldigung, aber ich muss Sie danach fragen. Sie wissen, dass Teile der Akte verschwunden sind und die Karteikarte fehlte.«

»Und Sie meinen, ich könnte damit zu tun haben?«

»Wie gesagt, ich muss das fragen«, sagte Margarethe sehr kühl.

»Nein, damit hatte ich natürlich nichts zu tun oder hatten Sie den Eindruck, ich hätte Ihre Ermittlungen in irgendeiner Beziehung behindert?«, antwortete unser Chef mit mehr als nur einer Spur von Verärgerung in der Stimme.

»Nein, das hatte ich nicht«, versicherte Margarethe – rechtzeitig, wie ich hoffte, um eine ernste Auseinandersetzung mit Meißner zu vermeiden. So geschickt sie bei ihren Verhören manchmal war, so wenig verstand ich sie in diesem Augenblick. Ich sah zu ihr hinüber. Ich hätte ihr gerne ein Zeichen gegeben, aber Margarethe betrachtete nur abwesend einige Unterlagen, die sie aus ihrer Aktentasche gezogen hatte. Meißner hingegen nahm sehr wohl wahr, dass ich versucht hatte, Margarethe heimlich etwas zu sagen.

»Nichts für ungut, Herr Tedeschi«, sagte er nach einer Weile. »Frau Heymann hatte ein Recht, mich zu fragen. Ich hätte Ihnen vielleicht von Anfang an sagen sollen, dass mich mit Müller eine besondere Beziehung verbindet.«

»Sag mal, bist du ein bisschen verrückt?«, fragte ich Margarethe, als wir wieder im Wagen saßen und außer Hörweite waren. »Wir kannst du Meißner danach fragen, ob er die Karteikarte hat verschwinden lassen? Du weißt doch, wie empfindlich er ist.«

»Lieber Antonio«, antwortete Margarethe gelassen, während sie langsam die Serpentinen ausfuhr, die uns ins Tal und damit nach Freiburg zurückführten, »ich bin nicht verrückt, und ich bin nicht dumm, auch wenn ihr Männer offenbar öfter meint, an meinem Verstand zweifeln zu müssen. Ich weiß, was ich tue.«

»Was heißt das denn jetzt schon wieder?«, fragte ich gekränkt.

»Was? Was ich tue?«

»Nein, ›ihr Männer‹.«

»Oh, mir fällt einfach nur auf, wie oft ich von Männern gefragt werde, ob ich mir dies oder jenes, was ich tue, wirklich gut überlegt habe … Das war van Helsings absolute Spezialität. Ich habe ihn gehasst dafür.«

»Werfe mich bitte nicht in einen Topf mit van Helsing!«

Margarethe lächelte und tätschelte mir die Knie. »Dann benimm dich nicht so wie er, mein kleiner italienischer Macho.«

Ich war verletzt, entschied mich aber dafür, nicht zu antworten. Stattdessen sah ich aus dem Fenster, sah den Wald, sah, wie die Bäume an uns vorbeizogen, sah Granitfelsen zwischen den Wurzeln und das Moos zwischen den Stämmen, sah den ein oder anderen Weg, der zum Wald führte, und natürlich dachte ich wieder an Heidegger und *seine* Wege, den Feldweg, die Abwege, die Holzwege und die Lichtungen. Und der Gedanke tröstete mich.

»Wieso hast du ihn so provoziert?«, fragte ich Margarethe nach einer Weile; wir hatten die Stadt schon erreicht und fuhren die Merzhausener Straße in Richtung Basler Tor.

»Um ihn von etwas abzulenken«, sagte sie trocken. Dann sah sie auf die Uhr und schien einen Moment nachzudenken. »Hast du noch eine halbe Stunde Zeit?«, fragte sie.

»Wer, ich?«

»Natürlich du, wer denn sonst?«, erwiderte Margarethe.

»Ich war mir nicht ganz sicher, ob du mich meinst oder vielleicht den italienischen Macho«, bemerkte ich zickig.

»Euch beide«, antwortete sie mit einer Zärtlichkeit in der Stimme, für die ich alles getan hätte.

»Ein bisschen Zeit habe ich noch«, sagte ich denn auch sofort und ohne weiter zu schmollen. Ich sah im Rückspiegel, wie Margarethe lächelte. Sie war sich ihrer Wirkung auf mich leider allzu bewusst.

Auf der Kronenbrücke ordnete sie sich nach rechts ein, bog im Dreiviertelkreis ab auf die B31 und fuhr die Dreisam entlang weiter in Richtung der untergehenden Sonne.

»Wohin fahren wir?«, fragte ich, nachdem wir schon eine ganze Weile dem Autobahnzubringer gefolgt waren.

»Zu deiner Freundin«, antwortete Margarethe.

»Lass doch die Scherze!«

In Betzenhausen bog sie vom Zubringer ab, um vor irgendeiner anonymen Hochaussiedlung in einer Seitenstraße der Sundgauallee zu parken.

»Wir sind da«, sagte Margarethe, nachdem sie den Wagen abgeschlossen hatte. »Jetzt hoffen wir nur, dass sie zu Hause ist.«

»Du sprichst in Rätseln … aber bitte«, antwortete ich.

Margarethe führte uns zu einem Hochhaus und stand einen Augenblick vor der unübersichtlichen Klingelanlage, bevor sie das Namensschild entdeckte, das sie offenbar gesucht hatte. Sie drückte zwei, drei Mal auf den Klingelknopf und wartete.

Endlich hörte man, wie sich eine gereizte weibliche Stimme aus der Gegensprechanlage meldete. »Wer ist denn da?«, ertönte sie, ohne dass ich sie hätte erkennen können – dazu war die Sprechanlage zu alt und zu billig.

»Die Staatsanwälte Tedeschi und Heymann!«, sagte Margarethe bestimmt. »Bitte öffnen Sie.«

Es dauerte einen Moment, bis wir den Türsummer hörten, so als hätte es sich die Frau, zu der die unwirsche Stimme gehörte, kurz überlegt, ob sie uns wirklich öffnen sollte oder nicht. Ein fensterloser Gang empfing uns, dunkel und unwirklich, die Luft schwer und abgestanden. Margarethe fand einen Lichtschalter und nach einigen Fehlzündungen sprangen endlich zwei Neonröhren an, deren Schein den Flur in kaltes Licht tauchte. Nirgends war eine Menschenseele zu sehen oder auch nur zu hören.

»Komm, hier ist der Fahrstuhl«, sagte Margarethe und zeigte auf eine in die Wand eingelassene Metalltür.

»Weißt du, in welchen Stock wir müssen?«, fragte ich, nachdem wir in der Kabine standen. Margarethe nickte und drückte auf einen Knopf; dann schloss sich die Tür und der Fahrstuhl setzte sich ächzend in Bewegung, ein bisschen wie ein alter Mann, dem die Arbeit von Tag zu Tag schwerer fällt. Margarethe sagte nichts. Sie starrte zur Decke, vermutlich weil sie versuchte, die Schmierereien zu übersehen, die die Wände des Fahrstuhls bedeckten, so dies bei deren absurder Größe und Proportion möglich war. Jedes Mal, wenn wir ein Stockwerk passierten, wackelte die Kabine und schlug irgendwo ein Stahlseil an.

»Ich könnte hier nicht leben«, sagte Margarethe. Sie hatte so etwas wie Ekel in den Augen. Ich zuckte mit den Schultern. Ich wusste, manchmal hatte man schlechterdings keine Wahl.

Im siebten Stock gab uns der Aufzug frei und ein ebenso dunkler Gang, wie derjenige, den wir verlassen hatten, empfing uns. Man hätte sich einbilden können, das Stockwerk gar nicht verlassen zu haben, sondern nur von den Geräuschen des Aufzugs getäuscht worden zu sein, hätte es nicht doch einen Unterschied gegeben: Hier oben kam von irgendwoher Musik, schwermütige Klänge eines deutschen Schlagers. Und am Ende des Ganges, gerade da, woher die Musik kam, war ein schmaler Streifen Licht zu sehen. Dort stand eine Tür einen Spaltbreit offen; Margarethe ging vor.

Sie machte sich weder die Mühe zu klingeln noch zu klopfen, bevor sie in die Wohnung trat. Kaum hatte sie die Tür ganz geöffnet, schlug uns das Lied mit seiner ganzen Wucht entgegen. Da war von Sand und Sehnsucht, von Schmerz, Liebe und Meer die Rede, Dinge, von denen ein einsames deutsches Frauenherz träumen mochte, wenn es keine Gesellschaft mehr hatte, abends, nach Feierabend, wenn das Büro verschlossen und verwaist war und der Chef und die Kollegen nach Hause gegangen waren, wo deren Leben auf sie wartete.

Wie lebt man, wie *überlebt* man, wenn man kein eigenes Leben hat? Die Wohnung gab mir eine Antwort auf die Frage. An den roten, mit Seidentapeten beklebten Wänden prangten goldene Spiegel und goldene Lampen mit roten Schirmchen. Dazwischen hingen Hunderte von Tellerchen, feines, filigranes Geschirr, kaum mehr als handflächengroß, mit goldenen Rändern und unsinnig verspielten Motiven; Hündchen, Kätzchen, Blümchen, Bäumchen, Kinderlein. In den Regalen, auf den Ablagen, Kommoden und Sideboards, auf jeder freien Fläche Porzellanfiguren, weiß und goldfarben und glänzend, Swarovski-Kristalle, blinkend und falsch, lackierte Muscheln, gläserne Glöckchen, silberne Becher, Glasarbeiten in allen Farben und nirgendwo, nirgendwo ein Staubkorn oder ein Fleck und nirgendwo, nirgendwo das Foto eines Kindes, eines Mannes, einer Familie.

Margarethe ging weiter voraus in das Wohnzimmer, aus dem die Musik kam. Ich sah, wie sie grüßte, folgte ihr und trat in einen Raum, der unsinnig vollgestopft war mit Puppen und Marionetten, die auf den Sesseln, dem Sofa, dem

Schrank, der Anrichte, auf Schemeln, Kissen, Hockern, in den Schränken und Vitrinen saßen. Und zwischen all dieser leblosen Figuren sie, in einem Hausanzug, das üppige blonde Haar noch oben gesteckt, vor sich eine Flasche Baileys – ich wusste, sie war eine Baileys-Trinkerin – ein Gesicht ... ein Gesicht wie eine böse Parodie auf all diese hübschen Puppengesichter um sie herum, das Gesicht ...

»Einer Norne«, hatte Margarethe es genannt, als ich sie ein wenig später fragte, was wir da gesehen hatten, ein Antlitz, das zu entgleiten schien, zermacht, zerfahren, verzerrt, Züge, als wären sie in die falsche Richtung gekehrt, eine Stirn ohne Brauen, die Augen trübe, der Mund freudlos, die Lippen rot bemalt und doch verdorrt, ungeküsst seit langer, langer Zeit, und Mundwinkel, die nur noch nach unten lachten.

»Eine Norne«, wiederholte ich in Erinnerung an die nordischen Göttersagen, die wir wohl einmal kurz in der Grundschule gestreift hatten, und ich fror für einen vagen Augenblick allein schon beim Klang dieses Wortes.

29

In den nächsten Tagen setzte Margarethe sich daran, die Anklage abzufassen. Jetzt, ein halbes Jahr nachdem sie dem zarten Hermann Mordechai Stein begegnet war, hatte sie alle die Stücke zusammen, die sie für das große Mosaik benötigte. Den fehlenden Stein hatte ihr gestern eine

Norne übergeben, widerwillig, gewiss, ein wenig genötigt, gewiss, aber eben doch gegeben.

Margarethe hatte nicht gelächelt, als sie das Verhör begann, nicht während sie es führte, nicht, als sie es abschloss. Es war nicht ihr Charme, mit dem sie die Norne zum Sprechen brachte, es war deren Angst und noch ein wenig mehr. Sie hat ihr Herz geöffnet, um der Norne ins Herz zu sehen.

Margarethe deutete mir, die Stereoanlage auszuschalten. Dann räumte sie einen Sessel von den dort sitzenden Puppen frei.

»Sie haben Müller verraten, dass Arnold Bühler homosexuell ist«, sagte sie lapidar und kalt, als sie sich Thekla Röseler gegenüber auf den Sessel setzte. Thekla sah auf diese Feststellung hin noch nicht einmal auf.

»Meißner weiß noch nichts davon«, fuhr Margarethe fort und legte gleich darauf eine Pause ein, um ihre Worte wirken zu lassen. Da hob Thekla das Haupt, und es trat so etwas wie ein Ausdruck in ihre Augen, ein flüchtiges Zeichen von Interesse in einem ansonsten erloschenen Blick.

»Und er muss es auch nicht erfahren«, sagte Margarethe; Theklas Augen weiteten sich.

»Und was muss ich dafür tun?«, fragte sie leise.

»Nichts weiter, Sie müssen sich nur erinnern.«

»Woran erinnern?«

»An das Verfahren Stein gegen Stelz. Sie waren damals Müllers Sekretärin – bevor sie zu Meißner zurückgingen.«

Thekla nickte, langsam. »Ich erinnere mich.«

»Hat Ihnen Müller viel bedeutet?«, fragte Margarethe.

Thekla zuckte mit den Schultern. »Nicht so viel wie … Daniel, aber der hatte ja keine Augen für mich. Joseph ist wenigstens ein Mann.«

»Hat es Sie verletzt, als Sie entdeckten, dass Meißner homosexuell ist und eine Beziehung mit einem Mann hatte?«

»Es ist ekelhaft, finden Sie nicht?«, sagte Thekla und nahm wieder einen Schluck von dieser süßen klebrigen Flüssigkeit, die da vor ihr stand.

»Ich weiß nicht. Heutzutage ist man weniger streng.«

»Es ist gegen die Natur«, sagte Thekla.

»Ah …«, sagte Margarethe und schwieg, um das Gespräch auf die Spur zurückzubringen, die sie verfolgte. »Haben Sie sich Müller deswegen zugewandt? Weil Meißner für Sie verloren war?«

»Und Sie? Haben Sie sich mit diesem arroganten Anwalt eingelassen, weil Ihnen ein anderer das Herz gebrochen hat?«, fragte Thekla scharf.

Margarethe zuckte, kurz nur, kaum merklich, aber Thekla bemerkte es dennoch. Dann schien Margarethe alles abzuschütteln und antwortete: »Nein, das war es nicht.«

»Sondern?«

»Ich denke …«, begann sie ruhig, sah kurz zu Boden, sah zu den Puppen, die um sie herumsaßen, sah Thekla an. »Ich denke, es war, weil ich ohne Vater aufgewachsen bin …« Während sie sprach, traten ihr Tränen in die Augen. »Wie soll man wissen, was ein Mann ist oder sein soll, wenn man keinen Vater hat? Ich nahm Eckhard hin, wie er war, und dachte, so wie er ist, sind Männer eben. Ich dachte, es sei normal, dass er mich bevormundet und schlecht behandelt. Alle meine Freundinnen beschweren sich darüber, dass ihre Freunde sie bevormunden und schlecht behandeln … Wieso sollte es mir anders gehen? Ich wusste nicht, wo die Grenze verläuft zwischen einem normalen Mann, mit dem eine Frau sich eben auch einmal streitet, und einem Psychopathen. Van Helsing hat mir die

Grenze aber irgendwann einmal gezeigt. Ich müsste ihm fast dankbar sein ...«

Thekla hörte Margarethe aufmerksam zu, für einen vagen Moment war es, als ob sie so etwas wie Mitgefühl empfand. »Am Ende behandeln sie einen immer schlecht«, sagte sie. Margarethe nickte.

Als Mann wollte ich widersprechen, als Staatsanwalt hielt ich den Mund und betrachtete stumm das Schauspiel, das diese Frauen vor meinen Augen gaben.

»Hat er Sie unter Druck gesetzt ... später?«, fragte Margarethe nach einer Weile.

Thekla antwortete nicht.

»Sie haben doch die Karteikarte verschwinden lassen und in einer von Meißners Akten versteckt, nicht wahr?«

Thekla nickte und zog zitternd die Unterlippe ein, wie ein Kind, das gleich zu weinen begann. Dann suchten ihre Hände wieder das Glas. Wer wusste, wie oft sie sich heute Abend schon nachgegossen hatte – zwischen all den süßlich lächelnden Puppenkindern, die so regungslos vor sich hin starrten wie der Tod?

»Wie war das damals mit dem Verfahren?«, fragte Margarethe. »Hat Müller mit Ihnen darüber gesprochen? Wissen Sie, ob er überstimmt wurde bei der Beratung über das Urteil?«

Thekla lachte bitter. »Glauben Sie ernsthaft, dass ein Mann wie Joseph je überstimmt worden wäre?«

»Nein, das glaube ich nicht.«

»Sehen Sie, da haben Sie Ihre Antwort«, sagte Thekla und trank.

»Das genügt nicht, Frau Röseler, und Sie wissen das auch. Spekulationen genügen nicht. Wissen Sie, dass er nicht überstimmt worden ist?«

»Sie sind sicher, Meißner weiß von nichts?«, fragte Thekla zurück, anstatt zu antworten.

»Er weiß von nichts«, versicherte Margarethe.

»Und das wird so bleiben?«

»Ich werde ihm nichts sagen, und wenn er es die ganzen Jahre nicht erkannt hat, wird er es auch jetzt nicht erkennen.«

»Wieso?«

»Weil er ein Mann ist«, antwortete Margarethe sibyllinisch.

»Und wieso wissen Sie es?«

»Weil ich eine Frau bin.«

Thekla verschloss ihre Hausjacke mit überkreuzten Armen.

»Er ist nicht überstimmt worden«, sagte sie endlich. »Von Kempf war der Abweichler. Joseph war außer sich. Ich sehe ihn noch vor mir, wie er tobte und über ihn wetterte. Er nannte ihn einen adeligen Schnösel, der dem Juden partout sein Haus zurückgeben wollte. Dabei wäre er doch selbst so gerne adelig gewesen ... Er hat sich sogar einmal Visitenkarten drucken lassen mit dem Namen ›Joseph-Georg *von* Müller‹ – Männer eben. Den anderen hatte er nach ein, zwei Diskussionen auf seiner Seite. ›Der will noch was werden, in der Justiz.‹ Das waren seine Worte. Am Ende haben sie von Kempf einfach überstimmt, und der Jude verlor, nicht wahr? Verlor seinen Prozess und das Haus. Kein Hahn hätte danach gekräht, wenn Sie nicht aufgetaucht wären. Joseph hatte alles fest im Griff, glaubte er jedenfalls. Mit Ihnen hat er nicht gerechnet. Ich habe ihm gleich gesagt, dass Sie gefährlich sind. Er hat Sie nicht ernst genommen. ›Kleines Pipimädchen.‹ So hat er Sie genannt. Er hat Sie offensichtlich unterschätzt.« Thekla machte eine Pause, während der ihre Hand fast schon mechanisch das Glas suchte, das auf dem Tisch stand. Plötzlich hielt sie etwas zurück, ein Einfall, ein Gedanke vielleicht.

»Jetzt sagen Sie mir eines«, meinte sie, statt zu trinken, »wieso machen Sie das alles?«

»Wieso mache ich was?«, fragte Margarethe.

»Wieso verbeißen Sie sich in diesen Fall, wieso legen Sie sich mit einem Mann wie Joseph an?«

»Wieso?«, sagte Margarethe und überlegte einen Moment. »Ich glaube, weil es meine Pflicht ist.«

»Pflicht? Ist das alles?«, fragte Thekla ungläubig. »Ist Ihnen Ihre Pflicht so wichtig?«

Wieder dachte Margarethe eine Weile nach. »Der Jude kannte meinen Vater.«

Thekla sah ihr in die Augen und nickte. »Verstehe.«

Ich wusste, dass sie Thekla noch viel hätte fragen wollen, aber sie ließ es sein. Es war noch so vieles unklar, so vieles ungelöst. Wieso hatte Müller gegen Stein entschieden? Wieso eine so glänzende Karriere gefährden, um eines Prozesses willen? Sie blieb still und schien es nicht wissen zu wollen. Stattdessen erhob sie sich langsam und gefasst, reichte Thekla die Hand, nicht nur zum Abschied, sondern auch, um den Pakt zu besiegeln, den die Frauen kurz zuvor geschlossen hatten, und deutete mir zu gehen. Wir hatten kaum die Tür hinter uns ins Schloss gezogen, als die Musik wieder aufgedreht wurde und das schwermütige Lied von Wellen, Tauben und Sand erklang.

Bis zum Fahrstuhl konnte ich meine Neugierde zügeln, dann brach es aus mir heraus. »Wie meinst du das, Meißner wäre Thekla nicht auf die Schliche gekommen, weil er ein Mann ist?«, fragte ich.

»Ganz einfach: Er hat sie unterschätzt, wie Männer Frauen oft unterschätzen. Im Guten, vor allem aber im Schlechten. Männer sind sich selten im Klaren darüber, wozu eine Frau, noch dazu eine verletzte Frau, fähig ist. Aus der Sicht der Männer sind Frauen Opfer, nicht Täter, und gerade das macht einige von uns so gefährlich. Offenbar gilt das auch für einen Mann wie Meißner. Er hätte eigentlich sofort durchschauen müssen, dass Thekla die Einzige war, die Bühler hatte verraten können und seinen Namen zugleich verschweigen konnte.«

»Er dachte wohl, dass niemand sein Geheimnis kennt.«

»Wie sollte man irgendetwas vor einer Sekretärin wie Thekla verbergen können?«

Margarethe gab mir den fertigen Anklagesatz zur Durchsicht. Ich war längst nicht mehr nur Freund und Ratgeber, sondern auch Assistent geworden. Wie immer, wenn ich eine fremde Anklage las, schmunzelte ich über den zwanghaften Gebrauch des Konjunktivs, wie er der deutschen Staatsanwaltschaft zu eigen ist.

In dem Verfahren gegen Dr. Joseph-Georg Müller, geb. am … in …

wird der Genannte beschuldigt, er habe am … als Präsident des neunten Senats des OLG Karlsruhe das Recht gebeugt, indem er – gemeinsam mit dem wegen Eintritts der Verjährung nicht mehr verfolgbaren Beisitzer Thomas Meinrad und gegen den Willen des verstorbenen Beisitzers Martin von Kempf – auf die Berufung des deutschen Kaufmanns Wolfgang Stelz gegen ein Urteil des Landgerichts Freiburg (AZ ...) die Klage des israelischen Kaufmanns Hermann Mordechai Stein auf Rückübertragung des Haus- und Geschäftsgrundstücks Münsterweg 7, Freiburg, abgewiesen habe, obwohl ihm bewusst gewesen sei, dass ein entsprechender Anspruch bestand ...

Verbrechen der Rechtsbeugung strafbar nach den §§ ...

Man muss sich nur einmal vorstellen, Émile Zola wäre Deutscher gewesen. Was wäre aus seinem ›J'accuse‹ gegen die Dreyfus-Verschwörer geworden? Ein ›Die Genannten werden beschuldigt?‹, und hätte danach ein Hahn gekräht?

Nachdem ich sie gelesen hatte, ging die Anklage an Meißner. Weder Margarethe noch ich waren dabei, als er sie las, aber beide waren wir sicher, dass er in der Lektüre kurz innehielt und ihn eine eigentümliche Ahnung ergriff, als er in der Liste der Beweismittel auch den Namen seiner Sekretärin entdeckte, die als Zeugin gegen Müller benannt wurde.

30

Wir hatten die Presse über die Anklage informiert. Als die BZ über das Verfahren berichtete und sich die FAZ, die Süddeutsche und andere überregionale Blätter anschlossen, schien es, als halte Freiburg mit einem Mal den Atem an. In Italien hätten sich sofort Gruppen gebildet, um in der ein oder anderen Richtung Partei zu ergreifen. Die einen hätten die Staatsanwaltschaft verdammt, und ihr politische Motive unterstellt, natürlich linke Motive, die anderen hätten die Staatsanwaltschaft gefeiert – vornehmlich wiederum die Linke. Nichts dergleichen geschah in Freiburg. Die Deutschen vertrauen ihren Behörden nach wie vor. Wenn sich die Staatsanwaltschaft entschloss, Anklage zu erheben, dann mochte, wie die Menschen raunten, dann mochte doch etwas dran sein an den Vorwürfen, jedenfalls unterstellte uns niemand unlautere Motive. Freiburg beobachtete und wartete ab, was da geschehen würde.

Die Presse blies den Fall auf, so sehr sie konnte. Journalist um Journalist ließ anfragen, ob Margarethe zu einem Interview bereit sei, die BUNTE und die Neue Illustrierte wollten sogar eine Homestory mit ihr machen – Margarethe lehnte ab. Andere schickten ein paar Paparazzi nach ihr aus, Bild veröffentlichte ein Foto von ihr beim Boxen und titelte: ›Die schöne Staatsanwältin greift an!‹

Vom Landgericht war einige Wochen lang nichts zu hören. Es war uns klar, dass das Gericht Müller Gelegenheit zur Stellungnahme geben musste, bevor es entscheiden konnte, ob es die Anklage zuließ oder nicht. Trotzdem war uns das Warten unerträglich. Weder Margarethe noch mir gelang es, unsere Arbeit zu erledigen, gerade brachten wir ein paar Standardermittlungen auf den Weg. Der anspruchsvollere und wichtigere Teil unserer Aufgaben dagegen blieb liegen. Verbunden wie Geschwister gingen wir jeden Mittag zusammen essen, aber wir redeten kaum. Wenig sprach man auch mit uns; dafür umso mehr über uns. Wenn wir zusammen in die Markthalle kamen, war es, als bewegten wir uns in einer Glaskugel, die uns von allem abschirmte. Niemand richtete mehr als einen flüchtigen Gruß an uns, keiner sprach uns an. Dafür begleitete uns ein ständiges Wispern und Flüstern; hinter uns, vor uns, neben uns tratschte und zwitscherte es wie in einem Vogelkäfig.

Thekla dagegen hatte ihre Arbeit nach dem Gespräch mit Margarethe fortgesetzt, als sei nichts geschehen. Wenn ich sie traf, nickte sie mir zur Begrüßung kurz zu und ein kleines verlegenes Lächeln trat in ihr Gesicht. Meißner wiederum zeigte sich nie anders als freundlich und korrekt, wie er dies immer war. Aber auch er sprach nicht viel mit uns.

Draußen wurde der Herbst windig, er riss die Blätter von den Bäumen und trieb sie durch die Straßen. Ich dachte oft an Rilkes Gedicht vom Herbsttag: ›Herr, es ist Zeit …‹

Und es war Zeit! Und endlich kam vom Landgericht der erlösende Bescheid. Die Anklage war zugelassen, die Verhandlung auf zwei Tage im November angesetzt, die Sensation perfekt. Der Beschluss des Landgerichts brachte allerdings auch eine böse Überraschung. Müller hatte sich einen weiteren Verteidiger genommen, ich traute meinen Augen nicht, als ich den Namen las. So viel Unverfrorenheit raubte mir den Atem, Margarethe aber versetzte sie einen Stich ins Herz. Ich wusste es, weil ich sie und ihre geröteten Augen sah an diesem Tag. Als ich sie fragte, ob sie darüber sprechen wolle, schüttelte sie nur den Kopf. *Van Helsing* – kein anderer als er war Müllers zweiter Verteidiger. Welche Teufelei führten sie im Schilde?

In der Nacht vor der ersten Verhandlung schlief ich kaum. Die Nacht war sternenlos und kalt; eingewickelt in meine dicke Daunendecke lag ich in meinem Bett und starrte an die Wände. Die Scheinwerfer der nächtlichen Autos warfen eigentümliche Muster an die weißen Mauern. Im Bad leckte ein Wasserhahn und was als ein kaum wahrnehmbares kleines Tropfen begann, wurde lauter und dröhnender und raubte mir jede Ruhe. Als ich am Morgen aufstand und mich für den Tag vorbereitete, hatte ich schwarze Ringe unter den Augen und fühlte mich wie gerädert.

Ich traf Margarethe bei Gericht. Es musste ihr ähnlich ergangen sein wie mir, denn auch ihr Gesicht trug die Zeichen einer durchwachten Nacht, obwohl sie diese mit Make-up besser hatte kaschieren können. Wir begrüßten uns mit einem ernsten Handschlag, wie Kameraden, die einen gefährlichen Waffengang zu bestehen haben, und gingen gemeinsam in den Gerichtssaal, wo uns die Blitzlichter der vereinigten Boulevardpresse begrüßten. Was würde Bild wohl titeln am nächsten Tag? ›Die schöne Staatsanwältin und der kleine Italiener‹? Wie in einem Schlager aus den Fünfzigerjahren?

Unbeirrt von den Fragen der Journalisten gingen wir zum Tisch der Staatsanwaltschaft, der links neben der Richterbank anschloss. Dort stellten wir unsere Aktentaschen ab und zogen unsere Roben an. Schon immer mochte ich diesen Moment. Er hat etwas Feierliches, Zeremonielles, er gibt, wie jede Zeremonie, Gelegenheit zur Sammlung und Verwandlung. Wir Staatsanwälte, Richter und Verteidiger sind immer auch Schauspieler, Akteure in einem Drama, das das Leben ständig neu erfindet und dazu dient, der Wahrheit zumindest nahe zu kommen und in der Entscheidung über Schuld oder Unschuld, Freispruch oder Strafe, den Ausgangspunkt dafür zu legen, dass die Gesellschaft wieder Frieden findet. Die Robe ist das Kostüm, das wir bei diesem Schauspiel tragen. Sie schützt und verbirgt uns zugleich.

Obwohl das Landgericht den größten Saal für die Verhandlung gegen Müller reserviert hatte, genügten die Plätze im Zuschauerraum nicht, um das ganze Publikum aufzunehmen, das diesen Fall verfolgen wollte. Der Besucherraum quoll fast über. Die Leute saßen auf dem Boden und lehnten an den Wänden. Ich erkannte einige Freiburger Journalisten, deren Gesichter mir bei dem ein oder anderen Prozess begegnet waren, aber auch einige ältere Richter, die es sich nicht nehmen lassen wollten, zu beobachten, was mit dem Kollegen Müller geschehen würde. Vielleicht hatte Müller doch mehr Feinde, als ich dachte. Ich sah sogar Maier-Rolfs in einer Ecke sitzen. Als sich unsere Blicke trafen, lächelte er und nickte mir zu, als wollte er mir Mut machen.

»Sieh mal, da ist Maier-Rolfs«, sagte ich zu Margarethe, die gerade die Verhandlungsakten vor sich ordnete.

»Ich weiß«, antwortete sie vage, »ich habe ihn schon begrüßt.«

In dem Moment fiel mir ein, wen ich noch nicht gesehen hatte: Stein. Ich fragte Margarethe, wo er sei.

»Kommt erst heute Nachmittag«, sagte sie kurz angebunden. Offenbar wollte sie ihre Akten noch einmal durchsehen. »Er ist als Zeuge geladen.«

Plötzlich hörte ich in meinem Rücken, wie Leute aufsprangen, Auslöser gedrückt wurden und ein zweites Blitzlichtgewitter niederging. Das konnte nur eines bedeuten. Sie waren da, der Vorsitzende des OLG Karlsruhe und Minister a. D. Dr. Joseph-Georg Müller und seine Anwälte Dr. Mick und van Helsing. Ich setzte mich neben Margarethe, die sich demonstrativ ihren Akten widmete, und genoss den Einmarsch, den Müller und seine Mitstreiter uns boten. Aufrecht schritten sie zur Anklagebank, aufrecht, mit ganz und gar durchgedrücktem Rücken und geradem, entschlossenem Blick, so wie Deutsche nun einmal gehen, wenn sie besonders siegesgewiss scheinen wollen … Sicherheit und Zuversicht sollte diese Haltung ausdrücken, aber sie war doch ein wenig zu steif und ungelenk, als dass sie es wirklich vermochte. Wenn ich bis zum heutigen Prozesstag Angst gehabt haben sollte, dann fiel sie für einen Moment von mir ab. Es war Müller, der sich fürchtete; ich erkannte es an den weitausholenden Gesten dieses Mannes, die das Gegenteil belegen sollten, und begann unwillkürlich zu lächeln. Während sich Müller mit seinen Verteidigern an den uns gegenüberliegenden Tisch setzte, suchte ich ihren Blick und begrüßte die drei Männer mit der Freundlichkeit einer Schlange, während deren Gesichter völlig versteinert blieben. Ich dachte sogar darüber nach, aufzustehen und zum Tisch der Verteidigung zu gehen, um die Herren per Handschlag zu begrüßen, eine Geste, die ich in anderen Verfahren mitunter wählte, aber für heute wäre das vielleicht zu viel gewesen.

Ich fühlte mich sicher, aber das war ein Fehler. Natürlich hatte Müller Angst, doch das machte ihn nur gefährlicher. Er, Mick und v. H. hatten ihre Angriffe geplant. Wir wussten es nur nicht …

Endlich öffnete sich die Tür an der Stirnseite des Sitzungssaals, die in das allein den Richtern vorbehaltene Beratungszimmer führt, und es erschien die große Strafkammer des Landgerichts in voller Besetzung: drei Berufsrichter, zwei Laien. Alles erhob sich, während die Kollegen zur Richterbank schritten. Den Vorsitz führte Dr. Reiland, ein sehr routinierter Strafrichter, als Beisitzer fungierten die Richterin am Landgericht Klein, eine Juristin, mit der zusammen ich studiert hatte, und RLG Schmitt, ein aufbrausender und schwer einzuschätzender Kollege, der leider schon einmal für äußerst schlechte Presse gesorgt hatte, weil er im Zuge eines Streits mit seiner Freundin handgreiflich geworden war. Die beiden Schöffen dagegen hatte ich noch nie gesehen.

Reiland besaß, was ich an ihm schätzte, durchaus einen gewissen Hang zum Förmlichen. Er ließ seine Kammer daher nicht sofort Platz nehmen, sondern jeden Richter erst hinter seinem Sessel aufstellen und wartete ab, bis Publikum und Prozessbeteiligte ganz verstummt waren. Erst danach zeigte er mit einem angedeuteten Nicken, dass man sich setzen konnte. Einem Fotografen, der die Kamera auf ihn richtete, deutete er mit einer Handbewegung, dass er keine Aufnahmen wünsche. Die Geste genügte, damit der junge Mann den Fotoapparat sofort eingeschüchtert sinken ließ.

»Zur Verhandlung kommt also die Strafsache gegen Dr. Joseph-Georg Müller wegen Rechtsbeugung.« Reiland eröffnete die Sitzung wie jedes Verfahren und gab sich betont beiläufig. »Ich darf vorab die Anwesenheit der Beteiligten feststellen. Es sind erschienen Herr Dr. Joseph-Georg Müller, Präsident des Oberlandesgerichts Karlsruhe, in Begleitung seiner Verteidiger Dr. Mick, Stuttgart, und …«, Reiland stockte einen Augenblick, während er van Helsing fragend ansah.

»Rechtsanwalt von Hansen, Freiburg, Herr Vorsitzender«, beeilte sich van Helsing zu sagen.

»Und Rechtsanwalt von Hansen, Freiburg, sowie die Staatsanwälte Heymann und Tedeschi«, gab Reiland weiter zu Protokoll. Dann ordnete er – mehr um der Wirkung einer Pause willen denn aus Notwendigkeit – seine Unterlagen auf dem Richtertisch neu an, um schließlich Margarethe und mich mit freundlich-autoritärem Lächeln, ähnlich dem Ausdruck eines Professors bei einer Staatsprüfung, anzusehen und zu sagen: »Ich darf die Staatsanwaltschaft dann um die Verlesung der Anklage bitten!«

»Einen Augenblick, Herr Vorsitzender«, intervenierte Mick und erhob sich mit theatralischer Geste und einem Papier in der Hand. Reiland sah Mick an und zog die Augenbrauen nach oben.

»Hat das nicht Zeit?«, fragte Reiland.

»Bedauere, hat es nicht«, insistierte Mick.

»Dann bitte …«, sagte Reiland.

»Bevor die Staatsanwaltschaft die Anklage verliest«, begann Mick mit lauter Stimme, »möchte die Verteidigung einen Antrag stellen. Sie beantragt …« Mick setze eine Lesebrille auf und sah auf das Blatt in seiner Hand, »sie beantragt die Vertreterin der Staatsanwaltschaft Heymann wegen der Besorgnis der Befangenheit von der Teilnahme an der weiteren Verhandlung auszuschließen.« Wieder folgte eine Kunstpause, während der Mick ins Publikum sah, um mit jeder Faser zu genießen, in welche Unruhe er die Journalisten gesetzt hatte. Die wiederum hielten sich bereit, jedes Wort mitzuschreiben, das nun folgen würde.

»Und warum?«, fragte Reiland laut in diese Pause hinein, wissend, dass er Micks theatralische Sendung damit empfindlich störte.

»Weil, Herr Vorsitzender, … ja, wie soll ich anfangen«, sagte Mick mit künstlicher Verzögerung, »weil die Vertreterin der Staatsanwaltschaft Heymann und der junge Kollege von Hansen, der mit mir die Verteidigung führt, noch bis vor Kurzem in eheähnlicher Gemeinschaft lebten, während der der Kollege dieser Frau, die er heiraten wollte, einige Details über die Verteidigung des Angeklagten anvertraut hat, die in den Prozess einzuführen nun in hohem Maße unredlich, und wie ich meine, auch grundrechtswidrig wäre. Die Vertreterin der Staatsanwaltschaft hat ihre Stellung als Verlobte des Verteidigers bewusst genutzt und – ja, man muss es sagen – missbraucht, um – zum Beispiel in Momenten körperlicher Nähe zwischen ihr und dem jungen Kollegen – Details aus dem Privatleben des Angeklagten zu erfragen und in Erfahrung zu bringen ...«

»Das ist eine Lüge!«, platzte es aus Margarethe heraus; sie war weiß vor Zorn.

»Bitte, Frau Staatsanwältin, lassen Sie den Verteidiger aussprechen«, sagte Reiland knapp. Ich hatte alle Hände voll zu tun, um Margarethe zu beruhigen und auf ihrem Sitz zu halten.

»Wie gesagt, Details aus dem Privatleben des Angeklagten in Erfahrung zu bringen und heute in diesem Prozess zu verwerten. Der Kollege von Hansen ist sich bewusst, dass er mit seiner damaligen Verlobten, der Frau Staatsanwältin, natürlich nicht über sein Mandat hätte sprechen dürfen, aber – sehr verehrte Beteiligte – wer könnte sich als angehender Ehemann schon dem Drängen seiner zukünftigen Gattin entziehen, noch dazu, wenn es uns in so charmanter Gestalt erscheint?« Mick legte eine weitere Kunstpause ein und sah ins Publikum. »Wer ohne Schuld ist, der werfe den ersten Stein, nicht wahr?«, schloss er seine Ausführungen mit anzüglichem Lächeln und ging zur Richterbank, um Reiland den vorbereiteten Antrag mit großer Geste zu überreichen.

Der Vorsitzende nahm das Schriftstück ohne jede sichtbare Regung entgegen, wechselte mit seinen Beisitzern ein paar Worte, die niemand verstand, und sah dann wieder zu uns herüber.

»Möchte sich die Vertretung der Staatsanwaltschaft zu dem Antrag äußern? Soll die Sitzung kurz unterbrochen werden?«, fragte er weiterhin betont sachlich.

»Danke, Herr Vorsitzender, aber eine Unterbrechung wird nicht nötig sein«, schoss es aus Margarethe heraus, noch bevor Reiland ganz ausgesprochen hatte – dabei wäre es natürlich sinnvoll gewesen, den Antrag erst in Ruhe und nach den Regeln der Kunst zu prüfen. Aber es gab nun einmal nichts Schlimmeres als einen Juristen in eigener Sache. Margarethe legte sogar noch nach und sagte: »Die Staatsanwaltschaft sieht sich in der Lage, sich zu dem Antrag sofort zu äußern.« Damit nahm sie mir jede Möglichkeit zu intervenieren, ohne ihr dabei in die Parade zu fahren.

»Bitte!«, sagte Reiland und Margarethe stand auf.

»Bleib ganz ruhig!«, sagte ich, aber da hatte sie schon zu sprechen begonnen.

»Der Antrag der Verteidigung, mich aus diesem Verfahren auszuschließen, ist infam. Es ist eine Lüge, dass Herr von Hansen je mit mir über seine Rolle als Verteidiger des Angeklagten gesprochen hatte. Während der Dauer unserer Beziehung war er noch nicht einmal Verteidiger des Angeklagten. Rechtsanwalt von Hansen ist Wirtschaftsjurist oder gibt zumindest vor, es zu sein. Im Strafrecht war er während der gesamten Zeit unserer eheähnlichen Gemeinschaft nicht tätig. Richtig ist allerdings, dass er während der letzten Monate unserer Beziehung immer wieder versucht hat, von mir Einblick in Details der Ermittlungen zu erhalten, und dass er an mich persönlich adressierte Post in dieser Sache an sich nahm und vernichtete, um das Verfahren zu boykottieren!«

Man konnte das Raunen gar nicht beschreiben, das durch die Zuschauerbänke ging, während Margarethe sprach. Jetzt hatte die Presse den Skandal, wie sie ihn pikanter nicht hätte wünschen können. Rechtsbeugung eines hohen Richters? Geschenkt, wen interessierte das schon! Was war das überhaupt, Rechtsbeugung? Hörte sich an wie Kniebeugen. Eine gescheiterte Beziehung zwischen einer Staatsanwältin und einem Verteidiger, der Rosenkrieg vor dem Strafgericht. Wow, das war ganz genau der Stoff, aus dem die Schlagzeilen waren.

»Die Kammer zieht sich zur Beratung zurück! In etwa einer halben Stunde geht es weiter«, sagte Reiland mit deutlich vernehmbarer Stimme in die allgemeine Unruhe hinein. Darauf erhoben sich die Richter und verließen den Sitzungssaal auf dem gleichen Weg, wie sie ihn betreten hatten.

»Ich weiß, ich bin zu aufgeregt«, flüsterte mir Margarethe ins Ohr, »aber das musste sein!«

»Hoffen wir, dass es gut geht!«, antwortete ich – zugegebenermaßen wenig überzeugt.

Uns gegenüber saß Müller und grinste. Ich hatte ihn unterschätzt; wir hatten ihn unterschätzt.

Dr. Reiland rettete den Prozesstag. Nachdem eine halbe Stunde vergangen war, pünktlich, keine Minute früher, keine Minute später, erschien die Strafkammer wieder, setzte sich nicht, sondern baute sich, wie schon zuvor, hinter der Richterbank auf, bevor Reiland einen Beschluss verkündete: »Der Antrag auf Ablehnung der Staatsanwältin Heymann wegen der Besorgnis der Befangenheit wird zurückgewiesen!« Dann sah er in die Runde der Prozessbeteiligten, bat uns, uns zur Begründung des Beschlusses zu setzen und fuhr fort: »Die Ablehnung eines Staatsanwalts wegen der Besorgnis der Befangenheit ist nichts, was man jeden Tag erlebt. Aber auch dieser Prozess ist nicht gerade alltäglich. Im ersten Moment mag man denken, dass ein solcher Antrag unzulässig sei, denn die Staatsanwaltschaft ist die Anklagebehörde und daher allein schon von ihrer prozessualen Rolle her immer ein Stück weit gegen den Beschuldigten positioniert. Trotzdem wird ein solcher Antrag von weiten Teilen der juristischen Literatur als zulässig angesehen, weil die Staatsanwaltschaft nach unserem Rechtsverständnis nicht nur den Angeklagten Belastendes zusammenzutragen hat, sondern auch solche Umstände ermitteln muss, die ihn entlasten. Die Staatsanwaltschaft ist, wie es immer wieder heißt, die objektivste Behörde der Welt. Die Beispiele, in denen die Ablehnung eines Vertreters der Anklage als begründet gewertet wird, sind allerdings begrenzt, etwa wenn der Staatsanwalt oder ein Angehöriger von ihm Opfer der Tat geworden ist. Einen solchen Ausnahmefall können wir hier nicht feststellen. Es kommt hinzu, dass es andere, sehr viel leichtere Mittel gibt, um dem Anliegen der Verteidigung Rechnung zu tragen. Angenommen, Frau Staatsanwältin Heymann versuchte in diesen Prozess Tatsachen einzuführen, die sie unter Verletzung des Verteidigungsgeheimnisses erlangt hätte – ich sage bewusst *angenommen*, denn die Kammer hat hierzu keine Kenntnisse –, dann könnte die Verteidigung in jedem Punkte die Verwertung dieser Tatsachen rügen und die Kammer hätte in jedem Einzelfall zu entscheiden, ob eine Verwertung zulässig ist oder nicht.«

Dr. Reiland lächelte zufrieden. ›So wird's gemacht‹, sagte dieses Lächeln, ›so und nicht anders, lasst eure Emotionen aus dem Prozess.‹ Doch da geschah etwas, was sogar das Lächeln dieses routinierten Vorsitzenden zum Erstarren brachte.

»Wäre ja auch nach schöner!«, sagte Schmitt, der beisitzende Richter, laut und mit unverschämtem Grinsen in die Runde.

Ich sah Reiland an, Reiland sah mich an. Ich ahnte, dass er Schmitt unter dem Tisch einen Tritt gab. Wenn dieser Prozess durch einen erfolgreichen Befangenheitsantrag behindert werden sollte, dann lieferte Schmitt gerade jetzt die unglückselige Vorlage. Im Saal war es so still, dass man eine Nadel hätte fallen hören. Mick war Strafverteidiger genug, sich diese Gelegenheit nicht entgehen zu lassen, aber er wollte die Entscheidung nicht ohne seinen Mandanten treffen und flüsterte ihm etwas ins Ohr; vermutlich wollte er wissen, ob Müller mit einem weiteren Befangenheitsantrag einverstanden wäre, aber der schüttelte den Kopf, ohne im Geringsten zu zögern.

»Gut«, sagte Reiland, wieder ganz Herr seiner selbst und der Situation, »dann darf ich die Staatsanwaltschaft darum bitten, die Anklage zu verlesen.«

Margarethe erhob sich und verlas die Anklage. Trotz des sachlichen Tons, in dem sie sprach, und der hölzernen Sprache, in der die Anklage abzufassen war, schien es dabei, als ergriffe etwas Höheres Besitz von ihr, etwas von besonderem Ernst und besonderer Würde. Jeder im Saal fühlte das, sogar Müller, in dessen überhebliche Gesichtszüge für den Bruchteil einer Sekunde etwas wie Achtung für diese junge Staatsanwältin trat, die gegen ihn ermittelt hatte und ihn jetzt anklagte, die gewagt hatte, was niemand anderer gewagt hätte. Wenn man sich Justitia als Frau vorstellte, in jenen immer gleichen Allegorien mit Schwert, Waage und Augenbinde, müsste sie jetzt, in diesem speziellen Augenblick, Margarethes Züge tragen.

31

Der restliche Vormittag verlief ruhig. Nachdem Margarethe den Anklagesatz verlesen hatte, belehrte Reiland Müller in aller Form über seine Rechte und befragte ihn – wie üblich – zu seinem Werdegang. Müller antwortete ausführlich und nicht ohne einen gewissen Stolz, der sich manchmal in einem fast kindlichen Ausdruck offenbarte, nicht anders als bei einem kleinen Jungen, der Vater und Mutter berichtete, dass er wieder eine gute Note bekommen hatte. Akribisch schilderte er die Stationen seiner erstaunlichen Karriere und bemerkte dabei nicht, wie unbeliebt er sich im Kreis der hier versammelten Juristen gerade machte – auch bei einem so brillanten Mann wie Reiland, dessen gleichbleibend liebenswürdiges Lächeln jedem, der ihn kannte, verriet, dass er Müller zu belauern begann wie eine Katze.

Befragungen und Verhöre – als Laie stellt man sie sich meist laut und aggressiv vor, so wie der Kommissar im Fernsehen, der einen Verbrecher verhört, auf den Tisch schlägt, ihn beschimpft, ihn warnt, unter Druck setzt. Dabei reagiert der Mensch auf Druck nur mit Gegendruck, auf Beschimpfungen mit Wut und auf Aggressionen eben nur mit Aggression. Begegnet man ihm dagegen liebenswürdig und freundlich, öffnet sich selbst der Hartgesottenste, und zeigt man einem Verbrecher Verständnis für seine Tat, so unverständlich und grausam sie auch war, ist er am ehesten versucht, sein Gewissen zu erleichtern. Deswegen ist es die Freundlichkeit, vor der man sich bei der Justiz am meisten in Acht nehmen muss.

Margarethe und ich waren gespannt, ob Müller jetzt in der Strafverhandlung von seinem Recht Gebrauch machen würde, die Aussage zu verweigern. Das hätte uns das Leben schwer gemacht, weil wir alles, was er uns gesagt hatte, in irgendeiner anderen Form in den Prozess hätten einführen müssen, zum Beispiel dadurch, dass Margarethe oder ich als Zeugen zu dem vernommen wurden, was Müller bei unserem von Bongotrommeln begleiteten Gespräch in seinem Freiburger Büro gesagt hatte; aber Müller entschied sich für eine Strategie der Offenheit und wiederholte, was er uns berichtet hatte, sehr klar und sehr genau, sodass das Gericht und die Öffentlichkeit mit der Behauptung konfrontiert wurden, er habe das gegen Hermann Mordechai Stein gefällte Urteil nicht verhindern können, weil er überstimmt worden war. Es hätte wohl auch einfach schlecht ausgesehen, wenn der Präsident des Oberlandesgerichts nun von seinem Aussageverweigerungsrecht Gebrauch gemacht hätte.

Nach der Vernehmung Müllers war es bereits Mittag. Reiland ordnete eine vorgezogene Pause an und bat uns darum, am Nachmittag Punkt 14 Uhr wieder zu erscheinen.

Ich war ein wenig schneller aus dem Gerichtssaal gekommen als Margarethe, weil sie sich einer Meute von Journalisten erwehren musste, die unbedingt noch etwas über ihre Beziehung mit v. H. erfahren wollten, und wartete im Foyer auf sie. Flure der verlorenen Schritte, so nennen die Franzosen die Gänge vor den Gerichtssälen, wo Anwälte und Mandanten auf und ab gehen, auf und ab, bis das Gericht geruhte, sie vorzulassen, Flure der verlorenen Schritte.

Die Atmosphäre war gelöst. Die Presseleute hatten ihre Story für heute im Kasten und die Zuschauer ihr kleines Freiburger Skandälchen; sie würden ihren Freunden etwas zu erzählen haben. Plötzlich fiel mir ein Gesicht auf, das ich bei meinen Blicken in das Publikum übersehen haben musste; vielleicht erschien dieser Prozessbeobachter auch erst jetzt. Ein junger Mann, gut gekleidet, groß, sehr schlank, mit klaren Gesichtszügen und so blond, dass man ihn in jeder Hollywoodproduktion ohne Bedenken als jungen deutschen Leutnant besetzen konnte.

»Kennen wir den nicht?«, fragte ich Margarethe, nachdem sie zu mir getreten war und zeigte auf den blonden Beau.

»Sicher«, antwortete Margarethe, »das ist dieser Student mit den guten Manieren, du weißt, der Sprecher der Neo-Thüringia.«

»Sieh an, sieh an, wer da zum Grüßen vorbeikommt«, sagte ich und deutete auf einen Mann mit etwas wirrem Haar und weißer Krawatte, der auf den höflichen Studenten zuging, ihm erfreut die Hand schüttelte und auf die Schulter schlug, so wie dies gute Kameraden zu tun pflegten.

»Das ist ja Schmitt!«, rief Margarethe aus.

»Der allseits beliebte, seine Freundin verprügelnde Kollege Richter am Landgericht Schmitt. Aber was will der vom Sprecher der Neo-Thüringia?«

»Na sicher keinen Aufnahmeantrag stellen …«, sagte Margarethe.

»Sicher nicht …«, wiederholte ich.

»Er ist nämlich schon drin ... in der Neo-Thüringia«, stellte Margarethe fest.

»Du meinst, er ist ein Alter Herr?«

»Worauf du dich verlassen kannst. Und deswegen haben sie auch keinen Befangenheitsantrag gegen ihn gestellt«, sagte sie lapidar.

»Dann wäre Schmitt ihre Rückversicherung für den Prozess!«, stellte ich fest.

»Ganz genau«, sagte Margarethe.

Wir überlegten während der gesamten Mittagspause, was wir tun sollten, und kamen deswegen kaum zum Essen. Wenn wir Schmitt aus dem Prozess schießen wollten, mussten wir das gleich tun, also noch heute Nachmittag. Aber was richteten wir damit an? Die Verhandlung musste unterbrochen werden, die Kammer über den Befangenheitsantrag entscheiden und falls er erfolgreich war, den Prozesstag in neuer Besetzung wiederholen. Dazu musste ein neuer Richter gefunden werden, der Schmitts Stelle übernahm, es mussten neue Termine mit allen Beteiligten abgestimmt werden und so weiter und so fort. Wenn wir Pech hatten, verloren wir dadurch einen ganzen Monat. Wenn unsere Vermutung allerdings zutraf und Schmitt tatsächlich Müllers U-Boot in dieser Kammer war, konnten wir nicht zulassen, dass er auch nur eine Sekunde länger an diesem Prozess teilnahm.

Wir kamen zu keinem Schluss.

»Ich denke, wir müssen vorab mit Reiland sprechen«, sagte Margarethe schließlich. »Er kennt Schmitt am besten. Er wird beurteilen können, ob er befangen ist oder nicht. Und er weiß auch, wie schnell er einen Ersatzrichter finden kann, wenn wir Schmitt tatsächlich ablehnen müssen.«

Sie hatte recht. Zu Reiland zu gehen, war das Einzige, was wir jetzt machen konnten. Also fanden wir uns nur wenige Minuten später vor seinem Büro im Landgericht wieder. Es war kurz vor zwei. Gleich sollte die Verhandlung weitergehen.

Ich klopfte, erst zaghaft, dann ein wenig lauter. Nichts. Ich versuchte, die Tür zu öffnen. Sie war abgeschlossen.

»So ein Mist«, fluchten wir fast gleichzeitig. »Was machen wir bloß? Wir müssen gleich wieder im Saal sein …«

»Wenn wir den Antrag nicht sofort stellen, ist er verspätet und Reiland schlägt ihn uns um die Ohren. Wenn wir ihn sofort stellen und auf dem Bauch landen, haben wir sein ganzes Wohlwollen verspie …«

Margarethe sprach nicht weiter. Es war nicht mehr nötig. Reiland bog um die Ecke, gut gelaunt und mit großen Schritten. Er trug weder Krawatte noch Jackett, wodurch er sehr viel schmaler wirkte als in der Robe, fast schmächtig. Merkwürdig wie viel an diesem Kleidungsstück hängen konnte.

»Ah, die Kollegen von der Staatsanwaltschaft«, begrüßte Reiland uns jovial. »Haben Sie etwas auf dem Herzen?« Das war eine rhetorische Frage, denn sonst wären wir nicht hier, und noch während er sie stellte, schloss er schon sein Büro auf und bat uns mit einer förmlichen Geste hinein.

»Setzen Sie sich doch!«, sagte er und zeigte auf zwei Besucherstühle, die seinem Schreibtisch gegenüber standen. »Wir haben zwar nicht sehr viel Zeit, aber ohne uns wird die Verhandlung kaum anfangen …«

Wir nahmen Platz und Reiland sah uns erwartungsvoll an. Wie er uns so anlächelte, schien er nichts anderes als ein freundlicher Mann in den Sechzigern, mit kurzen weißen Haaren, milden Augen und einem Schnurrbart wie Albert Schweizer.

»Sie wissen, dass Müller Alter Herr in der Neo-Thüringia ist …«, begann Margarethe. »Wir haben gewisse Hinweise darauf, dass Ihr Beisitzer Schmitt« – bei der Erwähnung des Namens verdüsterte sich Reilands Blick –, »dass ihr Beisitzer Schmitt ebenfalls Alter Herr in dieser Vereinigung ist …«

Reiland nickte, sehr ernst, sehr konzentriert mit einem Mal, mit dem gleichen Ausdruck, den er auch in den Strafverhandlungen zeigte.

»Nun«, fuhr Margarethe fort, »nur theoretisch … angenommen, die Staatsanwaltschaft sähe sich aufgrund dieses Wissens veranlasst, einen Befangenheitsantrag zu stellen … und weiter angenommen, er wäre erfolgreich … Wie lange benötigten Sie wohl, um einen Ersatzrichter zu suchen und den Prozess fortzusetzen?«

Reiland lehnte sich zurück und legte die Handflächen aneinander, als betete er. »Sie werden verstehen«, antwortete er nach einer Weile, »dass der Vorsitzende dieser Strafkammer Ihnen keinesfalls etwas dazu sagen kann, ob Sie einen bestimmten Antrag stellen sollen oder nicht …«, antwortete er langsam. Ein wenig so, als suchte er die Worte, aber das nahm ich ihm nicht ab. Er wusste genau, was er sagen wollte und wie.

»Aber natürlich«, betonte Margarethe.

»Und Sie werden auch verstehen, dass der Vorsitzende dieser Kammer nichts dazu zu sagen vermag, ob der entsprechende Antrag erfolgreich wäre oder nicht …«

»Auch das verstehen wir …«

»Gut, das freut mich. Dann formulieren wir es einmal so: Ein erfahrener Vorsitzender wird in einem Prozess wie diesem möglicherweise gewisse Vorkehrungen getroffen haben, damit durch gewisse Anträge der Fortgang des Verfahrens nicht über Gebühr behindert würde …«

»Verstehe«, sagte Margarethe und erhob sich, was auch für mich das Zeichen war, aufzustehen und uns zum Gehen zu wenden.

»Schön, dass wir uns so gut verstehen«, sagte Reiland und stand seinerseits auf. Er ging um den Tisch und gab uns die Hand, schien aber doch noch irgendetwas auf dem Herzen zu haben. Er wollte etwas sagen, zögerte allerdings. »Wobei …«, bemerkte er schließlich, als wir im Türrahmen standen, »wobei ich nicht weiß, ob die Staatsanwaltschaft den Einfluss einzelner Richterpersönlichkeiten auf das Urteil der Kammer nicht vielleicht überschätzen könnte … Allgemein gesagt.«

»Ganz allgemein …«, sagten Margarethe und ich fast gleichzeitig.

»Na dann, bis gleich im Gerichtssaal«, verabschiedete sich Reiland freundlich und wandte sich wieder seinem Schreibtisch zu.

»O. k., lass uns das Ganze noch einmal durchgehen«, meinte Margarethe auf unserem Weg zur Sitzung. »Ich will sicher sein, dass ich Reiland richtig verstanden habe.«

»Ich höre«, sagte ich nur.

»Erstens Reiland weiß, dass Schmitt das schwächste Glied in seiner Kette ist und Gefahr läuft, aus dem Verfahren geschossen zu werden – aus welchem Grund auch immer.«

»Das sehe ich ganz genauso«, bestätigte ich, schon ein wenig atemlos, denn Margarethe gab ein ziemliches Tempo vor, und ich hatte meinen Vorsatz, wieder etwas sportlicher zu werden, bis dato noch nicht verwirklicht.

»Zweitens Reiland hat vorgesorgt. Wenn Schmitt tatsächlich abgelehnt wird, kann er den Prozess sehr schnell fortsetzen. Es gibt wahrscheinlich schon einen Ersatzrichter …«

»Richtig!«

»Drittens und das war vielleicht das heißeste, was er uns gesteckt hat … Er rät uns von einem Befangenheitsantrag gegen Schmitt ab – selbst wenn er befangen wäre, weil er innerhalb der Kammer gar nichts zu melden hat.«

»Genauso habe ich Reiland auch verstanden«, sagte ich, während wir im Foyer vor dem Sitzungssaal ankamen, wo Presse und vereinigte Zuhörerschaft offenbar ungeduldig darauf warteten, dass die große Besuchertür aufgeschlossen würde.

»Und was machen wir damit?«, fragte ich, nachdem uns ein Wachtmeister geöffnet und wir den Saal durch die kleinere, den Prozessbeteiligten vorbehaltene Tür betreten hatten.

»Wir schießen ihn raus; es bleibt uns doch gar nichts anderes übrig«, sagte Margarethe, während sie die Robe anzog. »Auch wenn er keinen Einfluss auf Reilands Entscheidungen hat, bleibt er eine Gefahr. Stell dir vor, er informiert seine Kumpels heimlich darüber, was die Kammer berät und wo sie Probleme sieht.«

»Glaubst du im Ernst, Schmitt würde gegen das Beratungsgeheimnis verstoßen?«, fragte ich nach. »Ich meine, er ist ja sicher ein Idiot, aber das traue ich ihm nicht zu.«

»Wir schießen ihn raus!«, bestimmte Margarethe.

»Dein Prozess«, sagte ich, während Müller, gefolgt von seinen Verteidigern, durch den Saal schritt und uns gegenüber Platz nahm. Er sah uns an und lächelte kühl. Er führte noch etwas im Schilde.

Es dauerte keine fünf Minuten, bis auch die Strafkammer erschienen war und Reiland die Sitzung mit gewohnter Routine wieder eröffnete. Kaum schielte er dabei zum Tisch der Staatsanwaltschaft hinüber, wo Margarethe den Befangenheitsantrag gegen Schmitt zu Papier brachte.

»Wir verhandeln weiter in der Strafsache gegen Herrn Dr. Joseph-Georg Müller«, begann Reiland und ordnete seine Prozessakten vor sich auf dem Tisch. »Wenn im Moment keine weiteren Anträge gestellt werden, würde ich gerne …«, *in die Beweisaufnahme eintreten*, setzte ich den halb angefangenen Satz im Geiste fort, während Reiland in seinen Ausführungen und ich in meinen Gedanken unterbrochen wurden.

»Einen Augenblick, Herr Vorsitzender, wir haben noch einen Antrag«, hörte ich eine ein wenig stockende Stimme. Aber es war nicht Margarethes weibliche Stimme, es war – van Helsing.

»Ja?«, sagte Reiland und zog die Augenbrauen hoch, woraus zu schließen war, wie sehr ihn dieses Verteidiger-Duo nervte, das seine Verhandlung mit immer neuen Anträgen störte. »Herr von Hasen …«

»Hansen, Herr Vorsitzender.«

»Hansen … Ja, also, Sie wollten noch einen Antrag stellen?«

»Ja, Herr Vorsitzender«, sagte van Helsing und erhob sich verlegen. »Wenn es gerade passt …«

»Es passt eigentlich nicht, aber da Sie mich schon einmal so schön unterbrochen haben, bitte.«

»Die Verteidigung beantragt noch die Vernehmung des derzeitigen Vizepräsidenten des Landgerichts Halle, Thomas Meinrad, zu veranlassen.« Der Satz kam wie aus der Pistole geschossen, als hätte v. H. zwei Stunden lang geübt.

»Und wozu?«, fragte Schmitt ein wenig spitz.

»Wie … wozu?«, wiederholte van Helsing.

»Der Kollege meint, zum Beweis welcher Tatsache«, erklärte Reiland sachlich und ohne jeden Anflug von Ironie – zumindest ohne jeden Anschein der Ironie –, »aber wir wollen Ihnen einen förmlichen Beweisantrag gerne ersparen … Die Kammer informiert Sie stattdessen darüber, dass wir uns schon vor rund zwei Wochen gegenüber dem Justizministerium Thüringen um eine Aussagegenehmigung für Herrn Meinrad bemüht haben. Der Kollege Meinrad hat zugesagt, als Zeuge kurzfristig zur Verfügung zu stehen, sobald die Genehmigung erteilt ist … Ich nehme an, Ihrem Anliegen ist damit Genüge getan?«

Van Helsing nickte eingeschüchtert.

»Gibt es weitere Anträge?«, fragte Reiland und sah dabei mit einem kleinen Seitenblick zu Margarethe hinüber.

Margarethe schüttelte den Kopf und zerknüllte dabei das Blatt in ihrer Hand. »Nein, Herr Vorsitzender. Die Staatsanwaltschaft hat keine Anträge.« Dabei lächelte sie schlau und zeigte Reiland heimlich, dass sie verstanden habe … Verstanden, dass Schmitt keineswegs das U-Boot Müllers in der dritten Strafkammer war und sein konnte. Es war umgekehrt. Er war der treue Diener seines Vorsitzenden und informierte den darüber, was ihm über die Verteidigungsstrategie Müllers und seiner Anwälte bekannt wurde. Daher Reilands souveräne Reaktionen.

»Schön«, sagte Reiland mit einem sehr zufriedenen Ausdruck im Gesicht, »dann können wir ja fortfahren und in die Beweisaufnahme eintreten.«

32

»Der Nachmittag gehört den Opfern«, so oder so ähnlich hatte Reiland einmal in einer Fortbildungsveranstaltung für junge Richter und Staatsanwälte, an der ich teilnahm, beschrieben, wie er seine Prozesse gestaltete, Zeugen und Sachverständige lud und eben auch die Opfer vernahm.

»Warum?«, hatte einer der anwesenden Jungrichter gefragt.

»Am Nachmittag sind die meisten Verteidiger träge«, war Reilands lapidare Antwort. So banal sie mir damals schien, so wahr ist sie manchmal doch. Viele Verteidiger verschossen ihr Pulver zu Beginn eines Prozesstages; wenn der Rauch der ersten Schlacht dann verzogen war, ließen sie die weitere Verhandlung über sich ergehen und dachten bestenfalls an ihr Plädoyer, mit dem sie später zu retten versuchten, was oft nicht mehr zu retten war. Die Weichen aber wurden gestellt, wenn die Zeugen und Sachverständige vernommen wurden. Waren deren Aussagen klar und ohne Widersprüche, half kein Schlusswort der Verteidigung mehr und war es noch so ausgefeilt.

»Herr Tedeschi, würden Sie freundlicherweise nachsehen, ob der Zeuge Stein anwesend ist?«, fragte Reiland, nachdem er erleichtert festgestellt hatte, dass Margarethe seinem Rat gefolgt war und den Befangenheitsantrag nun doch nicht stellte.

»Gern, Herr Vorsitzender«, sagte ich, um gleich darauf auf den Flur zu treten, wo Stein mit rundem Rücken auf einem Bänkchen saß und wartete. Ich rief: »Herr Stein, Sie sind dran«, und winkte ihn zu mir.

Stein sah mich an aus alten und traurigen Augen, erhob sich und kam in kleinen Schritten auf mich zu, um mir in den Sitzungssaal zu folgen. Wie bei unserer ersten Begegnung trug er einen schwarzen Hut und die dicke Jacke mit Fischgräten-Muster. Er wirkte gealtert in den letzten Monaten, gealtert und gebeugt. Es musste ihm schwer sein ums Herz, das war deutlich zu fühlen. Es war, als habe er lange auf diesen Moment gewartet und fürchtete ihn jetzt darum umso mehr.

Als Hermann Mordechai Stein den Gerichtssaal betrat, verstummte das Publikum. Stein wirkte so zart und verletzlich, dass für einen Moment niemand zu sprechen oder zu lachen wagte. Noch nicht einmal die Angehörigen des eher zynischen Berufs der Journalisten konnten sich dem Eindruck der Zerbrechlichkeit entziehen, den Stein vermittelte.

Reiland zeigte auf den Stuhl in der Saalmitte, der für Zeugen bereitstand, und bat Stein, sich zu setzen.

»Darf ich meinen Hut anbehalten?«, fragte Stein in die Stille des Saales hinein. Seine Stimme klang klarer und sicherer, als ich dies erwartet hatte.

»Selbstverständlich!«, antwortete Reiland weltmännisch, während Schmitt verständnislos den Kopf schüttelte.

»Danke, Euer Ehren!«, sagte Stein und setzte sich. Dann sah er zu Margarethe und mir, und ein kleines, kaum merkliches Lächeln blitzte um seinen Mund und seine Augen auf. Darauf sah er nach rechts zu Müller und seinen Verteidigern, und es schien mir, als grüße er Müller mit einem Nicken, das sagen sollte: ›Siehst du, so trifft man sich wieder‹ und als ob Müller den Gruß erwiderte. Aber ich kann mich täuschen, denn Stein wandte mir den Rücken zu und

Müllers Gesicht blieb zur Hälfte hinter seinem Hut verborgen.

»Hermann Mordechai Stein, geboren am 26.06.1926 in Freiburg, jetzt wohnhaft in Tel Aviv, Israel«, stellte Reiland fest.

»Das ist richtig«, antwortete Stein lapidar.

»Ihr Vater war vor dem Krieg Kaufmann in Freiburg. Er musste das Land 1938 verlassen. Seine damalige Gewerbeimmobilie hat er verkauft. Können Sie mir sagen, was Sie hierüber wissen?«

»Ja, natürlich, Euer Ehren, dafür bin ich hier«, sagte Stein.

»Nennen Sie mich bitte nur Herr Vorsitzender oder Dr. Reiland – wie es Ihnen lieber ist. Die Anrede Euer Ehren ist nicht mehr üblich.«

»Gern.«

»Bitte!«

Und dann berichtete er. In einfachen, schlichten Worten. Erzählte von den letzten Jahren der Familie in Freiburg, wie sie, wie jedes einzelne Mitglied der Familie, beinahe über Nacht ausgestoßen waren aus der Bürgerschaft, zu der sein Vater als erfolgreicher Kaufmann doch zuvor gehört hatte. Er berichtete von nächtlichen Gesprächen voller Angst, die die Eltern vor den Kindern zu verbergen suchten, was ihnen aber nie ganz gelang, und in denen es darum ging, dass sie das Land verlassen mussten, das sie für ihr eigenes gehalten hatten; Gespräche darüber, welchen Weg man nehmen konnte und was mit dem Haus werde, ihrem wertvollsten Besitz.

Es war die Idee des Vaters gewesen, das Haus an den Geschäftsführer zu verkaufen unter der Bedingung, es zurückzubekommen, sobald sich die Lage in Deutschland entspannt habe. Ihm, Mordechai, schien die Idee gut, denn er vertraute Onkel Wolfgang damals vollkommen; als Kleinkind hatte er zu dessen Füßen gespielt. Die Mutter war skeptischer, denn er war nun mal ein Goi, aber sie war ohnehin eine misstrauische Natur und einen besseren Rat wusste sie auch nicht. Der Vertrag wurde geschlossen, Onkel Wolfgang brachte sie zum Zug und versprach dem Vater in die Hand, ihm sofort alles zurückzugeben, sobald sich die Zeiten beruhigt hätten und er wieder in Deutschland war. Dann die Flucht, der lange Weg nach Israel, das damals noch Palästina hieß. Die Nachrichten, die man aus Deutschland hörte, Nachrichten vom Mord an den Juden. Erst waren es Gerüchte, später Gewissheit. Der Vater, bleich vor Entsetzen, wozu das Volk, dem er sich bis zu seinem letzten Atemzug zugehörig fühlte, in der Lage war. Er schwor, nie wieder einen Fuß auf deutschen Boden zu setzen, und hielt den Schwur. Steins Rückkehr in den Sechzigerjahren, in ein anderes Deutschland, ein buntes Deutschland, in dem es auf einmal wieder Ausländer gab und geben durfte, wenn sie auch nicht überall gelitten waren. Die Gespräche mit Stelz, der Prozess, der sich über Jahre hinzog, der überschwänglich gefeierte Erfolg der ersten und die niederschmetternde Niederlage in zweiter Instanz, eine Niederlage, die er, Stein, sich nicht anders habe erklären können, als dass etwas Unrechtes geschehen sei, dessen Ursache und Hintergrund er nicht durchschaute, von dem er aber ahnte, da war mehr als nur ein Irrtum.

Der Saal blieb stumm, während Stein sprach, und stumm nachdem er geendet hatte. Reiland betrachtete Stein lange und aufmerksam. Müller musterte ihn mit unbewegtem Gesicht. Van Helsing zog eine dumme Grimasse. Margarethe neben mir atmete tief. Sie war zufrieden.

»Fragen an den Zeugen? Die Verteidigung?«, Reiland hatte den Augenblick des Schweigens vergehen lassen und kehrte zur Routine des Strafprozesses zurück.

»Ja, Herr Vorsitzender«, sagte Dr. Mick laut, sehr laut, um die Andacht zu durchbrechen, die Steins Bericht über Leid und Unglück einer Familie selbst in diesem Gerichtssaal hatte erzeugen können.

»Bitte«, sagte Reiland nur.

»Sagen Sie, Herr Stein, ich habe als Ihr Geburtsdatum hier das Jahr 1926 notiert. Ist das korrekt?«, fragte Mick.

Stein nickte.

»Dann waren Sie zwölf Jahre alt, als Ihre Familie Deutschland verließ?«

Stein nickte erneut und Margarethe sah mich mit einem Ausdruck von Sorge an. Feinfühlig wie sie war, ahnte sie wohl, was da kommen würde.

»Also, sie waren zwölf: Wissen Sie, ich war zwölf Jahre alt, als ich mit meiner Familie von Filderstadt nach Stuttgart zog, aber ich kann mich beim besten Willen nicht mehr an meine Zeit in Filderstadt erinnern …«

Stein wandte den Kopf nach rechts; er sah Mick jetzt wohl direkt in die Augen. »Vielleicht haben Sie ein schlechtes Gedächtnis«, lautete seine lapidare Antwort.

Margarethe atmete auf. Die erste Attacke hatte Stein pariert.

»Ich meine damit eigentlich Folgendes«, fuhr Mick ungerührt fort. »Sind Sie sicher, dass Sie das, was Sie uns berichten, wirklich selbst erlebt haben, oder kann es nicht sein, dass Sie hierüber oft mit Ihrem Vater gesprochen haben und sich jetzt an das zu erinnern glauben, was er Ihnen in Wirklichkeit erzählt hat? Das wäre gar nichts Ungewöhnliches. Das Gedächtnis spielt uns Streiche.«

»Ich bin sicher, ich habe es selbst erlebt«, antwortete Stein, ohne auch nur einen Augenblick zu zögern.

»Ach, und warum?«, fragte Mick spitzt.

»Weil mein Vater nie mit irgendjemandem über seine Erlebnisse in Deutschland gesprochen hat«, sagte Stein trocken.

»Sie haben nie mit Ihrem Vater über die Flucht gesprochen?«

»Nein«, antwortete Stein.

»Dann beneide ich Sie um Ihr Gedächtnis«, bemerkte Mick mit ein wenig zu deutlich zur Schau gestelltem Sarkasmus und legte eine seiner üblichen Kunstpausen ein, um danach wieder in einem ruhigen und verbindlichen Plauderton fortzufahren. »Sie waren von dem Prozess, den Sie gegen – wie haben Sie ihn genannt, Onkel Wolfgang? –, ja, den Sie gegen Onkel Wolfgang geführt haben, sicher emotional sehr betroffen, nicht wahr?«

Stein nickte.

»Ja«, sagte Mick, »das kann man verstehen. Kann man sagen, Sie trugen hier eine Last?«

Ich erwartete wieder ein Nicken, stattdessen hörte ich wie Margarethe plötzlich neben mir mit ungewöhnlich scharfer Stimme intervenierte. »Herr Vorsitzender, ich wüsste nicht, was die Gemütslage des Zeugen mit unserem Verfahren zu tun haben könnte.«

»Oh, viel, Herr Vorsitzender, sehr viel«, sagte Mick in einer Art, als verfüge er über ein Geheimnis, dessen Existenz er im Moment nur andeuten, aber erst zu einem späteren Zeitpunkt offenbaren konnte.

»Ich lasse die Frage zu«, entschied Reiland gelassen.

»Kann man sagen, Sie trugen eine Last?«, wiederholte Mick seine Frage.

»Gewiss«, antwortete Stein.

»Und ist es nicht so etwas wie ein Familienauftrag, den Sie mit diesem Prozess erfüllen?«

»Einspruch«, sagte Margarethe, »der Herr Verteidiger spricht in nebulösen Andeutungen.«

»Also ich muss schon bitten …«, erwiderte Mick und schnappte nach Luft. Aber Reiland unterbrach ihn und fragte. »Herr Dr. Mick, was ist denn ein Familienauftrag?«

»Ein Auftrag, der dem Zeugen von der gesamten Familie erteilt wurde, also ich meine vielleicht nicht im wörtlichen Sinne, sondern im übertragenen.«

»Dann fürchte ich, muss ich dem Einspruch der Frau Staatsanwältin stattgeben«, bemerkte Reiland lächelnd. »Das ist mir ein bisschen zu vage. Formulieren Sie doch die Frage neu.«

»Gut, also, wie soll ich sagen.« Mick war aus dem Konzept gebracht. Mit so viel Gegenwehr vonseiten der jungen Staatsanwältin, die vor ein paar Monaten noch mit einem leichten Sommerkleidchen angetan mit ihm geflirtet hatte, hatte er nicht gerechnet.

»Ich meine, hatten Sie das Gefühl, Sie handelten für Ihre gesamte Familie, als Sie den Prozess gegen – wie nannten Sie ihn? – Onkel Wolfgang geführt haben?«

»Herr Vorsitzender«, sagte Margarethe lapidar und »Herr Verteidiger«, sagte Reiland.

Mick sah zu Margarethe, als wollte er sie vergiften, und zu Reiland, als wünschte er sich von ihm väterlichen Beistand.

»Was mein geschätzter Kollege meint, ist Folgendes«, vernahm man mit einem Male van Helsing, der Mick nun beizuspringen versuchte, »die Frage ist, ob es für den Zeugen Stein so wichtig war, das Geschäftshaus seiner Familie, also natürlich das *frühere* Geschäftshaus seiner Familie zurückzubekommen, dass er dafür alles tun würde, auch lügen.«

»Und das wollen Sie den Zeugen fragen?«, meinte Reiland mit gleichbleibend freundlicher Miene, hinter der man kaum ahnte, wie sehr er dieses Spiel genoss.

»Äh, ja, Herr Vorsitzender«, sagte van Helsing.

»Dann, bitte!«

»Also, Herr Zeuge, ist es Ihnen so wichtig, das Geschäftshaus Ihrer Familie zurückzubekommen, dass Sie dafür auch lügen würden?«

Stein sah v. H. sehr lange an. Schließlich antwortete er: »Ja, das würde ich«, und wandte sich von v. H. ab.

»Sehen Sie!«, sagte v. H. triumphierend, während Margarethe den Kopf schüttelte und meine alte Studienkollegin Klein, die bisher stumm neben Reiland gesessen und den Prozess mit stoischem Blick verfolgt hatte, sehr freundlich sagte: »Helfen Sie mir doch Herr Verteidiger, wenn ich mich irre, aber ich kann gar nicht feststellen, dass irgendetwas von dem, was der Zeuge bisher gesagt hat, den Einlassungen Ihres Mandanten widersprochen hätte.«

Und mit dieser Bemerkung war die Sache erledigt und der erste Prozesstag überstanden.

33

Ich erwachte, weil ein unwirtlicher Novemberwind um das Haus heulte. Ich war im Land der Hyperboreer, so schwer es mir manchmal auch fallen mochte. Trotzdem hatte ich in der Nacht auf den zweiten Prozesstag besser geschlafen. Das Spiel war nun eröffnet, jetzt blieb uns nichts anderes übrig, als zu spielen. Es war riskant, gewiss, mehr noch für Margarethe als für mich, und niemand wusste, was Freiburg und die Justiz mit uns machen würden, falls wir uns einen Fehler erlaubten. Doch am Ende war und blieb es ein Gerichtsverfahren, und solche Verfahren zu führen, war nun einmal unser Beruf.

Ich traf Margarethe eine halbe Stunde vor der Verhandlung. Wir hatten uns um halb neun im Kolbenkaffee verabredet, um unsere Strategie für den heutigen Prozesstag zu besprechen – heute Nachmittag stand Theklas Vernehmung an –, und ich fand auch sie ausgeschlafen und gelassener als gestern. Dabei lag die Bild-Zeitung vor ihr und titelte: ›Verrat in der Liebesnacht? Wie die schöne Staatsanwältin den Verteidiger zum Sprechen brachte!‹ Margarethe roch nach Zitronenblüten und begrüßte mich mit einem flüchtigen Kuss auf die Wange.

Ich holte mir einen Cappuccino und eine Brioche an der Theke und stellte mich zu ihr an ihren Lieblingsplatz, einem Stehtischchen neben einem großen Fenster, das den Blick auf das Martinstor freigab. Das Café war von dem gleichen Gastronomen gegründet wie die Markthalle, einem großen, sehr schweren Mann mit kleinen listigen Augen und halb mürrischem, halb schalkhaftem Temperament, der seinen Gästen das Gefühl gab, sie nicht ausstehen zu können, aber einen der besten Kaffees servierte, die in Freiburg zu haben waren.

»Und was schreiben die Jungs?«, fragte ich und deutete auf die Zeitung.

»Nicht der Rede wert«, gab Margarethe wie beiläufig zurück; ich vermochte nicht zu entscheiden, ob sie die Schlagzeile tatsächlich kalt ließ oder ob sie sich nur geschickt den Anschein gab.

»Macht es dir etwas aus?«, fragte ich weiter.

»Was? Das, was über mich in der Bild steht oder was van Helsing mir angetan hat?«, fragte sie zurück.

»Beides vielleicht«, antwortete ich eingeschüchtert und nippte an meinem Cappuccino. Obwohl sich ihr Groll gegen van Helsing und nicht gegen mich richtete, hatte ich unwillkürlich das Gefühl, als müsste ich den Kopf einziehen.

»Weißt du, Antonio, was die Bild schreibt, ist mir im Grunde herzlich egal. Ich kann mir nicht vorstellen, dass irgendjemand auf Gottes weiter Erde so einen Titel überhaupt ernst nehmen könnte. Aber dass v. H. unsere Beziehung als Vorwand nimmt, um mich aus diesem Verfahren zu kicken, nehme ich ihm übel, das nehme ich ihm sehr übel. Das kann ich dir sagen.«

Ich nickte und sah betreten zu Boden.

Nachdem wir unsere Rollenverteilung für den heutigen Tag besprochen hatten, gingen wir gemeinsam zu Gericht, stellten uns beinahe routiniert den Blitzlichtern der Fotografen und nahmen unsere Plätze ein. Auch sonst verlief alles wie am Vortag, angefangen vom Einzug Müllers und seiner Verteidiger als aufrechte Recken bis zur fast zeremoniellen Eröffnung der Verhandlung durch Dr. Reiland. Aber es blieb nicht bei Wiederholungen. Reiland hielt gleich zu Beginn der Sitzung eine erste Überraschung für uns bereit. Er hatte ein Fax des Justizministeriums Thüringen erhalten. Der Antrag auf Erteilung einer Aussagegenehmigung für den Vizepräsidenten des Landgerichts Halle, Dr. Thomas Meinrad, war … abgelehnt. Reiland verlas kurz die Begründung: ›Wahrung des Beratungsgeheimnisses als unverzichtbarer Teil richterlicher Entscheidungsfindung …‹ und zuckte mit den Schultern. Mehr konnte die Kammer nicht tun, um zur Wahrheitsfindung beizutragen. Margarethe dagegen schüttelte den Kopf. Sie hatte für einen Moment die Hoffnung gehabt, die Autorität der großen Strafkammer wäre groß genug, um das Justizministerium Thüringen zum Umdenken zu bringen. Dass es der Staatsanwaltschaft Freiburg gegenüber eine solche Genehmigung versagt hatte, war eine Sache, aber gegenüber der großen Strafkammer eines Landgerichts? In einem Prozess gegen einen ehemaligen Staatssekretär? Daran war irgendetwas seltsam. In Baden-Württemberg wäre man sehr viel großzügiger mit der Erteilung einer solchen Genehmigung verfahren als in Thüringen … War es, weil die Beamten in den *Nebulä* noch ein wenig ungeübt waren im Umgang mit dem Rechtsstaat und deswegen manche Vorschriften ernster nahmen als wir? Oder gab es einen anderen Grund? Andererseits waren wir nach unserem Gespräch mit Thekla ziemlich sicher, dass Meinrad uns angelogen hatte, zumindest was seine eigene Rolle bei diesen Verhandlungen anging. Wie war das, blitzte da so etwas wie ein überhebliches Lächeln in van Helsings Gesicht auf?

»Dürfen wir das Schreiben sehen?«, fragte Margarethe.

»Sicher«, antwortete Reiland und bat den Protokollführer, einen Referendar mit fettigen Haaren und verschlossenem Gesicht, darum, Margarethe das Schreiben zu bringen.

»Ministerialdirigent Dr. Rüdiger Steinbuck«, las sie laut den Namen des Beamten, der den Brief unterzeichnet hatte, und sah plötzlich Müller an. »Sie kennen den Herrn nicht zufällig?«

»Wir müssen die verehrte Staatsanwältin schon bitten!«, erwiderte Mick schneidend und sprang auf. »Die Staatsanwaltschaft scheint der Meinung zu sein, unser Mandant verfüge über ein grenzenloses Netz an Beziehungen und sei in der Lage, die Justizverwaltung zu manipulieren. Das ist eine bodenlose Frechheit, die wir uns nicht bieten lassen!« Theatralisch schlug er mit der Faust auf den Tisch.

Margarethe war nicht überrascht von Micks Angriff. Wir hatten erwartet, dass die Verteidigung ihre konfliktreiche Strategie fortsetzen würde. Micks hässliche Augen blitzten angriffslustig hinter den Prismen seiner Brille hervor.

»Die Staatsanwaltschaft hat dem Herrn Angeklagten lediglich eine Frage gestellt«, sagte ich ruhig und ohne aufzusehen. Wir hatten besprochen, dass ich heute versuchen sollte, Margarethe ein wenig aus der Schusslinie zu nehmen, wenn sie angegriffen würde.

»Und damit etwas unterstellt und das ist bodenlos …«, wiederholte Mick in Kampflaune.

»Ich schlage vor, dass der Herr Angeklagte nun die Frage beantwortet«, erwiderte ich mit kaltem Blut. »Ich möchte mir Debatten darüber, wie die Staatsanwaltschaft eine Frage meinen könnte und wie nicht, möglichst ersparen.«

»Wir denken gar nicht daran, auf solche Unterstellungen zu reagieren!«, sagte Mick. Offensichtlich wollte er mich in einen Streit verwickeln. Aber es gelang ihm nicht. Ich lächelte ihn an, betrachtete die unregelmäßigen Züge seines Gesichts, die hässliche Brille, die nichtssagenden blauen Augen hinter den eigentümlich geschliffenen Gläsern und bekam dabei beinahe so etwas wie Mitleid. Im Grunde war er auch nur ein Junge, den seine Mutter nicht geliebt hatte.

»Das steht Ihnen frei«, gab ich kurz zurück. »Ich darf den Herrn Protokollführer darum bitten, kurz zu vermerken, dass der Angeklagte die Frage, ob er den zuständigen Beamten im Justizministerium Thüringen kenne, nicht beantworten möchte.«

Natürlich war meine Gelassenheit nicht echt. Jeder, der mich näher kannte, hätte das durchschaut, aber das Mitleid, das ich für einen Augenblick mit Mick empfunden hatte, half mir dabei, ruhig zu bleiben.

»Ist das Ihre endgültige Entscheidung?« Es war Reiland, der intervenierte und Müller unmittelbar ansprach. Müller zuckte mit den Schultern.

»Gut«, sagte Reiland und gab dem Protokollführer ein Zeichen, Müllers Antwort festzuhalten. »Dann darf ich die Herren bitten, sich ein wenig zu beruhigen und im Prozess fortzufahren. Irgendwelche Anträge?«

»Aussetzung des Verfahrens!«, sagte Mick halblaut. Er hatte sich auch während Reilands Versuch, die Stimmung zu beruhigen, nicht wieder gesetzt und nutzte dies für einen weiteren kleinen Auftritt. »Die Verteidigung beantragt die Aussetzung des Verfahrens. Wir werden gegen die Verweigerung der Aussagegenehmigung Klage vor dem Verwaltungsgericht einreichen. Bis das Verwaltungsgericht entschieden hat, ist der vorliegende Strafprozess auszusetzen«, verkündete er großspurig.

Was ihn um Jahre verzögern würde … Keiner sprach es aus, aber jeder Jurist in diesem Gerichtssaal wusste es.

Was ihn um Jahre verzögern würde … Margarethe und ich sahen uns besorgt an. Wieder hatten wir Mick unterschätzt. Seine eigentliche Trumpfkarte hatte er eben erst ausgespielt. Wenn dieser Prozess je auf der Kippe stand, dann jetzt.

Reiland nickte dem Protokollführer zu, um den Antrag aufzunehmen. Wenn er irritiert war oder beunruhigt, dann ließ er es sich nicht anmerken. Nachdem der Referendar mit sichtlicher Nervosität einige Zeilen zu Papier gebracht hatte, ließ Reiland sie ihn laut vorlesen und fragte Mick äußerst höflich, ob er den Antrag so billige oder ihm noch etwas hinzufügen wolle. Es war, als wollte er uns Zeit geben, damit wir unsere Stellungnahme vorbereiten konnten … Tatsächlich, er schindete Zeit für uns! Wie ein Ringrichter beim Boxen, der sich ein wenig zu lange vergewissert, ob Mund- und Kopfschutz sitzen, wenn man völlig außer Atem ist, damit man sich wieder fangen kann. Ringrichter machen das, wenn sie das Gefühl haben, dass es eng wird … Wenn Reiland hier zum gleichen Mittel griff, bedeutete das nichts Gutes für uns.

Was mir erst langsam klar wurde, hatte Margarethe schneller begriffen. Sie hatte einen Kommentar zur Strafprozessordnung aufgeschlagen und suchte darin nach einem Urteil, das uns helfen konnte.

»Eine Stellungnahme der Staatsanwaltschaft hierzu?«, fragte Reiland an Margarethe und mich gerichtet.

»Wir treten entgegen«, antwortete ich laut und stand nun meinerseits auf. Das war ein Fehler, den ich gleich bereute.

»Na das isse aber eine Überraschunge!«, bemerkte Mick hämisch. Hatte ich richtig gehört? Imitierte er einen italienischen Akzent, um sich über mich lustig zu machen, dieser hässliche Scheißkerl, mit dem ich gerade einen Anflug von Mitleid gehabt hatte? Was für eine Frechheit! Ich hätte ihn am liebsten geohrfeigt ... Aber halt!, sagte ich mir, beschäftige dich nicht mit ihm. Genau das wollte er erreichen! Das hatte Zeit. Ich musste etwas zu seinem Antrag sagen. Schnell und klug. Jetzt noch um eine kleine Pause zu bitten, dafür war es zu spät. Was musste ich auch gleich aufstehen? Fragend sah ich Margarethe an. Sie schüttelte den Kopf. Offenbar hatte sie in unserem Handkommentar nichts gefunden, was uns weiterhelfen konnte.

»Die Staatsanwaltschaft tritt dem Antrag entgegen«, wiederholte ich. »Und im Gegensatz zu dem, was die Verteidigung uns zu unterstellen können meint, sind wir nicht der Auffassung, dass in einem deutschen Justizministerium Entscheidungen getroffen werden, um dem Angeklagten einen Gefallen zu tun, auch wenn dieser Angeklagte nicht ohne Einfluss ist, wie etwa Herr Dr. Joseph-Georg Müller. Wir sind in Deutschland, nicht wahr? Die Staatsanwaltschaft ist davon überzeugt, dass die Entscheidung des Justizministeriums Thüringen richtig ist und jeder Überprüfung durch die Verwaltungsgerichte standhält. Das Ministerium hatte bei seiner Entscheidung abzuwägen zwischen der Verpflichtung des Staates, in diesem Strafprozess die Wahrheit zu ermitteln, und dem Beratungsgeheimnis der richterlichen Kollegialorgane, das gerade deswegen besteht, um dem Ringen um die Wahrheit im Prozess ausreichenden Raum zu geben. Das Ministerium hat sich für das Beratungsgeheimnis entschieden und damit einem Prinzip Rechnung getragen, das über den Prozess, den wir hier führen, hinausgeht. An der Rechtmäßigkeit der Entscheidung bestehen daher keine Zweifel, und wir stellen fest, auch die Verteidigung hat keine Bedenken gegen die Rechtmäßigkeit formuliert; wenn es Bedenken gäbe, wer wüsste dies nicht besser als der Angeklagte selbst? Ist die Entscheidung des Ministeriums aber rechtmäßig, dann wäre … nein, dann *ist* es bloße Zeitverschwendung, das Strafverfahren auszusetzen. Wir brauchen die Verwaltungsgerichte nicht, nur um uns erklären zu lassen, dass der Bescheid des Justizministeriums nicht zu beanstanden ist. Führen wir den Prozess fort!« Ich legte eine Pause ein und sah in die Runde, ein wenig so wie Mick dies zu tun pflegte, dann – ich weiß nicht, was mich ritt – schloss ich, dass jeder es hören konnte, mit den Worten: »Ich habe fertig.«

Selten, glaubte ich, hatte man in einem Gerichtssaal so gelacht! Selbst Reiland, sonst ganz Herr seiner selbst, presste die Lippen zusammen, um nicht laut loszuprusten, und wischte sich nach einer Weile eine Träne aus dem Augenwinkel. Nur vier Männer lachten nicht in diesem Saal: van Helsing, Mick, Müller und ich. Lachen hat etwas Versöhnliches, nicht wahr, und ich wollte mich mit diesen Herren nicht versöhnen, heute nicht und niemals mehr.

»Das war gar nicht so übel«, sagte Margarethe, nachdem ich mich wieder gesetzt hatte, und ich glaube, das war das größte Kompliment, das sie mir je gemacht hat. Die Kammer zog sich zur Beratung zurück und gönnte uns damit allen eine Pause. Margarethe und ich holten uns einen Kaffee vom Automaten. Wir hatten zu wenig Zeit, um irgendwo einen guten Espresso zu trinken.

»Was meinst du«, fragte ich zwischen zwei Schlucken, »hat Müller irgendetwas an der Entscheidung gedreht?«

»Ich halte jede Wette!«, antwortete sie mit einem gefährlichen Ausdruck im Gesicht. »Ich bin sicher, unsere Freunde wussten schon seit ein paar Tagen, dass das Ministerium die Genehmigung nicht erteilen würde und haben nur darauf gewartet, diesen Aussetzungsantrag zu stellen. Aber du hast Ihnen in die Suppe gespuckt.«

Das war das zweite Lob von Margarethe an nur einem Tag. Ich staunte.

»Ich glaube, ich werde unseren Chef fragen, ob dieser komische Ministerialdirigent, der da entschieden hat, nicht vielleicht auch ein Ehemaliger der Neo-Thüringia ist«, meinte sie.

Wir hatten unsere Becher kaum gelehrt, als die Zuschauer, die sich die Füße vertraten, schon wieder in Richtung Gerichtssaal drängten. Die Kammer schien zu einem Ergebnis gekommen, erstaunlich schnell, wie ich fand … kein gutes Omen normalerweise.

Schnell füllte sich der Saal und schnell trat Ruhe ein. Es war ein bisschen wie bei einem spannenden Tennismatch, wenn das Publikum dem entscheidenden letzten Satz entgegenfieberte. Als die Kammer erschien und Reiland sich anschickte, den Beschluss zu verlesen, drückte ich unwillkürlich die Daumen. Triumph oder Fiasko? Was würde kommen? Ich versuchte die Entscheidung in Reilands Blick zu lesen; ich vermochte es nicht. Als ich vernahm, was er sagte, hörte ich, aber verstand ich es nicht; plötzliche Unruhe ergriff den Saal, und ich sah, wie Mick die Faust ballte.

»Was hat er gesagt?«, fragte ich Margarethe.

»Die Kammer stellt die Entscheidung zurück«, flüsterte sie mir zu. »Sie wissen nicht, was sie mit dem Antrag machen sollen.«

Kein Sieg, keine Niederlage – jedenfalls bis jetzt nicht. Oder vielleicht doch ein Etappensieg? Immerhin würde Reiland weiterverhandeln. Die Beweisaufnahme würde fortgesetzt. Der Prozess war noch nicht zu Ende. Ich sah zu Mick hinüber. Seine Züge schienen versteinert.

»Weitere Anträge?«, fragte Reiland, nachdem sich die Aufregung gelegt hatte. »Offenbar nicht.« Er sah auf die Uhr. »Dann würde ich vorschlagen, wir setzen die Verhandlung fort und beginnen mit der Einvernahme der Zeugin Röseler. Herr Tedeschi, sind Sie wohl wieder so freundlich?«

34

Thekla Röseler trug ein violettes Kostüm, das sie mit einer roten Seidenbluse, hochhackigen roten Schuhen und einer ebenso roten Handtasche kombiniert hatte. Ihre Haare waren frisch blondiert und rochen so stark nach Haarspray, dass noch nicht einmal der schwere Duft ihres Parfüms diesen besonderen Geruch zu überdecken vermochte. Sie ging mit trippelnden Schritten zum Zeugenstuhl, würdigte niemanden im Saal – außer Reiland – auch nur eines Blickes und setzte sich damenhaft, mit einer Art schüchternem, ausschließlich an Reiland adressierten Lächeln, streng darauf achtend, dass sich ihre Knie auch wirklich nicht öffneten.

»Frau Thekla Röseler, geboren am 13. März 1940?«

»Jawohl, Herr Vorsitzender«, antwortete Thekla mit einem zarten Stimmchen, das ganz und gar zu ihrer Gestalt passen sollte.

»Ich muss Sie darüber unterrichten, dass Sie vor Gericht die Wahrheit zu sagen haben …«, begann Reiland die obligatorische Zeugenbelehrung, während der Thekla förmlich an seinen Lippen hing. Reiland wiederholte den immer gleichen Sermon mit eindrücklichem und offenbar gut einstudiertem Ernst.

»Sie haben die Belehrung verstanden?«, fragte er abschließend.

»Jawohl, Herr Vorsitzender«, kam es aus Theklas spitzem Mund.

»Herr Vorsitzender«, meldete Mick sich mit neuem Eifer, »liegt denn für die Zeugin Röseler eine Aussagegenehmigung vor?«

»Darauf wollte ich noch hinweisen«, erwiderte Reiland nach wie vor gelassen. »Die Genehmigung liegt vor. Möchte die Verteidigung sie einsehen?«

»Danke nein«, antwortete Mick mit spöttischem Lächeln. »Die Verteidigung vertraut diesem Gericht.«

»Frau Röseler«, fuhr Reiland fort, ohne die Bemerkung weiter zu kommentieren. »Sie waren vor einigen Jahren Leiterin der Geschäftsstelle des neunten Senates des Oberlandesgerichts Karlsruhe mit Sitz in Freiburg …«

Thekla nickte.

»Können Sie sich an das Verfahren Stein gegen Stelz erinnern?«

Thekla nickte erneut.

»Können Sie etwas dazu sagen, wie es zu dem Urteil in diesem Verfahren kam? Sie wissen vielleicht, dass Herr Dr. Müller, der Vorsitzende des damaligen Senats behauptet, er sei bei der Urteilsfindung überstimmt worden.«

»Ja«, sagte Thekla kaum hörbar. Ihr gesamter Mut schien sie verlassen zu haben, so kleinlaut klang dieses Ja.

»Ja?«, wiederholte Reiland geduldig.

»Ja, ich weiß, dass Joseph das jetzt behauptet …« Der Satz war kaum zu hören.

»Herr Vorsitzender!« Das war schon wieder Micks knarrende Stimme. »Herr Dr. Müller legt Wert darauf, dass die Zeugin ihn mit seinem Nachnamen anspricht. Keine Vertraulichkeiten, bitte!«

Thekla wandte ihren Blick kurz von Reiland ab und sah zur Anklagebank hinüber. Leider konnte ich den Ausdruck in ihrem Gesicht nicht sehen, aber als sie den Kopf wandte und ihre Aufmerksamkeit wieder allein auf Reiland richtete, war plötzlich etwas Bitteres in ihre Züge getreten. Margarethe neben mir lächelte zufrieden.

»Bitte, Frau Röseler, fahren Sie fort«, sagte Reiland. »Das Gericht möchte Ihnen nicht vorgeben, wie Sie den Angeklagten ansprechen, aber wenn Sie seinen Wunsch respektieren würden, wäre ich Ihnen persönlich dankbar.«

Es war, als ginge ein Ruck durch Thekla. Sie streckte den Rücken und verlor damit das Niedliche, Leise und Süßliche, das sie gerade eben noch so deutlich hatte zur Schau stellen wollen.

»Ich weiß, dass Herr Dr. Müller in dieser Beratung nicht überstimmt worden ist. Er ist in keiner Beratung je überstimmt worden«, sagte sie mit fester Stimme.

»Woher wissen Sie das?«

»Er hat es mir gesagt. Er hielt seine Beisitzer für Speichellecker, die nicht den geringsten Mumm haben. Er nannte sie immer seine Muttersöhnchen.«

»Hat er das öfter zum Ausdruck gebracht?«, fragte Reiland.

»Immer wieder, wenn die Sprache auf sie kam«, antwortete Thekla.

»Wie ist das? Hat Herr Dr. Müller im Allgemeinen zum Ausdruck gebracht, dass er sich nicht überstimmen lassen würde, oder haben Sie gerade auch über das Verfahren Stein gegen Stelz gesprochen?«

»Gerade auch über dieses.«

»Und was sagte er da?«

»Er sprach davon, dass einer seiner Beisitzer dem Juden doch tatsächlich Recht geben wollte und das andere Muttersöhnchen schon fast auf seiner Seite hätte. Aber er würde ihm einen Strich durch die Rechnung machen.«

»So hat er das gesagt?«, hakte Reiland nach.

Thekla nickte. »So hat er das gesagt.«

Reiland runzelte die Stirn und sah in die Akte. Es war, als ginge ihm das viel zu schnell, als käme diese für Müller belastende Aussage zu plötzlich und zu unerwartet, als dass sie tatsächlich schon die Lösung des Falles bringen konnte.

»Hat Herr Dr. Müller mit Ihnen öfter Details seiner Verfahren besprochen?«, fragte er weiter.

»Öfter«, bestätigte Thekla.

»Wie kommt es, dass Sie sich gerade an das Verfahren Stelz gegen Stein so gut erinnern?«

Thekla zögerte einen Moment und senkte den Kopf. Auf diese Frage war sie nicht vorbereitet; sie war ihr gar nicht in den Sinn gekommen. Wie kam es, dass sie sich so gut erinnerte?

»Ist das nicht normal?«, antwortete sie nach einer ganzen Weile und zuckte mit den Schultern.

»Ich weiß es nicht«, sagte Reiland. »Viele Zeugen, die ich hier täglich vernehme, erinnern sich kaum an Vorgänge, die nur ein oder zwei Jahre zurück liegen.«

Das konnte Thekla nicht verstehen. »Ich weiß nicht,

wieso ich mich so gut erinnere«, sagte sie und dachte nach. »Es ist vielleicht … es ist vielleicht …«

»Vielleicht, weil Ihnen Herr Dr. Müller nahe stand?« Es war Margarethe, die für Thekla einsprang.

»Vielleicht«, sagte Thekla unsicher. Sie konnte die Frage nicht beantworten. Es war für sie einfach selbstverständlich, dass sie sich daran erinnerte, was einer ihrer Chefs zu ihr gesagt oder was er getan hatte, ebenso selbstverständlich vielleicht wie ihre Angewohnheit, sich in diesen Chef zu verlieben. Es gab in ihrem Leben ja nichts anderes.

»Hat er Ihnen vielleicht auch erzählt, wie er sich durchgesetzt hat?«, fragte Reiland weiter.

»Nein, das hat er, glaube ich, nicht getan. Er wird ihn überzeugt haben, oder?«

»Ich weiß es nicht«, antwortete Reiland.

»Ich dachte. Ich meine, Joseph – Entschuldigung –, Dr. Müller war der Vorsitzende. Ich dachte, es ist normal, dass er das Sagen hat.«

Reiland beriet sich kurz mit seinen Beisitzern, die beide nickten. Thekla hatte natürlich recht damit, dass sich die Vorsitzenden in ihren Kammern durchsetzten, auch wenn darüber in Juristenkreisen nicht immer gern gesprochen wurde. Immerhin genossen die Beisitzer richterliche Unabhängigkeit. Sie hatten von ihren Vorsitzenden daher keine Anweisungen anzunehmen. Das Problem war nur, dass ihre Karrieren von ihren Beurteilungen abhingen und die wiederum schrieb nun kein anderer als ihr Vorsitzender. Wie sich seinen klugen und bedacht gesetzten Argumenten in einer Beratung entziehen, wenn man noch etwas werden wollte bei Justitia?

»Die Kammer hat im Moment keine Fragen mehr an die Zeugin«, erklärte Reiland. »Die Staatsanwaltschaft?«

Margarethe und ich sahen uns an und schüttelten gleichzeitig den Kopf. Beinahe lächelten wir, hätte die Rolle als strenge Diener des Gesetzes, die wir einzunehmen hatten, uns diese Geste für heute nicht verboten. Nein, wir haben keine Fragen, dachten wir, denn es schien uns alles gesagt. »Nein, Herr Vorsitzender«, antwortete Margarethe.

»Die Verteidigung?«, fragte Reiland.

»Gewiss, Herr Vorsitzender«, sagte Mick. Das Doppel-s lang und betont, erhob er sich angriffslustig wie eine Kobra, die ihr Haupt aus ihrem Korb streckt.

»Frau Röseler«, fing er an, ging um den Tisch der Verteidigung und baute sich mit böse funkelnden Augen neben der Zeugin auf.

»Ist es richtig, dass Sie die Geliebte Herrn Dr. Müllers waren?«

Thekla zuckte zusammen und ebenso ging es Margarethe neben mir. Wie hatten wir so dumm sein können, Mick diese Frage zu überlassen? Thekla sah zu Boden und schwieg.

»Ich wiederhole«, wiederholte Mick ein wenig zu laut, »ist es richtig, dass Sie die Geliebte Herrn Dr. Müllers, Ihres damaligen Chefs, waren?«

»Muss ich die Frage beantworten?«, wandte sich Thekla Hilfe suchend an Reiland. Ich sah, wie sich ihre Hände in ihrem Schoß verkrampften, während Reiland antwortete: »Ich fürchte, ja.«

»Nun, kommen Sie schon, wir haben nicht den ganzen Tag Zeit!«, fauchte Mick wie ein böser Zwerg.

Thekla nickte.

»Ich fürchte, ich habe Sie nicht verstanden!«, sagte Alberich.

»Ja!«, sagte Margarethe schließlich. Aber damit war es nicht zu Ende, natürlich war es damit nicht zu Ende.

»Wie endete die Beziehung?«, fragte Mick weiter.

»Ich weiß nicht mehr«, antwortete Thekla zögernd.

»Ach, plötzlich verlässt Sie Ihr sonst so gutes Gedächtnis?«, bemerkte Mick ironisch. »Macht nichts, ich helfe Ihnen gern. War es nicht so, dass mein Mandant diese außereheliche Affäre beendete?«

»Kann sein«, gab sich Thekla so unbeteiligt ihr das nur möglich war. Margarethe neben mir wurde immer unruhiger.

»Kann sein!«, wiederholte Mick böse. »Und kann es auch sein, dass er diese Affäre beendet hat, weil Sie ihn drängten, seine Frau und seine Kinder zu verlassen?«

Thekla blieb stumm.

»Sie antworten nicht?«, sagte Mick laut und stellte sich unmittelbar vor die Zeugin, nah, viel zu nah.

»Herr Vorsitzender, bitte!« sagte Margarethe scharf. »Das Privatleben der Zeugin hat nichts mit diesem Fall zu tun.« Das war natürlich Unsinn, was Margarethe auch wusste, aber immerhin verschaffte sie Thekla so einen kleinen Augenblick Zeit, um sich zu sammeln.

»Ich fürchte leider doch«, antwortete Reiland mit einem mitleidigen Lächeln, durch das er uns deutlich zu verstehen gab, dass es unser Job gewesen wäre, diese unangenehmen Details zuerst anzusprechen, um Mick damit den Wind aus den Segeln zu nehmen. Er hatte leider recht damit.

»Dann dürfen wir darum bitten, dass der Herr Verteidiger der Zeugin zumindest körperlich nicht zu nahe kommt«, antworte Margarethe und zeigte mit einer abfälligen Geste auf Mick, der sich in nahezu obszöner Nähe vor Thekla aufgebaut hatte.

»Herr Verteidiger, bitte!«, sagte Reiland. Er nahm den Ball, den Margarethe ihm zugespielt hatte, nur allzu gerne auf.

»Gewiss!« Da war er wieder, dieser zischende Doppellaut. Micks Augen funkelten. Er fühlte, wie nervös wir geworden waren, fühlte und genoss es mit jeder Faser.

»Also noch einmal und in gebührendem Abstand«, sagte er laut. »Hat Herr Dr. Müller die Beziehung zu Ihnen beendet, als Sie von ihm verlangten, seine Frau und seine Kinder zu verlassen?«

Es war, als würde Thekla innerlich geschüttelt und ein merkwürdiger, klagender Laut entfuhr ihr, ein Laut, der unmittelbar aus der Seele zu kommen schien, archaisch und alt wie der Kummer selbst. Da saß sie wieder, die Norne, schicksalhaft verstrickt in ihr eigenes Leid. Mick lachte höhnisch.

»Ich glaube, das ist uns Antwort genug«, sagte er und tat so, als ginge er an seinen Platz zurück. Plötzlich blieb er stehen und meinte ganz beiläufig: »Vielleicht noch eines: Wann ist es Ihnen in den Sinn gekommen, sich an Dr. Müller zu rächen? Planten Sie das schon länger oder hat es sich ergeben, als Sie von dieser dummen Anklage erfuhren, gegen die mein Mandant sich hier leider verteidigen muss?«

»Aber, aber … ich«, stammelte Thekla und schnappte dabei vor Verzweiflung und Empörung nach Luft wie ein Fisch an Land.

»Lassen Sie nur«, antwortete Mick. »Lassen Sie nur. Wir haben genug gehört.«

»Aber …«, stammelte Thekla erneut, doch Mick ließ ihr keine Zeit, ihre Gedanken zu sammeln, und fuhr ihr über den Mund: »Wir haben genug gehört!«

Thekla erhob sich ohne ein Wort. Sie nahm ihr rotes

Handtäschchen in beide Hände, drückte es fest an sich und ging langsam, zögernd und gebeugt in Richtung Saaltüre. Sie bewegte sich wie eine alte Frau, ja, sie wirkte in der kurzen Zeit ihres Verhörs durch Mick um Jahre gealtert. Margarethe und ich sahen uns an. Konnten wir noch etwas tun? Nein, die Zeugin war verbrannt. Wir hatten versagt. Oh, Gott, wir hatten versagt!

Mick musterte uns selbstgefällig und siegesgewiss, Müller verschränkte die Arme vor der Brust und van Helsing suchte meinen Blick, um sich an meinem Scheitern zu weiden. Margarethe sah resigniert zur Decke. Es war alles verloren.

Da blieb Thekla stehen, auf halbem Weg, den zurückzulegen eine Ewigkeit gedauert haben mochte, blieb stehen und wandte sich an Müller, zeigte auf ihn mit ihren knochigen Fingern und sagte: »Du weißt, dass ich nicht lüge. Du weißt es!« Müller lachte, aber das Lachen klang hohl. Dann sah Thekla uns an, sah Reiland an und öffnete ihre rote Tasche.

»Ich wollte es eigentlich niemandem zeigen, aber wenn man mich so behandelt«, sagte sie, während Tränen von Trauer und Zorn über ihr Gesicht rollten, und zog ein paar Blätter aus der Tasche, ältere Papiere, wie es mir vorkam, ein wenig vergilbt schon, und hielt sie hoch, dass jeder sie sehen konnte.

»Was ist das?«, fragte Reiland.

»Das ist ein Urteilsentwurf, den ich damals getippt habe, nach Diktat durch Herrn Dr. Müller«, antwortete Thekla und ging zur Richterbank, sehr schnell und sicher mit einem Mal.

»Herr Vorsitzender, ich protestiere!«, sagte Mick mit einer Stimme, die sich beinahe überschlug. »Hier wird ein Beweismittel in den Prozess eingeführt, ohne dass die Verteidigung sich vorbereiten konnte.«

»Ja, Herr Mick,« sagte Reiland mit spitzbübischem Grinsen. »Aber dieses Beweismittel überrascht uns alle, nicht nur sie. Und es wird von einer Zeugin eingeführt, nicht von der Staatsanwaltschaft.« Und dann begann er die Blätter zu lesen, die ihm Thekla überreicht hatte, und je mehr er las, desto spitzer wurden seine Lippen.

»Eine Fälschung! Es ist sicher eine Fälschung!«, schwadronierte Mick, doch es war wie einst im Märchen vom Rumpelstilzchen, als es erkannte, dass es verloren hatte, und deswegen so lange schimpfte und fluchte, bis es sich selbst in der Mitte durchriss: Niemand nahm ihn mehr ernst.

35

Was darauf folgte, ist bekannt und schnell erzählt. Der Urteilsentwurf war zwar nicht unterzeichnet, dafür aber an zahlreichen Stellen korrigiert und überarbeitet, in grüner Tinte und gestochen klarer Schrift, einer Schrift, die fast allen älteren Richtern am Landgericht bekannt war. Das war mehr als eine Unterschrift, mehr als ein Fingerabdruck. Das Papier war augenscheinlich alt, ein wenig vergilbt, hier und dort ein wenig ausgefranst, wie das bei einem über zehn Jahre alten Dokument eben sein mochte. Der Entwurf trug sogar ein Datum, er war drei oder vier

Tage älter als das Urteil des Gerichts. Es konnte gar nicht anders sein, als dass eben dieser Entwurf Grundlage der Beratungen des Oberlandesgerichts gewesen war. Er enthielt Müllers Votum. Er wollte, dass die Klage abgewiesen wurde und hatte sich durchgesetzt. Er war nicht überstimmt worden.

Natürlich unternahm Mick noch einmal alles, um seinen Mandanten zu retten. In seinem Schlusswort zündete er ein Feuerwerk von Vorwürfen gegen alle, die irgendetwas mit dem Prozess zu tun hatten, vor allem gegen Margarethe und Thekla, aber schon nach wenigen Sätzen hörte ihm niemand mehr zu. Wir versuchten ihn zu ignorieren, wie das Bellen eines aufgeregten Hundes in der Ferne, wenn man einschlafen will. Beinahe hätten wir das einzige Argument überhört, über das nachzudenken sich noch lohnte: Diese eine große Frage, die wir nicht beantworten konnten, die Frage nach dem Warum. Es waren die letzten Sätze des Plädoyers: »Warum sollte ein Richter mit einer glänzenden Karriere wie mein Mandant sich der Rechtsbeugung schuldig machen, ohne jeden Anlass, ohne jeden Grund? War er bestochen worden? Nein! War er ein Antisemit? Nein! Hätte es einen Hinweis darauf gegeben, diese Staatsanwaltschaft hätte ihn genüsslich präsentiert. Hatte er Vorbehalte gegen den Zeugen Stein? Nein! Es gab keinen Grund für diesen Mann, das Schlimmste zu tun, was man einem Richter vorwerfen konnte, es gab keinen Grund, seine Profession zu verraten, keinen. Und deswegen, meine Damen und Herren, deswegen bin ich mir sicher: Er hat es nicht getan!«

Margarethe dagegen hatte zuvor nur kurz und betont sachlich plädiert; hatte zusammengefasst, wie Müller selbst sich eingelassen hatte, auf Theklas Aussage und den Entwurf des Urteils verwiesen, den Müller diktiert und korrigiert hatte, bevor es zur letzten Beratung gekommen war. Mehr brauchte sie nicht zu sagen, mehr gab es nicht zu sagen. Müller war überführt.

Am gleichen Tag verkündete die große Strafkammer des Landgerichts das Urteil, das niemanden mehr überraschte. Der Präsident des Oberlandesgerichts Dr. Joseph-Georg Müller, ehemaliger Abgeordneter, ehemaliger Staatssekretär im Baden-Württembergischen Justizministerium, war schuldig gesprochen, schuldig der Rechtsbeugung.

Am Abend noch trafen sich Margarethe und Hermann Mordechai Stein, trafen sich in einem verschwiegenen Restaurant am Kaiserstuhl, wo niemand sie kannte, heimlich, versteckt vor den neugierigen Objektiven der Fotografen, fast wie ein Liebespaar.

Mordechai weinte, als er Margarethe sah und umarmte sie; weinte vor Glück und Rührung, sodass sich Margarethe seiner Umarmung gar nicht entziehen konnte. Sie mussten ein seltsames Bild abgegeben haben für das Kaiserstühler Publikum, das hier verkehrte, ein kleiner alter weinender Mann, wie er mitten in einem Lokal eine blonde junge Frau umarmte, die ihn um mehr als einen Kopf überragte, umarmte und hielt und gar nicht von ihr lassen konnte.

Und als er sich doch ein wenig von ihr löste und sie mit tränennassen Augen ansah, da sagte er es, sagte den Satz auf den sie ihr Leben lang schon gewartet hatte: »Dein Vater wäre sehr stolz auf dich gewesen.«

Und jetzt stiegen ihr Tränen in die Augen. Endlich setzten sie sich.

Eine Kellnerin trat auf sie zu, ein Bauernmädchen, groß und handfest, wie man sie am Kaiserstuhl nicht selten sah, und wollte die Bestellung aufnehmen. Margarethe gab sich alle Mühe, sich auf die Karte zu konzentrieren, aber die Buchstaben verschwammen vor ihren Augen.

»Dein Vater wäre sehr stolz auf dich gewesen«, wiederholte Mordechai, nachdem das Mädchen vorgeschlagen hatte, gleich wiederzukommen und erst einmal ein Wasser zu bringen.

»Woher kannten Sie meinen Vater?«, fragte sie endlich, und es schien ihr, als falle ihr ein Stein vom Herzen bei diesen Worten.

»Wir waren Freunde«, antwortete er. »Wir sind zusammen zur Schule gegangen, zur Lessing-Schule, als alle jüdischen Kinder dort unterrichtet wurden.«

»Alle jüdischen Kinder?«, wiederholte sie ungläubig.

»Jüdische und halb-jüdische …«, sagte Stein. Dann verstummte er, griff über den Tisch und streichelte Margarethes Hand.

»Hat es dir niemand gesagt?«, fragte er nach einer Weile.

»Was gesagt?«, wisperte Margarethe.

»Dass dein Vater ein Halbjude war – mindestens ein Halbjude, wie er immer witzelte.«

Margarethe schüttelte den Kopf.

»Dann muss ich es wohl tun …«, sagte er mit einem traurigen Lächeln. »Sein Vater, also dein Großvater, war Jude wie wir und Lehrer an unserer Schule. Arische Lehrer haben uns ja nicht unterrichtet. Deine Großmutter dagegen galt als Arierin, obwohl er immer etwas von einem Großvater mütterlicherseits namens Blumenthal erzählte …«

»Was ist mit ihm passiert?«, fragte Margarethe.

»Mit deinem Vater?«, fragte Stein zurück.

Margarethe nickte.

»Er hat überlebt«, antwortete Stein.

»Und mein Großvater?«

Mordechai schüttelte den Kopf.

»Wie … wie kam er nach Meßkirch?«

Mordechai dachte einen Moment nach, bevor er sprach. Vielleicht überlegte er, ob es richtig war, Margarethe nun mit dem Teil ihrer Familiengeschichte vertraut zu machen, den man vor ihr bisher ganz offenbar verborgen hatte. Aber hatte er eine Wahl?

»Deine Großmutter hat sich für das Leben entschieden«, sagte er irgendwann.

»Ich verstehe nicht«, antwortete Margarethe mit kleiner Stimme. Ein Kloß saß ihr im Hals, groß und starr wie eine geballte Faust.

»Das kann man nicht verstehen, wenn man nicht dabei war«, antworte Stein und lächelte weiter sein trauriges Lächeln. »Als Hitler an die Macht kam, lebten die Juden schon seit Generationen in Baden und waren hier zu Hause. Die meisten fühlten sich als Deutsche unter Deutschen. Mein Vater war das beste Beispiel, und natürlich gab es deutsch-jüdische Ehen und Kinder aus diesen Ehen. Was sollten die Nazis mit denen tun? Gewaltsam trennen? Das haben sie sich nicht getraut, zumindest nicht in den ersten Jahren. Stattdessen machten sie den Deutschen in diesen Ehen ein Angebot: Lasst euch scheiden, sagten sie, kehrt in den Volksverband zurück. Eure Kinder nehmt mit, sie bleiben unbehelligt. Was dann mit euren jüdischen Frauen oder Männern geschieht, soll euch nicht kümmern. Ihr seid uns willkommen … Irgendwann war deine Großmutter die Pöbeleien der Nazis leid, die Schikanen auf dem Ämtern, die Angst um ihren Sohn. Du musst wissen, deine Großmutter liebte deinen Vater sehr. Erst ließ sie ihn taufen und dann … ließ sie sich scheiden. Wie gesagt; sie hat sich für das Leben entscheiden. Wer will ihr das vorwerfen?«

»Das ist furchtbar!«, sagte Margarethe mit erstickter Stimme.

»Die Zeit war furchtbar, mein Kind«, antwortete Stein. »Die Zeit war furchtbar.«

Margarethe schwieg und griff in ihre Tasche. Sie hatte es mitgenommen, das lederne Band, an dem zwei Lederschächtelchen angebracht waren.

Mordechai nahm es ihr aus der Hand und betrachtete es lange.

»Was ist das?«, fragte Margarethe.

»Das sind Tefillin, jüdische Gebetskapseln. Sie sind für die vier biblischen Texte. Gläubige Juden binden sich die Bänder zum Gebet um die Stirn und die Arme. Wo hast du sie her?«

»Ich hab sie bei den Sachen meines Vaters gefunden.«

Stein nickte. »Dann gehörten sie wahrscheinlich deinem Großvater. Emanuel war nicht sehr religiös, sein Vater mehr, obwohl er eine Goi geheiratet hat.«

Die Kellnerin kam mit dem Wasser und schenkte ein. Sie wagte nicht noch einmal zu fragen, was diese komischen Gäste essen wollten und ließ sie einfach weiterreden.

»Wieso war mir mein Vater so fremd?«, fragte Margarethe, nachdem die Kellnerin wieder gegangen war.

Stein sah sie an, aus freundlichen, dunklen Augen. »Ich glaube, er war sich selbst fremd«, antwortete er nach einer Weile.

»Was heißt das, er war sich fremd?«, fragte Margarethe, die nicht verstand. Stein zuckte mit den Schultern. Er konnte es ihr nicht erklären.

»Er war sich selbst fremd? Das hat er gesagt?«, fragte ich, als Margarethe davon berichtete.

»Ja, genau so. Verstehst du, was er damit meint?«

Ich dachte einen Moment nach. Vielleicht verstand ich, vielleicht … vielleicht meinte er das Gefühl, nicht zu Hause zu sein, nirgendwo zu Hause zu sein. Nicht im richtigen Land, nicht in der richtigen Welt, nicht in der richtigen Familie. Als wäre da zwischen dir und der Welt, dir und den Menschen immer eine letzte Mauer, die sich nicht einreißen ließ. Ich versuchte es Margarethe zu erklären, aber fand kaum Worte dafür. Wie hätte ich beschreiben sollen, wie es sich anfühlte, den anderen nicht erklären zu können, was du gerne spielst, weil sie deine Spiele nicht kennen, was du isst, weil sie dein Essen nicht kennen, wie du fühlst, redest oder denkst … weil sie das nun einmal nicht kennen? Wie es sich anfühlt, stattdessen ihren Geschichten zu lauschen, um allmählich ähnliche zu erfinden und zu erzählen, um zumindest die Illusion zu haben, dazuzugehören?

»Hat er mich denn geliebt?«, fragte Margarethe Mordechai, von dem sich herausstellte, dass er der Brieffreund ihres Vaters geblieben war, während dessen viel zu kurzem Leben.

»Ja, er hat dich sehr geliebt«, antwortete er sicher. »Es gab keinen Brief von ihm, in dem er nicht von dir erzählte, von deiner Geburt, von deinen ersten Worten, den ersten Schritten … Er hat mir sogar die Bilder beschrieben, die du im Kindergarten gemalt hast.«

»Meine Kindergartenbilder?«

»Ja«, sagte Mordechai. »Einmal hast du einen Familienausflug gemalt und den Vater blond dabei …«

Margarethe schluckte und begann erneut zu weinen.

»Weine, nicht mein Kind«, sagte Mordechai, »er hat es verstanden.«

36

Blieb die Frage, warum. Warum hatte Müller ein falsches Urteil gesprochen, das Recht gebeugt, seine Karriere geopfert, seine Profession verraten? Tiengen – der Ort blieb mir in Erinnerung, aber uns fehlte die Kraft, weiter zu recherchieren. Der Zufall kam uns zu Hilfe: Es waren schon ein paar Monate seit dem Urteilsspruch vergangen, als Margarethe einen Bericht in der Badischen Zeitung über den Geschichtsverein der Stadt entdeckte, der damit begonnen hatte, an den historischen Bauwerken des Ortes kleine Gedenktafeln aufzuhängen. Offenbar hatte es dort eine große jüdische Gemeinde gegeben – vor 33.

»Sollen wir es noch einmal versuchen?«, fragte ich Margarethe. Sie nickte.

Wir nahmen meinen Alfa, folgten wieder dem Weg durch das Höllental und den Schwarzwald, fuhren an Waldshut vorbei, bogen am Zoll links ab und kamen endlich an. Wir parkten auf dem Marktplatz, gleich neben der ehemaligen Metzgerei Müller. Wir fanden die Gedenktafel sofort:

›Haus am Markt – ehemalige jüdische Schächterei – nach der Machtergreifung weitergeführt als Metzgerei Müller.‹

Die Dinge sind sich ähnlich … immer und überall.

37

»Hast du ihn nach Hannah Arendt gefragt?«, wollte ich noch wissen.

Margarethe nickte. »Sie war während ihres Studiums in Freiburg mit meinem Großvater befreundet. Offenbar hatte meine Familie ihr als Studentin ein Zimmer vermietet. Als sie Freiburg verlassen hat, scheint sie einige Briefe und Papiere vergessen zu haben. Daher der Brief, den mein Vater dem Museum überlassen hat.«

38

Lange nach dem Krieg kehrte Hannah nach Freiburg zurück. Sie war keine junge Frau mehr. Sie hatte den Krieg erlebt, die Judenverfolgung, die Gründung Israels, den Prozess gegen Eichmann, hatte geheiratet, sich scheiden lassen, wieder geheiratet. Und sie war berühmt geworden, als Publizistin, als Jüdin, als Philosophin – auch wenn sie diesen Titel für sich weder mochte noch in Anspruch nahm.

Freiburg war nicht mehr ganz so schön wie vor dem Krieg. Der Bombenangriff der Alliierten hatte viel zerstört. Immerhin, das Theater war noch da. Das Kollegiengebäude I, in dem er unterrichtet hatte, war noch da. Das Münster war noch da. Die Synagoge fehlte.

Hannah mietete sich in einem Hotel ein. Sie zündete sich eine Zigarette an, schloss für einen Moment die Augen, und dachte nach.

Dann nahm sie eine Postkarte, darauf schrieb sie: ›Ich bin da.‹ Sie ließ sie ihm bringen.

Martin kam sofort.

ENDE

Manfred Bomm
Machtkampf
978-3-8392-1515-9

»Kriminalkommissar Häberle ermittelt im ländlichen Idyll.«

Das ländliche Idyll wird jäh zerstört: Der rätselhafte Selbstmord eines Viehhändlers erschüttert ein Dorf auf der Alb. Dass es sich um den besten Freund eines Großgrundbesitzers handelt, der nach den Hofgütern der kleinen Bauern trachtet, erweckt sofort den Argwohn von Kommissar August Häberle. Und als gegen den neuen örtlichen Pfarrer eine schwerwiegende Anschuldigung erhoben wird, tun sich menschliche Abgründe auf …

GMEINER

Wir machen's spannend